SCHUTZ FÜR ALABAMA

SEALs of Protection, Buch Zwei

SUSAN STOKER

EBENFALLS VON SUSAN STOKER

SEALs of Protection
Schutz für Caroline (Buch Eins)
Schutz für Alabama (Buch Zwei)
Schutz für Fiona (Buch Drei)
Die Hochzeit von Caroline (Buch Vier) **(erhältlich ab Mitte März 2020)**

Die Delta Force Heroes:
Die Rettung von Rayne
Die Rettung von Emily
Die Rettung von Harley
Die Hochzeit von Emily
Die Rettung von Kassie

SUSAN STOKER

Die Rettung von Bryn

Die Rettung von Casey (Buch Sieben) **(erhältlich ab Ende April 2020)**

Copyright © 2019 Susan Stoker

Englischer Originaltitel: »Protecting Alabama (SEAL of Protection Book 2)«
Deutsche Übersetzung: Catharina Preuss für Daniela Mansfield Translations 2019

Alle Rechte vorbehalten. Dies ist ein Werk der Fiktion. Namen, Darsteller, Orte und Handlung entspringen entweder der Fantasie der Autorin oder werden fiktiv eingesetzt. Jegliche Ähnlichkeit mit tatsächlichen Vorkommnissen, Schauplätzen oder Personen, lebend oder verstorben, ist rein zufällig.
Dieses Buch darf ohne die ausdrückliche schriftliche Genehmigung der Autorin weder in seiner Gesamtheit noch in Auszügen auf keinerlei Art mithilfe elektronischer oder mechanischer Mittel vervielfältigt oder weitergegeben werden.
Titelbild entworfen von: Chris Mackey, AURA Design Group
eBook:
ISBN: 978-1-64499-037-7
Taschenbuch:
ISBN: 978-1-64499-038-4

Besuchen Sie Susan im Netz!
www.stokeraces.com
facebook.com/authorsusanstoker
twitter.com/Susan_Stoker
bookbub.com/authors/susan-stoker
instagram.com/authorsusanstoker
Email: Susan@StokerAces.com

KAPITEL EINS

Mit zwei Jahren

»Raus! Will raus!«

»Halt die Klappe, du dumme Schlampe! Ich lasse dich erst raus, wenn du die Klappe hältst, und keine Sekunde vorher! Hast du mich verstanden, Göre?«

Alabama Ford Smith weinte nur noch mehr. Sie verstand nicht, warum ihre Mama sie nicht aus der Kammer ließ. Sie hatte Hunger, und es war dunkel und unheimlich in dem engen Raum.

»Maaaaamaaaaaa!«

Alabama hörte auf und lauschte an der Tür. Sie konnte aber nichts hören. War Mama noch da? Alabama versuchte, den Türknauf zu erreichen, aber mit ihren zwei Jahren waren ihre Hände noch zu klein, um ihn überhaupt greifen zu können. Der Knopf würde sich sowieso nicht drehen lassen. Die Kammer war von außen verschlossen.

Nach einer Stunde des Heulens und Jammerns legte sich Alabama zwischen Schuhe, Kartons und muffig riechende Mützen und Handschuhe auf den Boden. Sie schniefte. Mama hatte es ernst gemeint. Sie würde Alabama nicht aus der Kammer lassen, bis sie den Mund hielt. Sie wusste nicht, was eine Schlampe war, aber es musste wohl ein böses kleines Mädchen wie sie sein. Sie würde sich in Zukunft bemühen, Mama besser zu gefallen.

Mit sechs Jahren

»Alabama Ford, wie oft habe ich dir schon gesagt, dass du die Klappe halten sollst? Viel zu oft, verdammt noch mal. Wenn ich noch ein Wort von dir höre, dann wird es dir leidtun!«

»Aber Mama ...«

»Verflucht, ich habe dich gewarnt ...«

Alabama spürte noch, wie die Hand ihrer Mutter gegen ihr Gesicht schlug, bevor sie die drei Stufen hinunterflog, die von der Küche ins Wohnzimmer führten. Erschrocken sah sie, wie Mama mit mordlüsternem Blick auf sie zukam. Sie konnte dem Fuß, der in Richtung ihres Kopfes schoss, gerade noch ausweichen. Sie drehte sich um und stellte fest, dass Mama das noch wütender machte. Mit demselben Fuß trat sie jetzt gegen ihre Seite. Alabama rollte sich so fest zusammen, wie sie konnte, und versuchte, ihren Kopf zu schützen. Sie war nicht das klügste Mädchen, aber Alabama wusste, dass sie auch ihre Knie schützen musste, wenn sie am nächsten Morgen in der Lage sein wollte, laufen zu können. Mama genoss es, sie zu treten und sie dann auszulachen, wenn sie versuchte, durch das Haus zu humpeln.

»Du dämliche Hure. Warum musst du so dumm sein? Ich habe dir gesagt, du sollst die Klappe halten. Ich werde dir beibringen, was es bedeutet, unaufgefordert zu sprechen. Sprich. Nie. Wieder. Auch. Nur. Ein. Wort. Außer. Ich. Frage. Dich. Etwas.«

Bei jedem dieser Worte trat Mama erneut auf Alabama ein, während sie die einzelnen Silben förmlich herausspuckte. Alabama hatte es schließlich verstanden. Sie hielt die Klappe. Schon mit sechs Jahren wusste Alabama, dass Mama es ernst meinte. Mama meinte jedes Wort, das aus ihrem Mund kam. In diesem Jahr hörte Alabama auf zu reden, es sei denn, ihr wurde eine direkte Frage gestellt.

Mit elf Jahren

. . .

»Alabama, möchtest du nicht mit dem netten Polizisten sprechen?«

Alabama schaute zu dem streng aussehenden Beamten. Er war groß und muskulös und sah sehr stark aus. Sie schniefte ein wenig und versuchte, mutig zu sein. Mama hatte sie am Morgen mit der Bratpfanne verprügelt, die sie gerade in der Hand gehalten hatte. Alabama wusste, dass es ihre Schuld gewesen war. Sie hatte den Fehler gemacht, Mama zu fragen, wann sie wieder zu Hause sein würde. Sie wusste es eigentlich besser. Wie oft hatte Mama ihr gesagt, dass sie nicht unaufgefordert sprechen soll? Zu oft. Und Alabama fragte trotzdem. Sie wusste, dass Mama auf ihren Kopf gezielt hatte, aber Alabama hatte sich in letzter Minute umgedreht und die Pfanne war stattdessen gegen ihren Arm geprallt. Im Laufe des Tages hatte er sich lila verfärbt. Natürlich hatte ein Lehrer es bemerkt und darauf bestanden, sie ins Büro der Direktorin zu bringen.

Die Schulleiterin war eine nette Dame, aber sie hatte keine Ahnung, wie Mama war. Niemand hatte das. Alabama begann bereits zu glauben, Mama wäre verrückt. Es war nicht schön, so etwas von der eigenen Mutter zu denken, aber anders konnte sie es sich nicht erklären. Nachdem Alabama nun schon elf Jahre mit ihr zusammenlebte, hatte sich herausgestellt, dass andere kleine Mädchen sich keine Sorgen darum machen mussten, dass ihre Mutter sie schlägt, wenn sie zu Hause etwas sagten. Sie mussten sich nicht davor fürchten, mit einer Bratpfanne gegen den Kopf geschlagen zu werden, wenn sie husten mussten.

Alabama dachte, dass dies vielleicht ihre Chance war. Vielleicht würde der Polizist sie beschützen. Die Polizei war doch dafür da, Menschen zu beschützen. Sie erzählte ihm alles. Wie Mama sie in die Kammer sperrte, wenn sie ausging, dass sie zu Hause nicht reden durfte und wie Mama sie ständig mit allem verprügelte, was ihr gerade in die Hände fiel. Alabama schüttete dem Polizisten ihr Herz aus in der Hoffnung, dass er sie retten und zu einer Familie mit einer netten Mutter bringen würde. Als er sich vor sie kniete, ihre Hände nahm und sie anlächelte, wusste Alabama, dass sie endlich aufatmen konnte. Dieser Mann würde ihr helfen. Er würde sie beschützen.

Mit zwölf Jahren

Alabama hörte das Getuschel der Leute um sie herum. Sie lag mit geschlossenen Augen auf dem Bett. Sie dachte an den Tag in der Schule vor ungefähr einem Jahr zurück. Sie hatte das Gefühl, seitdem zehn Jahre gealtert zu sein. Zwölf war zu jung, um sich mit so etwas auseinandersetzen zu müssen.

»Hast du gehört, was passiert ist? Dass ihre Mutter ihr das angetan hat?«

»Auf keinen Fall! Heiliger Strohsack. Glaubst du, sie hat das schon einmal gemacht?«

»Bestimmt. Schau sie dir an, Betty. So etwas passiert nicht beim ersten Mal. Ich wette, sie misshandelt ihre Tochter schon seit Jahren. Sie kann nicht zurückgehen. Du weißt das. Ich weiß das. Verdammt, selbst ihre Mutter weiß es. Ich denke, deshalb hat sie es getan.«

Es herrschte Stille. Alabama konnte nicht wieder einschlafen, obwohl sie es sich von ganzem Herzen wünschte. Sie wünschte, sie wäre nicht mehr da. Sie hatte dem Polizisten vor einem Jahr vertraut. Er hatte ihr versprochen, alles würde gut werden. Er hatte gesagt, sie müsste sich keine Sorgen mehr um ihre Mutter machen. Er hatte gelogen. Sieben Tage, nachdem sie dem Polizisten alles erzählt hatte, war sie wieder zu Hause gewesen. Mama hatte es nicht gefallen, dass sie etwas ausgeplaudert hatte. Anscheinend hatte sie sich Gesprächen mit der Polizei und dem Jugendamt unterziehen müssen, die sich hatten vergewissern wollen, dass Mama eine gute Mama war. Alabama wusste, dass Mama nett sein konnte, wenn sie wollte. Anscheinend hatte sie alle davon überzeugen können, dass Alabama ein typischer rebellierender Teenager war. Mama hatte ihnen erzählt, dass sie sich selbst mit der Pfanne geschlagen hatte, um

Aufmerksamkeit zu erregen. Also war Alabama zurückgeschickt worden.

Danach war es zu Hause nur noch schlimmer geworden. Alabama hatte gelernt, niemals mehr ein Wort zu sagen. Sie hielt den Mund. Mama war gruselig. Alabama lernte, dass sie sich schützen musste. Niemand sonst würde es tun.

Gestern Abend hatte Mama letztlich vollkommen die Kontrolle verloren. Alabama war in ihrem Zimmer gewesen, als Mama aus der Kneipe nach Hause kam. Sie war in ihr Zimmer gestürmt und hatte angefangen, auf sie loszugehen. Mama hatte ihr so schreckliche Dinge entgegengebrüllt. Sie hatte Alabama vorgeworfen, dass sie ein Fehler wäre, dass Alabama niemals hätte geboren werden sollen, dass sie sie niemals gewollt hätte. Mama hatte weiter geschrien, wie sie Alabama den dümmsten Namen gegeben hatte, den sie sich vorstellen konnte. Dass sie Alabama nach dem Bundesstaat benannt hatte, in dem Mama schwanger geworden war, und dass ihr zweiter Vorname von dem verdammten Wagen stammte, in dem sie gezeugt worden war. Alabama hatte nicht einmal gewusst, dass Smith nicht Mamas Nachname war. Mama hatte ihn erfunden, weil sie nicht wollte, dass ihr Baby den gleichen Namen hatte wie *sie*.

Alabama erinnerte sich noch daran, dass Mama kurz den Raum verlassen hatte und einen Moment später mit der gefürchteten Pfanne zurückgekommen war. Erst als Alabama im Krankenwagen das Bewusstsein wiedererlangt hatte, war ihr, basierend auf den Gesprächen der Rettungssanitäter, klar geworden, dass Mama ihr den Kiefer gebrochen hatte. Um genau zu sein, hatte Mama noch weitere Knochen in Alabamas Gesicht gebrochen – Nase, Wangenknochen und sogar ihre Augenhöhlen.

Alabama lag mit gerichtetem Kiefer im Krankenhausbett und legte ihrem zwölfjährigen Ich ein Gelübde ab. Egal was in Zukunft geschehen würde, Alabama würde nie wieder darauf vertrauen, dass jemand sie beschützt. Wenn ihre Mutter sie nicht wollte, wenn die Polizei sie nicht beschützen konnte oder wollte ... wer würde es dann tun? Sie war niemand. Alabama hatte einen erfundenen Nachnamen und ihre Vornamen waren von dem Ort abgeleitet, an dem ihre Mutter Sex gehabt hatte.

Mit sechzehn Jahren

Die sechzehnjährige Alabama ging mit gesenktem Kopf den Flur der Highschool entlang und hielt ihre Bücher in der Hand. Ein weiterer Geburtstag war vergangen, ohne dass es jemand bemerkt hatte. Niemand gratulierte ihr, niemand gab Alabama irgendwelche Geschenke. Sie war das »merkwürdige«

Kind in der Schule. Sie sprach mit niemandem. Sie hielt den Kopf gesenkt und machte keine Probleme. Sie bestand alle ihre Prüfungen und mochte den Englischunterricht, aber sie weigerte sich, Fragen zu beantworten. Alabama unterhielt sich nie mit ihren Klassenkameraden. Sie ging jeden Tag zur Schule, kümmerte sich um ihre eigenen Angelegenheiten und blieb für sich allein. Weder in der Schule noch in ihrer Pflegefamilie machte sie jemals Ärger.

Alabamas Pflegemutter hatte versucht, auf sie einzugehen, versucht, Alabama dazu zu bewegen, sich zu öffnen, jedoch ohne Erfolg. Alabama hatte ihre Lektion gelernt. Sie sprach nur, wenn sie gefragt wurde, und nur, wenn es absolut notwendig war. Sie bekam einen Job in der örtlichen Bibliothek. Alabama sparte ihr gesamtes Geld für den Tag, an dem sie achtzehn Jahre alt wurde und endlich ausziehen konnte. Sie würde sich nie wieder auf jemanden verlassen. Alabama war auf sich allein gestellt.

KAPITEL ZWEI

Christopher »Abe« Powers sah sich im Raum um und seufzte. Es war höchste Zeit, mit Adelaide Schluss zu machen. Nachdem er ungefähr drei Monate lang mit ihr zusammen gewesen war, hatte Abe bemerkt, dass er sie nicht wirklich mochte. Er nahm an, dass er nur so lange bei Adelaide geblieben war, weil sie gut im Bett war und er zu bequem. Die ständige Jagd nach Frauen war auf Dauer anstrengend geworden. Für ihn war alles nur ein Spiel. Abe wusste, dass er gut aussah. Er war nicht eingebildet, aber im Laufe der Zeit hatte er genügend Affären gehabt … ein paar zu viel, um ehrlich zu sein.

Abe war ein Navy SEAL. Er war es gewohnt, dass Frauen schon bei der Erwähnung dieses Begriffs praktisch darum bettelten, mit ihnen ins Bett zu gehen. Er hatte aber auch gesehen, wie sein Kumpel Matthew, auch unter dem Spitznamen »Wolf« bekannt, die Liebe seines Lebens kennengelernt hat. Caroline war anders als alle Frauen, die Abe jemals getroffen hatte. Sie war klug und hübsch, auch wenn sie sich selbst nicht so einschätzte. Außerdem war sie stärker, als er anfangs vermutet hatte. Sie hasste Adelaide. Vermutlich hätte er auf Caroline hören sollen, als sie ihm gesagt hatte, dass Adelaide nicht gut genug für ihn wäre. Die Dinge, die Adelaide mit ihrer Zunge anstellen konnte, waren aber zu gut gewesen, um mit ihr Schluss zu machen.

Abe hatte Caroline ausgerechnet in einem Flugzeug kennengelernt. Sie hatte ihm das Leben gerettet, genau wie allen anderen Passagieren auch. Terroristen hatten versucht, alle Insassen des Flugzeugs unter Drogen zu setzen und dann zu töten. Ohne Carolines Hintergrundwissen als Chemikerin wäre ihnen der Geruch der Chemikalien in den Getränken nicht aufgefallen. Caroline und Wolf hatten anschließend die Hölle durchlebt, aber schlussendlich hatten sie ihr Happy End gefunden.

Abe dachte an Wolf und Ice. Sie hatten es nicht leicht gehabt, das war sicher. Die Flugzeugentführung zu überleben war nur die Spitze des Eisbergs gewesen. Das SEAL-Team war gerade von einer Mission zurückgekehrt, nur um zu erfahren, dass Caroline nach einem Mordversuch vom FBI in Sicherheit gebracht werden musste. Das Team hatte sich dem Schutzdienst angeschlossen, aber die Terroristen hatten sie ausfindig gemacht. Sie hatten Caroline entführt, gefoltert und geschlagen, um herauszufinden, wie sie die Terroristen im Flugzeug hatte überführen können. Das SEAL-Team hatte sie schlussendlich mit Gewichten an ihren Füßen aus dem offenen Meer retten müssen, nachdem die Terroristen sie über Bord geworfen hatten.

Es war für das gesamte Team eine schwierige Zeit gewesen. Alle wussten, wie sehr Wolf Caroline liebte, und hatten sich hilflos gefühlt, als sie hatten mit ansehen müssen, wie sie gefoltert und fast getötet worden war.

Während Abe sich eine Beziehung wie die zwischen Caroline und Wolf wünschte, wollte er definitiv nicht, dass seine Frau die Hölle durchmachen musste. Abe glaubte nicht, dass er so etwas aushalten würde. Er hasste es, wenn Frauen oder Kinder verletzt wurden. Sie mussten mit allen verfügbaren Mitteln beschützt werden.

Vermutlich war das der Grund, warum er ein SEAL geworden war. Abe hatte immer zum Militär gewollt, um seinem Land zu dienen, aber erst als er während seiner Grundausbildung die SEALs beim Training gesehen hatte, hatte er den Entschluss gefasst, selbst zu den Besten der Besten gehören zu wollen.

Abes Team *war* eines der besten. Das Team war schon auf unzähligen Missionen gewesen, die ohne Zweifel unangenehm, aber notwendig gewesen waren.

Abe hatte Adelaide nach einer Mission in *Aces Bar and Grill* getroffen. Das war ihr üblicher Treffpunkt.

Abe, Wolf, Mozart und die anderen Jungs hatten sich dort die Kante gegeben. Vermutlich hatte es zum Teil daran gelegen, dass seine Freunde dabei gewesen waren, aber schließlich war er auf Adelaides Anmache eingegangen und mit ihr zusammen nach Hause gegangen. Er hatte sich allerdings geweigert, auch ihre Freundin mitzunehmen. Einige der anderen Jungs mochten so etwas, aber Abe war nicht der Typ für einen Dreier. Das war er noch nie gewesen und würde es auch nie sein. Er wusste, dass es teilweise mit seinem Vater zu tun hatte, aber er hatte es niemals tiefer analysiert.

Abe und Adelaide hatten die ganze Nacht im Bett verbracht. Sie war bereit gewesen, so gut wie alles auszuprobieren, und zu diesem Zeitpunkt war es genau das gewesen, wonach er gesucht hatte. Er musste Dampf ablassen. Und Sex zu haben – viel Sex – war eine großartige Möglichkeit, das zu tun.

Aber jetzt wurde ihm klar, dass Adelaide eine absolute Schlampe war. Er hasste es, jede Frau, die er traf, mit Caroline zu vergleichen, aber er konnte nicht anders. Er stand neben Adelaide, hörte ihrem Getratsche mit ihren Kolleginnen zu und wünschte, er wäre woanders. Wie hatte er nur so tief sinken können? Das passte überhaupt nicht zu ihm.

»Kannst du glauben, dass sie *das* mitgebracht hat?«

»Ich weiß, lächerlich!«

»Ich vermute, sie kann überhaupt nicht kochen. Aber mal im Ernst, warum hat sie nicht etwas fertig Zubereitetes gekauft?«

Abe stöhnte laut. Scheiße. Was kümmerten sich Adelaide und ihre gehässigen Kolleginnen überhaupt darum, dass jemand anscheinend eine Schüssel mit Gemüse zu dieser Bürofeier mitgebracht hatte, anstatt selbst ein Gericht zuzubereiten oder etwas aus einem Restaurant zu besorgen? Jesus. Hatten sie nichts Besseres zu tun?

»Adelaide, ich gehe mal rüber und hole mir etwas zu essen. Möchtest du auch etwas?« Abe war bereit, mit ihr Schluss zu machen, aber bis dahin würde er nicht unhöflich zu ihr sein. Das war ein fester Bestandteil seines Wesens. Er würde Adelaide niemals bloßstellen, indem er sie vor ihren Freundinnen oder Kolleginnen verließ. Aber er würde es tun ... bald.

»Nein danke, Süßer. Du weißt, dass ich auf mein Gewicht achten muss.« Adelaide kuschelte sich an ihn und achtete darauf, dass sie mit ihren Brüsten seinen Arm streifte. »Ich zeige dir später, was ich will. Beeil dich, ich warte auf dich.«

Abe zuckte mit den Schultern und schaffte es zu entkommen, bevor sie ihm einen Kuss aufzwingen konnte. Er sah angewidert auf den Lippenstift, den sie sich auf den Mund gekleistert hatte. Wusste sie nicht, wie schrecklich dieses Zeug schmeckte? Ganz zu schweigen davon, wie Abe es hasste, wenn der Lippenstift an seinen Lippen kleben blieb, wenn Adelaide ihn küsste. Er vermutete, dass sie es absichtlich machte, wie eine Art Markierung ihres Eigentums. Er schniefte. *Er* sollte der Dominante in der Beziehung sein, aber Adelaide hob dieses Wort auf eine ganz neue Ebene. Je mehr Abe darüber nachdachte, desto mehr wurde ihm klar, dass sie sich nicht wirklich für *ihn* interessierte. Adelaide war nur wichtig, dass Abe ein SEAL war und gut aussah. Ja, es war definitiv Zeit, mit ihr Schluss zu machen.

Abe ging zu dem überfüllten Buffet. Adelaides Firma hatte ihr jährliches Bankett, um ihren Mitarbeitern für die gute Arbeit im vergangenen Jahr zu danken. Wolfe Immobilien war das führende Immobilienunternehmen in ihrer kleinen Stadt Riverton und Adelaide war eine der erfolgreichsten Maklerinnen. Abe vermutete, dass Adelaide zumindest einen klitzekleinen Grund hatte, eingebildet zu sein, doch für ihn spielte ihr Erfolg keine Rolle.

Die Familie Wolfe war seit Jahren im Immobiliengeschäft tätig. Sie versuchte, ihr Unternehmen familiär zu halten, aber es war offensichtlich, dass dies eher Wunschdenken als Tatsache war. Abe lebte schon lange Zeit in Riverton und kannte die meisten Leute auf der Veranstaltung nicht einmal.

Abe stellte sich an der kurzen Schlange an, um darauf zu warten, die köstlich aussehenden Speisen zu probieren. Abe musste einen Schritt zurücktreten, um einem Mann auszuweichen, der nicht aufpasste, wohin er ging. Versehentlich trat er dabei der Person hinter ihm in der Schlange auf den Fuß.

Abe drehte sich um und entschuldigte sich. »Es tut mir so leid. Ist alles in Ordnung?«

Beim Anblick der Frau, auf deren Fuß er getreten war, vergaß er, was er sagen wollte.

Die Frau war wunderschön. Es machte den Anschein, dass sie nicht einmal versucht hatte, sich für die Veranstaltung besonders herauszuputzen, und das machte sie in Abes Augen nur noch sympathischer. Sie reichte ihm ungefähr bis zum Kinn und hatte braunes, schulterlanges Haar, das mit einem Haarband nach hinten gebunden war. Ein paar Strähnen waren herausgefallen und umrahmten ihr Gesicht. Es sah so aus, als würde sie ein leichtes Make-up tragen, vor allem um ihre Augen. Ihre Lippen glänzten etwas, wie von Lipgloss. Dass sie keinen Lippenstift trug, fand er sehr angenehm, vor allem angesichts Adelaides Vorliebe, es damit zu übertreiben.

Abe starrte weiter fasziniert die Frau an, die hinter ihm stand. Sie trug eine Jeans und ein Oberteil mit Rüschen an den Ärmeln. Es hatte vorne einen Ausschnitt, aber nicht so tief, um provokant zu wirken, weil es das, was sich darunter verbarg, der Fantasie überließ. Abe konnte ihre Kurven nur erahnen. Sie trug Flip-Flops mit Blumen am Riemchen und ihre

Zehennägel waren hellrosa lackiert. Sie besaß Abes volle Aufmerksamkeit.

Abe wurde plötzlich klar, dass er ihr eine Frage gestellt hatte, aber sie hatte nicht darauf reagiert. Er versuchte, ihr in die Augen zu sehen, aber sie schaute auf den Boden. Er konnte sehen, wie ihre Wangen leicht rot anliefen. Gott, sie errötete? Wann hatte er das letzte Mal eine Frau erröten sehen? Der Alphamann in ihm erwachte plötzlich zum Leben. Sie war offensichtlich schüchtern, und das machte sie noch liebenswerter.

Abe wiederholte seine Frage, während sie in der Reihe langsam vorwärtsgingen. »Es tut mir wirklich leid. Habe ich Ihnen mit meinen riesigen Füßen wehgetan?« Er wollte, dass sie zu ihm aufblickte.

Die faszinierende Frau schüttelte nur den Kopf und weigerte sich, ihn anzusehen.

»Hey, wenn Sie mich nicht anschauen, muss ich glauben, dass sie mich anlügen, nur um meine Gefühle nicht zu verletzen«, neckte er und hoffte, dass er die Farbe ihrer Augen sehen würde.

»Es ist alles in Ordnung«, sagte sie mit so leiser Stimme, dass er sie fast nicht hören konnte.

Ihre Stimme war etwas kratzig, als hätte sie sie lange nicht mehr benutzt, und der tiefe Klang machte sie sehr sexy. Ihre Stimme drang durch Abes ganzen Körper bis in sein Herz. Erstaunlicherweise spürte er, wie sich die Haare auf seinen Armen aufrichteten. Wow.

Abe bückte sich und versuchte, ihr in die Augen zu schauen. Sie hob ganz kurz den Kopf, als wollte sie sagen: »Schau mal.« Abe drehte sich um und bemerkte, dass er der Nächste war, der ans Buffet gehen konnte. Er griff nach einem Teller, wandte sich der mysteriösen Frau zu und hielt ihn ihr hin. Endlich konnte Abe ihre Augen sehen, als sie ihn verwirrt anblickte. Ihre Augen waren hellgrau mit etwas Blau darin. Er vermutete, dass sie in einem anderen Licht wahrscheinlich mehr blau als grau aussehen würden. Um ihre nicht gestellte Frage zu beantworten, wedelte Abe mit dem Teller und sagte: »Für Sie.«

Abe beobachtete, wie sie vorsichtig den Teller nahm, als wäre es eine Bombe, die er ihr stattdessen gab. Er nahm einen weiteren Teller vom Stapel für sich selbst und versuchte, das Gespräch mit der Frau aufrechtzuerhalten, während sie zum Buffet gingen.

»Was können Sie empfehlen? Welches Gericht haben Sie mitgebracht?« Als sie nicht antwortete, sondern sich darauf zu konzentrieren schien, sich aufzutun, versuchte Abe, einen Scherz zu machen. »Lassen Sie mich raten, was von Ihnen ist ... hmmm, die selbst gemachten Brötchen? Nein? Was ist mit dem Nudelsalat da? Oh, ich weiß ... die langweilige Schüssel mit Gemüse?«

Als sie sich im selben Moment auf die Lippe biss

und bestürzt vom Tisch abwandte, realisierte er sein Missgeschick. Oh, scheiße.

»Ach verdammt, es tut mir leid. Das meinte ich nicht so.«

Als sie nichts erwiderte, sondern nur mit den Schultern zuckte und so aussah, als würde sie am liebsten sofort im Boden versinken, schaltete Abe verzweifelt einen Gang zurück.

»Im Ernst, es tut mir wirklich leid. Das war sehr unhöflich von mir. Gott. Sie müssen denken, dass ich ein riesiges Arschloch bin. Dabei liebe ich Gemüse.«

Als sie immer noch nichts sagte, nahm Abe seinen Teller in die eine Hand, ergriff mit der anderen leicht ihren Ellbogen und zog sie zur Seite. Sie hatten beide ihre Teller gefüllt und das Ende des Buffets erreicht. »Schauen Sie mich an.«

Bei dem bestimmenden Tonfall in Abes Stimme sah sie schließlich zu ihm auf.

Abe unterdrückte ein Gefühl des Triumphs, als sie auf seine Forderung reagierte. Gott, jetzt war nicht der richtige Zeitpunkt für dieses Alphamann-Getue, aber tief im Inneren schwoll ihm die Brust bei ihrer Reaktion auf seine Worte.

»Es tut mir furchtbar leid. Okay?«

»Okay«, sagte sie wieder mit leiser Stimme und nickte gleichzeitig, um ihre Antwort zu bekräftigen.

Abe mochte den Klang ihrer Stimme, auch wenn er sie nur ein paar Worte hatte sagen hören. Er erklärte entschlossen: »Es ist immerhin mehr, als ich mitgebracht habe. Ich bin nur ein Schmarotzer. *Sie* haben wenigstens etwas beigesteuert.« Das zögernde Lächeln, das sich auf ihrem Gesicht zeigte, war jede Verlegenheit wert, die Abe dabei empfand, in dieses Fettnäpfchen getreten zu sein.

»Ich kann nicht kochen. Glauben Sie mir, es ist besser, dass ich Gemüse mitgebracht habe, als dass ich versucht hätte, etwas zu kochen«, gab sie verlegen zu und sprach wieder mit ihrer heiseren, leisen Stimme.

Irgendwie fühlte es sich an wie ein Sieg, dass sie mit ihm sprach, auch wenn Abe nicht genau wusste warum. Er schenkte ihr ein breites Grinsen.

Den Teller immer noch in der einen Hand haltend streckte Abe ihr die andere entgegen und sagte: »Ich bin Christopher. Meine Freunde nennen mich Abe, aber Sie können mich auch Christopher nennen.«

»Alabama«, antwortete die Frau höflich, gab ihm aber nicht die Hand und stellte auch keine Fragen über seinen Namen oder hinterfragte, was es mit dem Spitznamen auf sich hatte. Alabama griff mit beiden Händen nach ihrem Teller, als hinge ihr Leben daran. Abe empfand dabei jedoch nichts Ungewöhnliches. Er versuchte, das Gespräch am Laufen zu halten, nickte ihr zu und sagte: »Es ist sehr schön, Sie kennenzulernen, Alabama. Ich nehme an, Sie arbeiten auch hier?« Er sah, wie ihr jegliche Gesichtszüge entglitten und sie den Blick abwandte, als suchte sie nach etwas, um sich abzulenken. Alabama kaute auf ihrer Unterlippe. Abe ahnte bereits, dass sie nicht auf seine Frage eingehen würde, bevor sie etwas sagte.

»Ich muss weg.«

Alabama entschuldigte sich nicht einmal oder versuchte, das Thema zu wechseln. Sie ergriff buchstäblich die Flucht vor ihm.

Abe sah ihr nach. Er hatte keine Ahnung, was so besonders an ihr war, aber er wusste, dass er Alabama besser kennenlernen wollte – mehr als alles andere, was er sich in letzter Zeit in seinem Leben gewünscht hatte. Irgendetwas an ihr förderte seinen Beschützerinstinkt zutage. Da steckte etwas dahinter und er wollte wissen, was das war. Abe wollte alles über Alabama erfahren.

KAPITEL DREI

Alabama zuckte zusammen, als sie sich von dem heißesten Typen entfernte, den sie jemals gesehen hatte. Wenn sie eine Hand frei gehabt hätte, um sich vor die Stirn zu schlagen, hätte sie es getan. Gott. Sie war *so* eine Närrin. Ernsthaft. Alabama glaubte nicht, dass sie jemals in ihrem Leben so verlegen gewesen war. Okay, sie *wusste*, dass sie noch nie so verlegen gewesen war. Wahrscheinlich weil sie immer versucht hatte, andere Menschen zu meiden, und sich nie bemüht hatte, sie in ein Gespräch zu verwickeln.

Christopher. *Christopher*. Nicht Chris, sondern Christopher. Sogar sein Name war heiß. Alabama wusste nicht, wie sein Nachname lautete, aber sie war sich sicher, dass er genauso cool war. Den Klang von »Abe« mochte sie überhaupt nicht. Er sah nicht wie ein

»Abe« aus. Auch wenn seine Freunde ihn so nannten, wusste Alabama, dass sie es niemals tun würde.

Sie hatte nicht wirklich vorgehabt, mit ihm zu sprechen. Das war gegen ihren Instinkt. Alabama war keine Rednerin und würde es niemals sein. Sie war mit zunehmendem Alter besser darin geworden, aber als Christopher ihr in so süßem Ton sagte, dass es ihm leidtäte, konnte Alabama einfach nicht anders, als zu versuchen, ihm die Schuldgefühle zu nehmen. *Sie* wollte, dass *er* sich besser fühlte. Verrückt. Und als Christopher mit *dieser* Stimme verlangte, dass sie ihn ansah, konnte sie einfach nicht widerstehen.

Ihr ganzes Leben lang hatte Alabama versucht, anderen Leuten zu gefallen – Mama, Lehrern, Pflegeeltern ... aber es hatte nie etwas gebracht. Niemand war jemals mit Alabama zufrieden gewesen. Sie sprach zu viel, sie sprach nicht genug, sie war komisch, sie war nicht engagiert genug ... warum konnte Alabama nicht einmal jetzt damit aufhören zu versuchen, andere glücklich zu machen? Man sollte annehmen, sie hätte ihre Lektion inzwischen gelernt.

Alabama ging in die hinterste Ecke des Raumes und ließ sich auf einen Stuhl fallen. Sie stellte den Teller auf ihren Schoß und versuchte, sich zu beruhigen. Wie spät war es? Konnte sie schon gehen? Ja, sie war von den Wolfes zu der Party eingeladen worden, Alabama *arbeitete* schließlich in ihrer Firma, aber sie war keine Maklerin. Sie war Putzfrau. Sie räumte die Büros auf, nachdem alle anderen nach Hause gegangen waren. Es war kein glamouröser Job, aber sie machte es gut. Alabama war stolz darauf, dass alles makellos war. Sie mochte ihren Job wirklich, weil sie mit niemandem reden musste. Sie konnte die Kopfhörer ihres iPods aufsetzen und zu ihrer Lieblingsmusik mitsingen, während sie putzte.

Alabama kannte jeden Winkel des Büros. Sie wusste wahrscheinlich mehr darüber, was dort vor sich ging, als die Wolfes selbst. Es war erstaunlich, was Leute alles wegwarfen in dem Glauben, es wäre einfach »weg«, sobald es einmal im Müll lag. Sie hatte benutzte Kondome, Magentabletten und Notizzettel mit Liebesbriefen darauf gesehen. Einmal musste sie sogar einen Mülleimer ausleeren, in den sich jemand erbrochen hatte. Alabama schüttelte den Kopf. Wenn die Leute nur wüssten, womit sie es zu tun bekam, wenn sie das Büro putzte.

Alabama war bekannt, dass die meisten Makler nicht einmal wussten, dass sie existierte, was für sie absolut in Ordnung war. Sie hatte niemals leicht Freundschaften geschlossen. Oh, sie glaubte schon, dass sie nett war, aber sie war einfach nicht sehr sozial. Alabama gefiel es einfach nicht, sinnlos zu tratschen, und die meisten anderen Frauen fanden das seltsam. Außerdem bedeutete das Schließen von Freundschaften, sich zu öffnen und sich verletzlich zu machen. Alabama hatte es ein Jahr nach ihrem Umzug nach Riverton versucht. Es hatte eine andere Putzfrau gegeben, von der Alabama *geglaubt hatte*, dass sie sich mit ihr angefreundet hatte.

Sie waren ein paarmal zum Essen ausgegangen und hatten einige Zeit zusammen bei der Arbeit verbracht. Alabama hatte sogar angefangen, sie zu ihrer Schicht abzuholen und danach wieder nach Hause zu fahren. Eines Abends hatte Alabama gehört, wie sie jemandem am Telefon erzählte, was sie wirklich über ihre Freundschaft dachte. Sie hatte Alabama nur benutzt, um Fahrkosten zu sparen. Sie hatte dem Gesprächspartner am Telefon mitgeteilt, dass sie Alabama komisch fand und froh war, dass sie ihren Wagen nächste Woche zurückbekommen würde. Das war das letzte Mal gewesen, dass Alabama ihr angeboten hatte, sie zur Arbeit zu fahren, und das letzte Mal, dass sie versucht hatte, Freunde zu finden.

Zurück in der Gegenwart schaute Alabama sich im Raum um und entdeckte Adelaide. Sie wünschte, Adelaide hätte niemals bemerkt, dass sie existiert. Sie hatte Alabama auf Anhieb nicht ausstehen können. Alabama hatte keine Ahnung warum. Sie hatte wie immer die Büros geputzt, als Adelaide eines Abends noch einmal zurückkam. Sie waren beide überrascht, sich über den Weg zu laufen, aber Adelaide hatte sie sofort aus ihrem Büro geschmissen und die Tür geschlossen. Adelaide war ungefähr dreißig Minuten geblieben, bevor sie wieder gegangen war und zu Alabama gesagt hatte, dass sie ihr Büro diese Nacht nicht mehr putzen müsste.

Alabama hatte nur die Achseln gezuckt und mit ihrer Arbeit weitergemacht. Das war alles. Seit diesem Abend schaute Adelaide sie jedes Mal so an, als wollte sie Alabama mit ihren Blicken töten. Alabama hatte keine Ahnung, was Adelaide an diesem Abend im Büro gemacht hatte, aber offensichtlich wollte sie nicht, dass jemand davon erfuhr. Alabama hatte darüber nachgedacht, ihr Büro zu durchsuchen, aber eigentlich war es ihr auch egal. Was auch immer es war, es würde ihr nur selbst Ärger bereiten, da war sie sich sicher.

Alabama hatte Adelaides abfällige Kommentare über ihr Gemüse gehört, bevor sie sich angestellt hatte. Sie wusste, dass Christopher es von ihr gehört haben musste, aber sie versuchte, es ihm nicht zum Vorwurf zu machen. Er hatte versucht, einen Scherz zu machen, nicht gemein zu sein. Er hatte keine Ahnung gehabt, dass sie das Gemüse mitgebracht hatte.

Alabama stocherte in dem Essen herum, das sie unaufmerksam auf ihren Teller geschaufelt hatte, und beobachtete die Menschen um sie herum. Wie üblich waren es zu viele Leute auf engstem Raum, aber die

Wolfes wollten nichts davon hören, ihr alljährliches Zusammenkommen woanders zu veranstalten. Es war Tradition, dass es in den Geschäftsräumen stattfand, also würde es auch dieses Jahr dort sein, Punkt. Die meisten Leute lachten und redeten heiter miteinander. Durch die vielen Menschen war es sehr laut in dem Raum. Aber wenigstens wirkten alle glücklich und entspannt.

Alabama sah, wie Christopher zu Adelaide zurückging. Es war wirklich eine Schande, dass er mit ihr zusammen war. Adelaide hatte Christopher mit Sicherheit nicht verdient. Alabama erinnerte sich daran, wie er ihr den Teller gegeben hatte. Es war eine so selbstverständliche Geste gewesen, als würde er so etwas andauernd machen – wahrscheinlich tat er das auch. Es schien eine tief verwurzelte Eigenschaft von ihm zu sein, sich um andere zu kümmern. Sie konnte aber nicht umhin darüber nachzudenken, wer sich um ihn kümmerte. Adelaide tat es mit Sicherheit nicht. Als er wieder neben ihr auftauchte und sie ihren Arm um ihn legte, bemerkte sie nicht einmal, dass sie dabei seine Hand anstieß, wodurch der Kaffee in seiner Hand überschwappte und auf sein Hemd kleckerte. Adelaide war so beschäftigt mit ihrem Gespräch, dass sie weder sein finsteres Gesicht bemerkte noch Anstalten machte, ihm zu helfen, das verschüttete Getränk aufzuwischen.

Trotz ihrer kalten Reaktion bemerkte Alabama,

dass Christopher sich weiterhin um Adelaide bemühte. Alabama sah, wie er sie schnell zur Seite nahm, als zwei Männer versuchten, an der Gruppe von Frauen vorbeizukommen, und wie er ihr das leere Glas abnahm, als sie damit fertig war. Adelaide ignorierte ihn nur und bedankte sich nicht einmal. Alabama beobachtete und würdigte Christophers Handlungen, aber sie hatte keine Ahnung, wie es sich anfühlte, selbst so behandelt zu werden.

Bekam Adelaide überhaupt mit, wie viel Christopher für sie tat? Wusste sie, wie er sie mit so vielen kleinen Details beschützte? Alabama versuchte, sich in Adelaide hineinzuversetzen. Würde sie Christopher genauso ausnutzen, wenn er ihr Freund wäre? Sie zuckte innerlich mit den Schultern. In ihrem ganzen Leben hatte es noch nie jemanden gegeben, der sich die Mühe gemacht hätte, sich um sie zu kümmern. Sie konnte sich also nicht vorstellen, was sie tun würde. Wie auch immer. Alabama brauchte niemanden. Sie kam ganz gut allein zurecht, zumindest versuchte sie, sich das immer wieder einzureden.

Alabama war so vertieft in die heimliche Beobachtung von Christopher und Adelaide, dass sie den ersten Alarmton nicht wahrnahm. Erst als sie sah, wie Christopher seinen Teller fallen ließ, dabei das Essen ignorierte, das überall herumspritzte, und Adelaide am Arm packte, bemerkte sie, dass möglicherweise etwas nicht stimmte.

Alabama sah zum Buffett hinüber und stellte fest, dass der Tisch und der Vorhang dahinter in Flammen standen und sich das Feuer schnell ausbreitete. Der ohnehin überfüllte Raum füllte sich schnell mit Rauch und sie konnte hören, wie Menschen vor Panik schrien. Alabama ließ sofort ihren eigenen Teller fallen und sah sich nach Fluchtwegen um.

Seit sie jung war und versuchen musste, Mama zu entkommen, wenn sie sauer war, sah sich Alabama immer zunächst um, wo sich die Ausgänge befanden, egal in welcher Situation sie sich auch befand. Dieses Vorgehen hatte Alabama mehrmals in ihrem Leben vor Prügel bewahrt und könnte ihr jetzt das Leben retten.

Die meisten Leute liefen auf den Haupteingang zu, die gleiche Tür, über die sie zuvor den Raum betreten hatten. Es lag in der Natur des Menschen, zu der Tür zu gehen, die man kannte, anstatt nach einem alternativen Ausgang zu suchen.

Alabama wusste, dass es einen Seitenausgang gab, aber der lag in entgegengesetzter Richtung zu dem Ausgang, über den die meisten versuchten herauszukommen. Außerdem war er durch einen kleinen Flur abgetrennt, sodass die Tür von dem Raum, in dem die Party stattfand, nicht sichtbar war und daher keine Option für die panische Menge darstellte. Schwarzer, schwerer Rauch stieg aus den Vorhängen auf. Alabama spürte, wie die Luft immer dünner wurde und es immer schwerer wurde zu atmen.

Alabama hatte gerade zwei Schritte in Richtung Flur und Freiheit gemacht, als sie stehen blieb. Sie dachte an die Leute, die aufgrund der herrschenden Panik wahrscheinlich nicht durch den Hauptausgang flüchten konnten. Sobald sie keine Luft mehr bekämen, würde die Tür blockiert sein. Sie hatte oft genug in den Nachrichten gesehen, was passierte, wenn in überfüllten Kneipen oder Nachtklubs ein Feuer ausbrach und zu viele Leute versuchten, sich durch eine einzige Tür zu quetschen. Wenn die Menge weiter schubste und drängelte, um durch den Haupteingang herauszukommen, würde dieser bald blockiert sein. Christopher würde nicht fliehen können.

Bevor sie sich überhaupt bewusst wurde, was sie tat, war Alabama auf dem Weg dorthin, wo sie Christopher zuletzt gesehen hatte. Sie bemerkte schnell, dass sie in aufrechtem Gang nicht lange in der Lage sein würde zu atmen. Alabama sank auf die Knie und begann, so schnell sie konnte, zu kriechen. Gott sei Dank hatte sie eine Hose an. Alabama kroch zur anderen Seite des Raumes, weg von der Freiheit des Seitenausgangs, aber in Richtung Christopher. Er war noch nie in diesem Gebäude gewesen und wusste nichts von der anderen Tür. Irgendwie wusste Alabama auch, dass er Adelaide und die anderen Frauen, die in der

Nähe waren, nicht allein lassen würde. Christopher würde alles ihm Mögliche tun, um sie rauszuholen.

Alabama vergeudete kostbare Zeit damit, sich im Raum zurechtzufinden. Er wirkte plötzlich viel größer, da sie durch den Rauch nichts sehen konnte. Sie hustete ein paarmal und versuchte, sich zu beeilen. Alabama wusste, dass die Zeit knapp wurde. Schließlich erreichte sie die Stelle, an der Christopher mit Adelaide gestanden hatte – sie waren nicht mehr da, aber sie sah eine Gruppe von Leuten, die in der Nähe an die Wand gedrängt standen.

Alabama lief zu ihnen hinüber, packte aber im Vorrübergehen noch den Arm eines weiteren Mannes, zeigte auf die andere Seite des Raumes, wo sich der Flur befand, und sagte eindringlich: »Es gibt noch einen anderen Ausgang. Durch den Flur da drüben ... Los!«

Der Mann zögerte keine Sekunde, griff nach der Hand der Frau neben ihm und lief in die Richtung, in die Alabama gezeigt hatte. Sie verschwanden in dem mit Rauch gefüllten Raum. Wenn Alabama ihn nicht berührt hätte, hätte sie sich gefragt, ob sie es sich vielleicht nur eingebildet hatte. Sie ging weiter an der Wand entlang und suchte nach Christopher. Jeden, dem sie begegnete, verwies sie auf die andere Seite des Raumes. Die Leute sahen sie dankbar an, aber niemand ermutigte sie mitzukommen. Sie drehten sich einfach um und liefen in die Richtung, in die sie gezeigt hatte.

Nachdem sie mehreren Personengruppen den Weg gewiesen hatte, erreichte sie schließlich Christopher und Adelaide. Sie hatten sich kniend an die Wand gekauert. Christopher hatte sein Jackett um Adelaide gelegt. Er hatte auch sein weißes Hemd ausgezogen und es um Adelaides Kopf gebunden, um ihr das Atmen zu erleichtern. Adelaide befand sich vor ihm und er beugte sich beschützend über sie. Alabama konnte sehen, wie er den Raum untersuchte, wahrscheinlich um einen Fluchtweg zu finden.

Alabama brauchte eine halbe Sekunde, um Christophers durchtrainierten Körper zu bewundern, bevor sie sich wieder dem vorherrschenden Notfall zuwenden konnte. Sie hatte keine Zeit, seine Muskeln zu begaffen, und ignorierte das Kribbeln in ihrem Bauch beim Anblick von Christophers Sixpack.

»Christopher«, schrie Alabama, als sie seinen Bizeps ergriff und spürte, wie er sich unter ihrer Berührung anspannte. »Da drüben gibt es noch einen anderen Ausgang.« Sie zeigte auf die andere Seite des Raumes zu dem Flur, zu dem sie schon die anderen Leute geschickt hatte.

Alabama hatte erwartet, dass er sofort Adelaide in Sicherheit bringen würde, und war überrascht, als er ihre Worte ignorierte und sie stattdessen am Arm packte. »Geht es dir gut, Alabama?«

Obwohl sie es genoss, dass er sich nach ihr erkundigte, war jetzt nicht der richtige Zeitpunkt dafür. Sie mussten hier raus. Der zunehmende Lärm des Feuers machte es schwierig, etwas zu verstehen.

Alabama nickte nur. »Die Tür ist in die Richtung.« Sie zeigte erneut auf den Flur und versuchte, ihn zum Gehen zu bewegen.

»Bist du dir sicher?«, fragte Christopher – seine Stimme klang rau von dem Rauch, den er eingeatmet hatte.

Alabama nickte eindringlich. Mist, wenn er nicht von selbst gehen wollte, müsste sie ihn dazu bringen. »Folgt mir!«, befahl sie.

Sie drehten sich um, um über den Boden zu kriechen, aber Adelaide weigerte sich mitzukommen.

»Wohin gehst du? Nein! Die Tür ist hier, wir müssen hierbleiben. In ein paar Sekunden wird der Ausgang frei werden.« Adelaide begann, heftig zu husten – ihre Stimme war gedämpft von dem Hemd, das Christopher ihr um den Kopf gewickelt hatte.

Christopher wandte sich an Adelaide und redete streng mit ihr. Er versuchte, sie zu überzeugen, zu dem anderen Ausgang zu gehen. Alabama sah, wie Glut und anderes brennendes Material von den Wänden herabfiel und auf Christophers nacktem Rücken landete, als er sich über Adelaide beugte. Er hatte kein Hemd an und würde sich verbrennen, wenn er so durch den Raum kroch.

Alabama sah sich verzweifelt um und entdeckte ein weggeworfenes Jackett, das auf dem Boden lag. Offensichtlich war es in der Panik von jemandem fallen gelassen worden. Sie kroch hinüber und schnappte sich einen der Wasserkrüge, der immer noch verlassen auf einem der Tische stand. Auf ihren Knien kroch sie zurück zu Christopher und goss ihm ohne Vorwarnung das Wasser über den Kopf, das daraufhin über seine Haare und seinen Rücken lief.

Ihr schlechtes Gewissen hielt nur für einen Moment an, bevor sie entschied, dass er lieber sauer auf sie sein sollte, anstatt sich zu verbrennen. Alabama ignorierte Adelaides empörte Schreie und warf Christopher das Jackett zu, das sie aufgehoben hatte.

»Um deinen Rücken zu schützen.« Christopher stritt nicht weiter darüber, dass sie ihn so plötzlich mit Wasser übergossen hatte, und nahm die Jacke. Sie war sehr eng, nicht nur weil sie nass war. Er war offensichtlich viel breiter und muskulöser als der Mann, dem das Jackett gehört hatte. Christopher nickte ihr nur zu und strich sein tropfnasses Haar zurück. Er wandte sich wieder Adelaide zu.

Christopher war ihrer Tirade jetzt überdrüssig geworden, ergriff sie fest am Oberarm und verlangte mit einer Stimme, die keine Widerworte erlaubte: »Beweg dich.«

Adelaide begriff schließlich, dass er es ernst meinte, und entschied, dass es besser war mitzugehen, als weiter vor der Wand des in Flammen stehenden Raumes zu knien. Christopher ließ Adelaides Arm los und bedeutete Alabama, ihnen den Weg zu weisen. Alabama kroch, ohne zu zögern, los. Sie konnte Christopher direkt hinter sich fühlen. Er hatte Alabama erlaubt, die Führung zu übernehmen, war aber direkt hinter ihr, als sie sich durch den Raum zum Ausgang begaben. Er wich ihr nicht von der Seite. Ab und zu streifte er mit seiner Schulter ihren Po, so nahe war er.

Im Raum war es jetzt beängstigend. Es war laut, wirklich laut. Und es war dunkel. Alabama wusste, dass es fast keinen Sauerstoff mehr im Zimmer gab. Der Gedanke daran, wie heiß Christopher ohne Hemd ausgesehen hatte und wie nett er zu ihr gewesen war, war jetzt verschwunden. Alabama konzentrierte sich nur noch darauf, aus dem Gebäude herauszukommen, das in Flammen stand.

Alabama hustete ununterbrochen und konnte spüren, wie Christopher neben ihr zusammenzuckte und ebenfalls hustete. Während sie krochen, bemerkte Alabama ein Stück Stoff auf dem Boden. Ohne nachzudenken, schnappte sie es sich und kroch weiter. Sie griff kurz zurück und drückte es Christopher in die Hand. Er nahm es und sie hoffte, dass er es als Filter zum Atmen benutzen würde, so wie sie es beabsichtigt hatte. Alabama dachte vielleicht nicht mehr darüber nach, wie gut dieser Mann aussah, aber das bedeutete nicht, dass sie sich nicht mehr um ihn sorgte. Christopher musste sein Gesicht bedecken, um nicht weiter den Rauch direkt einzuatmen. Sie dachte nicht einmal an sich selbst. Alabama wollte nur Christopher beschützen.

Während Alabama und Christopher krochen, stießen sie auf ein paar andere Leute, die scheinbar die Orientierung verloren hatten. Alabama griff nach ihnen und drängte sie, ihnen zu folgen. Als sie schließlich den Flur und dann die Tür erreichte, war die Gruppe auf ungefähr zehn Personen angewachsen, alle in einer langen Schlange hintereinander. Alabama stand auf und versuchte, die Tür aufzustoßen. Für eine Sekunde geriet sie in Panik, als sie sich nicht rührte, aber Christopher stellte sich neben sie und lehnte sich mit ihr zusammen mit voller Kraft gegen die Tür. Durch ihr vereintes Gewicht sprang sie schließlich auf. Frische Luft strömte ihr ins Gesicht und Alabama atmete tief ein.

Die frische Luft fühlte sich großartig an. Der Zustrom von Sauerstoff in den Flur und in den brennenden Raum schien das Feuer aber noch weiter anzuheizen. Schwarzer Rauch zog über ihnen durch die Tür nach draußen. Die zusammengewürfelte Truppe, die durch diese Feuerhölle gekrochen war, beeilte sich, das Gebäude zu verlassen. Einer nach dem anderen kam durch die Tür, stand auf und lief so schnell wie möglich von dem brennenden Gebäude weg.

Alabama saß neben der Tür und half den anderen

nach draußen. Sie half ihnen beim Aufstehen, nachdem sie herausgekrochen waren. Sie konnte nicht aufhören zu husten, aber so ging es allen anderen auch. Tief grollendes Husten hallte überall um sie herum durch die Luft. Wenn der Lärm des Feuers nicht gewesen wäre, hätte man nur das Husten der Leute gehört. Obwohl sie sich selbst kaum hören konnte, vernahm sie die anderen. Sie sah, wie Christopher zögerte, bevor er wegging, aber Adelaide klammerte sich an seinen Arm, zog ihn weg und er verschwand.

Alabama schaute noch einmal durch die Tür, nachdem die letzte Person aus ihrer Gruppe herausgekrochen war, sah aber niemanden mehr. Das Feuer loderte an der Decke und es war heiß. Heißer als alles, was sie jemals zuvor erlebt hatte. Wenn noch jemand da drinnen war, glaubte sie nicht, dass er eine Chance hatte zu überleben.

Alabama hatte bis jetzt keine Zeit zum Nachdenken gehabt, aber als sie realisierte, was sie gerade getan hatte, erschrak sie und fing an zu zittern. Es war okay. Sie war okay. Sie hatte Christopher rausgeholt. Sie hatte noch andere gerettet. Gott sei Dank hatte sie von diesem Ausgang gewusst.

Alabama entfernte sich stolpernd von der Tür und versuchte, sich in dem Chaos um sie herum zurechtzufinden. Am Straßenrand standen Feuerwehrautos und Menschenmassen starrten schockiert auf das

Gebäude. Sie sah auch einige Wagen von Nachrichtensendern ankommen. Sie wusste, dass dieser Vorfall ein riesiges Medienspektakel werden würde.

Alabama hustete wieder, ignorierte es aber, während sie aufgeregt die Umgebung absuchte. Endlich sah sie Christopher mit Adelaide, und ihre verkrampften Muskeln entspannten sich. Er war da. Er war in Sicherheit. Warum ihr das so viel bedeutete, wusste sie selbst nicht. Verdammt, sie kannte den Mann nicht einmal. Es lag nur daran, wie Christopher mit ihr gesprochen hatte – als wäre er an ihr interessiert. Und die Art und Weise, mit der er Adelaide behandelte, löste etwas in Alabama aus.

Etwas tief in ihr, das gehofft und gebetet hatte, dass sich jemand findet, der sich auf ihre Seite schlägt, um sie vor Mama zu beschützen, erwachte wieder und nahm Christopher zur Kenntnis. Er war der Typ Mann, den sie wollte. Er war die Art von Mann, der sich um seine Frau kümmerte. Christopher würde niemals zulassen, dass jemand sie verletzte. Sie wusste außerdem aus erster Hand, dass diese Art von Mann nicht jeden Tag dahergelaufen kam. Auch wenn er nicht ihr Mann war, wusste sie, dass die Welt dank ihm ein besserer Ort war.

Sie beobachtete, wie Adelaide ihr Gesicht an Christophers Brust vergrub und heulte. Alabama musste unweigerlich daran denken, dass Adelaide in besserer Verfassung war als die meisten anderen, einschließlich Christopher, wenn sie die Kraft hatte, so heftig zu weinen, ohne husten zu müssen. Adelaide sollte sich mehr um Christophers Wohlergehen sorgen, als so eine Szene zu veranstalten.

Alabama sah, wie Christopher versuchte, die Frau in seinen Armen zu trösten und gleichzeitig selbst zu Atem zu kommen.

Alabama bemerkte, wie zwei Rettungssanitäter durch die Menschenmenge gingen, die auf dem Rasen verteilt saß, und versuchten herauszufinden, wer zuerst Hilfe benötigte. Alle husteten, aber den meisten Leuten schien es größtenteils gut zu gehen. Als einer der Männer zu ihr hinüberkam, teilte sie ihm leise und knapp ihre Sorge um Christopher mit, während sie die Frage zu ihrem eigenen Zustand abtat.

Als er endlich begriffen hatte, was sie wollte, ging der Rettungssanitäter zu Christopher hinüber. Nachdem Alabama sichergestellt hatte, dass er behandelt wurde, konzentrierte sie sich darauf, in ihre kleine Wohnung zurückzukehren. Es war eine Bruchbude, aber es war ihr Zuhause, und sie wollte unbedingt dorthin.

Alabama würde noch früh genug herausfinden, was mit ihrem Job war. Die Putzkolonne war das Letzte, um das sich die Wolfes im Moment Sorgen machten. Sie würde ein bisschen warten, bevor sie wieder Kontakt zu ihnen aufnahm, um zu fragen, wann sie wiederkommen sollte. Sie *brauchte* diesen

Job, aber sie wollte nicht egoistisch sein, wenn andere verletzt wurden und sich alle anderen ebenfalls Sorgen um ihre Jobs und ihren Lebensunterhalt machten.

Alabama schaute nicht mehr zurück zu dem Mann, von dem sie sich wünschte, er würde ihr gehören. Sie verließ einfach die chaotische Szene und ging davon. Es hatte keinen Sinn, sich etwas zu wünschen, das niemals passieren würde. Es war, wie es war. Sie hatte ihre Lektion bereits vor langer Zeit gelernt. Alabama musste sich damit zufriedengeben, kurz seine Bekanntschaft gemacht zu haben und zu wissen, dass Christopher in Sicherheit war.

Abe sah den Sanitäter an, der auf sie zukam. Gott sei Dank, er könnte sich um Adelaide kümmern und er selbst könnte verdammt noch mal von hier verschwinden. Abe musste Alabama finden und sich bei ihr bedanken. Er war überrascht, als der Mann ihn ansprach und die hysterische Frau, die sich in seinen Armen vergraben hatte, keines Blickes würdigte.

»Sir? Mir wurde gesagt, dass Sie sich verbrannt haben. Ich würde mir das gern ansehen, um sicherzugehen, dass es nur oberflächlich ist.«

»Verbrannt?«, fragte Abe verwirrt. Wer hatte gesagt, dass er sich verbrannt hat? War er verletzt und wusste es selbst nicht?

»Drehen Sie sich bitte um und ziehen sie die Jacke aus, dann werden wir sehen, wie schlimm es ist.«

Abe hustete und ließ Adelaide los, die bereits die Blutzirkulation in seinem Arm unterbrach. Sie weigerte sich, aber der Rettungssanitäter wies sie entschlossen an, ihn loszulassen, damit er sich seinen Rücken ansehen konnte. Es brannte etwas, als Abe das Jackett ablegte, er zeigte aber kein äußeres Anzeichen von Unbehagen. Die Schmerzen waren nur gering im Vergleich zu dem, was er auf seinen Missionen schon hatte aushalten müssen.

»Okay, es sieht nicht so schlimm aus, Sir«, sagte der Sanitäter emotionslos. »Es scheint, als wäre etwas Glut auf Ihrem Rücken gelandet. Ich gehe davon aus, dass Sie die Jacke nicht die ganze Zeit anhatten. Es war jedenfalls gut, dass Sie das Jackett wieder angezogen habe, so viel steht fest. Die Verbrennungen hätten sonst schlimmer ausfallen können. Schauen Sie sich nur mal den Stoff an.«

Abe sah sich erstaunt die Jacke an, die der Mann festhielt. Er hatte nicht bemerkt, dass ihm etwas auf den Rücken gefallen war, während er mit Adelaide an der Wand gestanden hatte. Adrenalin, vermutete er. Wenn Alabama nicht so schnell reagiert und ihn mit Wasser übergossen und ihm diese Jacke gegeben hätte ... Alabama! Wo war sie? Plötzlich wollte er sie unbedingt finden, um sicherzugehen, dass es ihr gut ging, und sich bei ihr zu bedanken. Verdammt ... und das aus Gründen, die er nicht einmal verstand.

Abe sah sich um, konnte sie aber nirgends entdecken. War sie herausgekommen?

»Wer hat Ihnen gesagt, dass Sie mich untersuchen sollen?« Auch ohne dass der Mann antwortete, wusste er, dass es Alabama gewesen sein musste. Niemand sonst hätte gewusst, dass er sich verbrannt hatte. Er musste sich aber vergewissern.

»Die Frau da drüben.« Der Sanitäter zeigte in die Richtung, in der er Alabama zuletzt gesehen hatte. Sie war aber nicht mehr da. »Nun, sie war jedenfalls da drüben. Sie trug Jeans und war nicht sehr groß.«

Abe nickte ein wenig verärgert über diese nicht gerade schmeichelhafte Beschreibung der Frau, die er so faszinierend und hinreißend fand. »Ich weiß, wer es war. Danke.«

Abe bemerkte nicht einmal, wie Adelaide das Gesicht verzog, als er bestätigte, dass es sich um Alabama gehandelt hatte.

»Du weißt schon, dass sie eine Putzfrau ist, oder?«, fragte Adelaide böswillig und machte zum ersten Mal auf sich aufmerksam, seitdem der Sanitäter gekommen war. »Sie ist komisch und putzt Toiletten, um ihren Lebensunterhalt zu verdienen.«

»*Du* weißt schon, dass sie dir gerade das Leben gerettet hat, oder?«, konterte Abe. »Zum Teufel, sie hat das Leben *vieler* Leute gerettet, auch meins. Es ist mir vollkommen egal, ob sie eine Tagelöhnerin oder die Königin von England ist.«

Adelaide verdrehte nur die Augen und hustete dramatisch.

»Kommen Sie, lass Sie uns gehen und Ihren Rücken behandeln, dann wird es Ihnen besser gehen«, sagte der Sanitäter unbehaglich und wollte nicht in die Schusslinie dieser Auseinandersetzung geraten.

Abe wollte in diesem Moment nichts lieber, als Adelaide auf der Stelle sitzen zu lassen, aber er konnte nicht. Es wäre nicht richtig, egal wie verärgert er über die ganze Situation war. Er half ihr auf, legte seinen Arm um ihre Taille und begleitete sie zu einem der Krankenwagen, die am Straßenrand aufgereiht waren.

Adelaides schlanke Taille zu spüren löste in Abe nichts mehr aus. Er konnte sich nicht einmal mehr vorstellen, dass er sie je für sexy gehalten hatte. Als er sie zum ersten Mal in ihrem kleinen schwarzen Kleid bei *Aces* gesehen hatte, hatte es ihn umgehauen. Sie schien die perfekte Frau zu sein. Jetzt wusste er es besser. Sie war fies und hatte nichts anderes im Sinn, als gemein zu sein.

Auch wenn er wusste, dass es nicht wirklich der richtige Ort war, er konnte und wollte nicht länger warten.

»Adelaide, ich wollte damit eigentlich warten, bis wir woanders sind, aber ich glaube, es ist an der Zeit, getrennte Wege zu gehen. Wir hatten viel Spaß zusammen, aber ich glaube nicht, dass diese Beziehung noch irgendwo hinführen kann.«

»Du lässt mich sitzen?«, kreischte Adelaide, ohne überhaupt noch husten zu müssen. Offensichtlich hatte Abes Hemd sie ausreichend geschützt, während sie in der Feuerhölle waren. »Was zum Teufel? Ich denke, du bist so ein großartiger Beschützer, ein umwerfendes Alphatier. Aber gerade, wenn ich mich an einem Tiefpunkt befinde und verletzt bin, sagst du mir, dass es vorbei ist? Lässt du mich ernsthaft für eine *Putzfrau* fallen?«

Als er nichts erwiderte, sondern sie nur abfällig anstarrte, spottete sie: »Du Vollidiot. Das wirst du noch bereuen.«

»Das tue ich bereits.« Abe ging kopfschüttelnd davon. Er hatte Frauen noch nie verstanden. Und würde es auch nie. Während er wegging, machte er bereits Pläne, wie er Alabama finden konnte. Sie wusste es noch nicht, aber sie würde ihn sehr bald wiedersehen. Wenn es sein musste, würde er Tex einschalten. Tex konnte jeden ausfindig machen. Tex war früher selbst im SEAL-Team gewesen, aber nachdem er auf einer Mission sein Bein verloren hatte, war er nach Virginia gezogen und hatte sich als Privatdetektiv selbstständig gemacht.

Tex stand den anderen Teammitgliedern immer noch nahe und hatte geholfen, Caroline zu finden, als sie Anfang des Jahres von Terroristen entführt worden war. Tex würde ihm helfen, Alabama zu finden, und dann könnte Abe damit beginnen, sie wirklich kennenzulernen.

Abe hatte sich schon lange nicht mehr so darauf gefreut, einer Frau näherzukommen – zu lange. Er konnte es kaum erwarten. Alabama würde gar nicht wissen, wie ihr geschah, und dann würde sie schon ihm gehören.

KAPITEL VIER

Am nächsten Abend sah sich Alabama traurig die Nachrichten an. Sie musste immer noch husten. Der Moderator berichtete gerade über den Brand. Anscheinend hatte es einen Kurzschluss in einem der elektrischen Kochtöpfe gegeben und die billige Papiertischdecke hatte Feuer gefangen. Alabama musste unweigerlich daran denken, dass es zumindest nicht ihr Gemüse war, dass den Brand verursacht hatte. Eines der schicken Gerichte, das jemand anderes mitgebracht hatte, war dafür verantwortlich gewesen.

Bevor jemand das Feuer entdeckt hatte, hatte es sich bereits ausgebreitet und die Vorhänge in Flammen gesetzt. Zum Glück war niemand getötet worden, aber es lagen immer noch etwa ein Dutzend Menschen im Krankenhaus. Sie wurden wegen Rauchvergiftung und Verbrennungen behandelt. Zu viele Menschen hatten versucht, gleichzeitig durch dieselbe Tür zu entkommen. Die Reporter hatten ein paar Leute befragt. Die meisten hatten berichtet, wie verängstigt sie gewesen wären und dass sie gedacht hätten, sie müssten sterben.

Alabama erkannte eines der Pärchen, denen sie den Weg zu dem anderen Ausgang gezeigt hatte. Es erzählte, wie dunkel und unheimlich der Raum gewesen war, und erwähnte sogar, wie sie jemand auf den Seitenausgang aufmerksam gemacht hatte, durch den sie hatten entkommen können. Sie wussten aber nicht, wer es gewesen war. Der Reporter schien für einen Moment daran interessiert zu sein, aber dann wurde jemand auf einer Trage vorbeigefahren und anscheinend war das interessanter, als die unverletzt Herumstehenden zu interviewen.

Alabama war zum Teil erleichtert darüber. Sie hatte kein Interesse daran, interviewt oder in den Mittelpunkt gestellt zu werden. Jeder andere hätte dasselbe getan wie sie. Das nahm sie jedenfalls an. Sie hasste es, im Rampenlicht zu stehen. Ein anderer Teil von ihr war aber auch ein bisschen verletzt. Wenn jemand *ihr* das Leben gerettet hätte, hätte sie sicher dafür gesorgt, dass diese Person eine gewisse Anerkennung bekam, oder hätte sich zumindest bei ihr bedankt. Na ja.

Alabamas Lunge tat immer noch weh, aber sie

konnte sich ehrlich gesagt nicht beklagen. Sie war noch am Leben *und* sie hatte vielen anderen geholfen zu entkommen. Sie hatte sich nicht die Mühe gemacht, selbst ins Krankenhaus zu fahren. Nachdem sie gesehen hatte, dass Christophers Verbrennungen behandelt wurden, war sie einfach gegangen. Der Job als Putzfrau brachte ihr nicht besonders viel Geld für ihren Lebensunterhalt ein. Alabama dachte, dass ein Ausflug ins Krankenhaus und eine saftige Zuzahlung, nur damit der Arzt ihr mitteilen konnte, dass sie in Ordnung war, keine gute Art war, ihr hart verdientes Geld auszugeben.

Sie kuschelte sich in die Decke auf ihrer Couch. Die kleine Wohnung war alles, was Alabama sich von ihrem Gehalt leisten konnte. Sie sparte Geld für die Anzahlung für ein eigenes Haus. Sie wusste nicht, welches Haus oder wo, aber sie würde alles tun, um ihre eigenen vier Wände zu besitzen. Ihre ganze Kindheit über hatte sie sich nach einem Ort gesehnt, den sie nur für sich hatte. Ihr eigener sicherer Zufluchtsort. Obwohl sie die Wohnung so gemütlich wie möglich eingerichtet hatte, würde sich Alabama niemals sicher fühlen, bis sie ihr eigenes Haus besaß.

Schon in den Pflegefamilien hatte sie sich niemals sicher gefühlt. Alabama hatte sich immer vor den anderen Pflegekindern und manchmal sogar vor den Eltern in Acht nehmen müssen. Und bei Gott, bei ihrer Mutter hatte sie sich erst recht niemals sicher fühlen können. Für den Moment war ihre Wohnung aber perfekt. Sie war klein und billig und erlaubte ihr, jeden Monat etwas Geld zu sparen.

Alabama war stolz auf den Betrag, den sie schon angespart hatte. Sie wusste, dass es für die meisten Leute nicht viel Geld war, aber für sie war es eine große Sache. Sie versuchte zu sparen, wo sie konnte. Sie kaufte in Secondhandläden ein, um auch bei der Kleidung zu sparen. Die kleine Wohnung war auch eine bewusste Entscheidung, um Geld zu sparen.

Ihr Vermieter war ein schleimiger Mistkerl namens Bob. Alabama kannte nicht einmal seinen Nachnamen. Als sie sich zum ersten Mal nach der Wohnung erkundigt hatte, hatte er sich nur als »Bob« vorgestellt, bevor er die Bedingungen für den Mietvertrag auflistete. Keine Haustiere. Keine Partys. Keine Untervermietung. Rauchen verboten. Die Miete war jeden Monat zum Ersten fällig. Kein Zahlungsaufschub. Die erste Monatsmiete als Anzahlung im Voraus. Die Wohnung war teilweise möbliert, aber Alabama hatte sich ein eigenes kleines Bett gekauft. Auf keinen Fall schlief sie in einem Bett, in dem jemand anderes schon wer weiß was veranstaltet hatte. Während ihrer Kindheit hatte sie das oft genug tun müssen. Nachdem Alabama die Highschool abgeschlossen hatte und endlich auf eigenen Beinen stand, hatte sie sich geschworen, nie wieder auf einer gebrauchten Matratze zu schlafen. Bisher hatte sie es geschafft.

Dass Bob die Wohnung als Apartment mit Schlafzimmer bewarb, war in Wirklichkeit eine Lüge. Das einzige »Zimmer« in der Wohnung war das Badezimmer. Aber das war okay für sie. Alabama lebte allein und brauchte nicht viel Platz.

Gerade als sie einschlief, klopfte es an der Tür. Alabama schreckte hoch. Wer zum Teufel war das? Niemand besuchte sie in ihrer Wohnung. Sie hatte keine Freunde. Niemand war jemals hierhergekommen. War es einer ihrer Nachbarn? Sie wusste, dass eine alte Dame auf derselben Etage lebte wie sie. Sie hatten sich einmal auf dem Flur angelächelt, aber nicht wirklich miteinander gesprochen. Vielleicht war sie es an der Tür.

Sie sah an sich herunter. Sie trug eine Jogginghose und ein großes T-Shirt. Sie zuckte mit den Schultern. Es war nicht so, als müsste sie jemanden beeindrucken. Entweder war es ihre Nachbarin oder jemand hatte sich in der Tür geirrt.

Alabama ging zur Tür und öffnete sie einen Spalt. Natürlich hatte Bob das Geld für Türspione gespart. Geizhals.

Der absolut letzte Mensch, den sie vor ihrer Tür erwartet hatte, war Christopher. Sie merkte plötzlich, dass sie nicht einmal seinen Nachnamen kannte. Sie stand einfach da wie eine Idiotin und starrte ihn durch den Türspalt an. Was zum Teufel wollte er hier?

»Hey, Alabama. Ich wollte nur mal vorbeischauen, um mich davon zu überzeugen, dass es dir gut geht.«

Nachdem Alabama ihn eine Weile angestarrt hatte, schüttelte sie verwirrt den Kopf. Als er seine Augenbrauen hob, ignorierte sie mutig ihre selbst auferlegte Regel, nicht zu sprechen, und fragte: »Wie hast du mich gefunden?«

Erstaunt sah sie, wie ihm ein rosiger Farbton ins Gesicht stieg. Gütiger Himmel, errötete er etwa? Nie im Leben hätte sie erwartet, dass ein Mann wie er erröten würde.

»Also, na ja, ich dachte mir, da du einen eher ungewöhnlichen Namen hast, wird es nicht schwer sein, dich ausfindig zu machen ... und ich hatte recht. Wusstest du, dass du der einzige Mensch in Riverton mit dem Namen Alabama bist? Ich war schon darauf vorbereitet, die Wolfes zu fragen, ob sie eine ›Alabama‹ kennen, die für sie arbeitet, als ein Freund von mir ungefähr zwei Sekunden, nachdem ich ihm deinen Namen und die Stadt gegeben hatte, die Antwort herausfand. Anscheinend bist du sehr leicht zu finden, vielleicht etwas zu leicht. Darüber müssen wir auch sprechen. Wie auch immer, er hat dich gefunden und jetzt bin ich hier.«

Alabama starrte ihn nur ungläubig an. Christopher hatte tatsächlich nach ihr gesucht? Er hatte einen seiner Freunde nach ihr suchen lassen? Warum? Wenn er sich bei ihr bedanken wollte, hätte er doch einfach anrufen oder eine Nachricht bei den Wolfes hinterlassen können. Alabama hatte so viele Fragen, aber ihr Gehirn spielte nicht mit.

»Also, jedenfalls bin ich vorbeigekommen, um mich zu bedanken und zu fragen, ob ich dich auf eine Tasse Kaffee einladen darf.«

Als sie nichts erwiderte, fuhr Christopher einfach fort, als hätte sie zugestimmt. »Okay, großartig. Wie wäre es, wenn ich dich morgen gegen elf abhole? Wir können in dieses kleine Café in der Innenstadt gehen und uns unterhalten.« Er lächelte. »Na ja, oder ich rede und du hörst zu.« Er wurde wieder ernst und beugte sich vor. Seine Stimme war leise und fordernd.

»Ich möchte mich einfach mit dir zusammensetzen und mich herzlich dafür bedanken, dass du mein Leben gerettet hast und das Leben unzähliger anderer Menschen. Ich kenne dich nicht, aber ich möchte dich gern *kennenlernen*. Vielleicht möchtest du keinen Dank, aber du bekommst ihn trotzdem, zumindest von mir. Wirst du morgen da sein, wenn ich dich abhole?«

Alabama nickte sofort. Nachdem Christopher seine Stimme gesenkt hatte, konnte sie ihm *nichts* mehr abschlagen. Er hatte recht, sie fühlte sich nicht wohl, im Mittelpunkt zu stehen, und sie legte wirklich keinen Wert darauf, dass sich die Leute bei ihr bedankten. Alabama war aber froh, dass *er* hier war und wohlauf. Sie hatte eine Menge Dinge zu erledigen, zu allererst musste sie die Wolfes kontaktieren, um herauszufinden, was mit ihrem Job passieren würde. Sie wollte aber auch mit diesem Mann eine Tasse Kaffee trinken. Einmal im Leben wollte Alabama sich normal fühlen.

Abe richtete sich auf und streckte die Hand aus. »Wir haben uns einander bisher nicht wirklich vorgestellt, oder? Zumindest nicht mit vollständigem Namen. Ich bin Christopher Powers. Wie ich dir bereits gesagt habe, nennen meine Freunde und Teamkollegen mich Abe.« Er wartete in der Hoffnung, dass Alabama etwas erwidern würde.

Alabama sah auf die Hand hinunter, die er ihr entgegenhielt. Christopher hatte gepflegte Fingernägel und seine Hand sah stark aus. Wie konnte eine Hand stark aussehen? Sie schüttelte den Kopf, als wollte sie ihre wirren Gedanken abschütteln. Sie öffnete die Tür etwas weiter und griff schließlich vorsichtig nach seiner Hand. »Alabama Smith.«

Abe ergriff ihre Hand und schüttelte sie, aber dann hob er sie an seine Lippen und küsste sie sanft auf den Handrücken. »Es ist mir eine Ehre, dich kennenzulernen.« Abe konnte nicht glauben, wie großartig sich ihre Hand anfühlte. Ihre *Hand* um Himmels willen! Ihre Fingernägel waren nicht lackiert und er konnte ein paar raue Stellen spüren, offensichtlich von der Reinigungsarbeit, die sie erledigte. Aber sie war weich und fühlte sich so zierlich in seiner großen Hand an. Er wollte sie nie wieder loslassen. Er wollte sie an sich ziehen und seine Arme um sie legen. Er konnte dem Drang kaum widerstehen.

Alabama konnte ein leises Kichern nicht unterdrücken. Sie war sich nicht sicher, warum sie lachen musste. Wahrscheinlich über die gesamte Situation, über die Tatsache, dass ein wunderschöner Mann vor ihrer Tür stand und ihre Hand küsste. So etwas war ihr einfach noch nie passiert.

»Wir sehen uns morgen, Alabama Smith. Schlaf gut.«

Alabama sah, wie Christopher von ihrer Tür zurücktrat. Er hielt Augenkontakt mit ihr, solange er konnte. Schließlich drehte er sich um und ging den Flur hinunter. Kurz bevor er außer Sichtweite war, schaute er noch einmal zurück und zwinkerte ihr zu. Alabama schloss benommen die Tür. Oh Mist. Hat sie gerade einer Verabredung mit dem am besten aussehenden Mann zugestimmt, den sie jemals getroffen hatte? Was zur Hölle hatte sie sich nur dabei gedacht?

Abe konnte nicht schlafen. Er hatte viel riskiert, um Alabama aufzuspüren. Normalerweise war er nicht so offensiv. Verdammt, wem wollte er etwas vormachen? Er konnte sich nicht erinnern, wann er sich das letzte Mal um eine Frau hatte bemühen müssen. Es grenzte an Erbärmlichkeit, dass er es als zu offensiv empfand, eine Frau auf einen Kaffee einzuladen. Er war zu sehr an Frauen gewöhnt, die sich einfach auf ihn stürzten. Kein Wunder, dass er sich mit diesen

Frauen gelangweilt hatte. Er war selbstgefällig geworden. Er war faul geworden.

Caroline hatte ihn noch Anfang dieser Woche dafür getadelt. Sie hasste Adelaide und scheute nicht davor zurück, ihm das zu sagen.

Alabama war anders. Er konnte noch nicht genau sagen, was es war, aber irgendwie wusste er es. Es lag nicht nur daran, dass sie ein bisschen schüchtern war und dass er sie erst hatte ausfindig machen müssen. Mit Sicherheit war sie keine von diesen Tratschtanten, was ihm sehr gefiel. Wenn er sich richtig erinnerte, hatte sie eigentlich nichts weiter außer ihrem Namen gesagt, als er vor ihrer Tür gestanden hatte. Aber der Mangel an nervösem Geplapper war beruhigend. So musste er wenigstens nicht vortäuschen, an einer oberflächlichen Unterhaltung interessiert zu sein.

Da er als einziger Junge in einer Familie voller Frauen aufgewachsen war, wusste er, wie schwierig es war, in deren Anwesenheit auch nur für eine Minute seine Ruhe zu haben. Er hätte Frauen niemals mit »Entspannung« in Verbindung gebracht, zumindest nicht, bevor er Alabama getroffen hatte.

Er liebte seine Schwestern von ganzem Herzen, aber sie konnten plappern bis zum Umfallen. Ihre gemeinsamen Familienessen waren ein einziges Getratsche und Gekicher. Er hatte eine großartige Kindheit gehabt. Er liebte seine Familie. Seine Schwestern hatten ihn ab und zu verrückt gemacht, aber das hatte daran nichts geändert. Susie war mit fünfundzwanzig die Jüngste, Alicia war mit achtundzwanzig das mittlere Kind und Abe war vierunddreißig. Er vermutete, dass der Altersunterschied von sechs Jahren zwischen ihm und Alicia zum Teil dazu beigetragen hatte, wie er heute war. Er hatte schon immer das Gefühl gehabt, sie beschützen zu müssen. In der Schule hatte er die meiste Zeit damit verbracht, nach ihr Ausschau zu halten und sie zu verteidigen, wenn es sein musste. Sein Beschützerinstinkt war von klein auf geschärft worden.

Weder seinen Schwestern noch seiner Mutter konnte er etwas abschlagen. Abe gefiel es, der Mann in der Familie zu sein. Er hatte seinen Vater nie richtig kennengelernt. Obwohl Susie neun Jahre jünger war als er, war sein Vater nicht oft zu Hause gewesen. Es gab einen Grund dafür, aber er dachte nicht gern darüber nach.

Ab und zu war sein Vater für eine Weile da gewesen, dann war er für einen Monat oder noch länger wieder verschwunden. Wenn er zurückkam, schien es seine Mutter nicht sonderlich zu interessieren. Abe wusste nicht einmal genau, was er beruflich gemacht hatte. Ein Teil von ihm fühlte sich schlecht dabei.

Er wusste nur, dass seine Mutter ihm mit elf Jahren erzählt hatte, dass sein Vater gestorben wäre. Er versuchte, nicht drüber nachzudenken, was sein Vater seiner Mutter angetan hatte ... und ihm, aber ihm war bewusst, dass die Handlungen seines Vaters auch dazu beigetragen hatten, den Menschen aus Abe zu machen, der er heute war. Für einen Psychologen wäre er wahrscheinlich das perfekte Versuchsobjekt gewesen, um seinen Beschützerinstinkt zu analysieren. Er würde wieder auf seinen Vater zurückgeführt werden und Abe müsste darüber reden. Er war aber, wer er war, und er würde sich nicht ändern.

Abe hatte sich immer um seine Familie gekümmert. Die Familie war für ihn das Wichtigste im Leben und er würde sie bis an sein Lebensende beschützen. Nichts auf der Welt war ihm wichtiger als seine Schwestern und seine Mutter. Abe hatte einmal eine Frau zum Abendessen mit nach Hause gebracht und als der Abend vorbei gewesen war, hatte Abe gewusst, dass die Beziehung zu Ende war. Seine Verabredung war unhöflich gewesen und hatte unverhohlen ihre Verachtung für die einfachen Verhältnisse im Haus seiner Mutter zum Ausdruck gebracht. Er wusste, dass er rührselig wurde, wenn er mit seinen Schwestern und seiner Mutter zusammen war, schließlich liebte er sie mehr als alles andere auf der Welt, und er wäre verdammt, wenn irgendjemand sich einbildete, es wäre in Ordnung, das herabzuwürdigen. Er hatte auf dem Heimweg mit ihr Schluss gemacht und sich ihre Erklärungsversuche, dass er sie missverstanden hatte, gar nicht erst angehört.

Er hoffte inständig, dass Alabama mit seiner

Familie auskommen würde. Es war natürlich viel zu früh, um darüber überhaupt nachzudenken, aber Abe konnte sich gegen diesen Gedanken nicht wehren. Er wusste, dass er sie seiner Mutter und seinen Schwestern schon bald vorstellen würde. Er hasste den Gedanken daran, dass es eine Art Test war, aber er war mittlerweile alt genug, um zu wissen, was er wollte, und zum Teufel mit jedem, der meinte, er wäre unflexibel.

Abe war bereit für eine ernsthafte Beziehung, besonders nachdem er gesehen hatte, wie glücklich Caroline und Matthew zusammen waren. Mit Adelaide hatte er niemals das Gefühl gehabt, dass sie wirklich die Seine war. Er hatte gewusst, dass sie nur ein Zeitvertreib war. Adelaide war gut im Bett gewesen, und das hatte ihm gereicht. Abgesehen davon, dass sie unhöflich und anmaßend war, hatte er nicht einmal gewusst, was ihn an ihrer Beziehung wirklich gestört hatte, oder an den anderen Beziehungen zuvor.

Die Erkenntnis war Abe mitten in dem Flammeninferno gekommen, als die Luft zum Atmen in dem Raum langsam knapp wurde. Alabama war anders als alle anderen Frauen, mit denen er jemals ausgegangen war. Sein ganzes Leben lang hatte er sich immer um die anderen gekümmert. Er machte es niemandem zum Vorwurf, es lag einfach in seinem Wesen. Es war für ihn selbstverständlich, Frauen die Tür aufzuhalten, ihnen beim Einsteigen in den Wagen behilflich zu sein, den Stuhl vom Tisch für sie hervorzuziehen, im Grunde einfach höflich und hilfsbereit zu sein. Abes Arbeit als SEAL hatte diesen Beschützerinstinkt noch verstärkt. Er war derjenige, der losgeschickt wurde, um andere zu retten. Bei Missionen, bei denen es darum ging, das Leben anderer Menschen zu retten, erbrachte er stets Höchstleistung. Es waren sein Job und seine Pflicht, und er war gut darin.

Aber Alabamas einfache Geste, ihn mit Wasser zu übergießen und eine Jacke für ihn zu suchen, um seinen Rücken zu schützen, hatte ihn sprachlos gemacht. Er hatte sich erst erschrocken, als sie ihm das Wasser über den Kopf schüttete, zum Glück hatte Abe aber schnell realisiert, was sie damit bezweckte. Er hätte es sich niemals verziehen, wenn er sich gegen sie gewehrt hätte, in dem Irrglauben, sie sei eine Bedrohung.

Was Abe dann den Rest gegeben hatte, war der Moment, in dem Alabama ihm ein Stück Stoff reichte, damit er besser atmen konnte, während sie über den Boden krochen. Sie hatte nichts gesagt und nichts von ihm gewollt. Sie hatte einfach gehandelt und etwas für ihn getan. Das war alles.

Abe bezweifelte, dass ihr überhaupt klar war, wie bedeutend ihre Geste für ihn war. Niemand »kümmerte« sich sonst um ihn. Er war es, der sich immer um die anderen kümmerte. Selbst seine Mutter kümmerte sich schon lange nicht mehr um ihn. Er rief sie aber jede Woche an, wenn er nicht gerade auf einer Mission war, um sich zu vergewissern, dass es ihr gut ging, und zu fragen, ob sie etwas brauchte. Er erledigte kleinere Hausarbeiten für sie und sorgte ganz allgemein dafür, dass in ihrer Welt alles in Ordnung war.

Genauso war es mit seinen Schwestern. Abe würde sich immer um sie kümmern. Natürlich liebte er sie, aber es war mehr als das. Er wollte nicht, dass es ihnen schlecht erging, wenn er es verhindern konnte. Wenn sie Geburtstag hatten, überschlug er sich förmlich.

Aber niemand kümmerte sich um ihn. Abe hatte es nicht einmal wahrgenommen, bis Alabama gekommen und ihm dieses verdammte Stück Stoff gegeben hatte. Selbst wenn er krank war, sorgte er für sich selbst. Als er einmal mit dem Wagen verunglückt war, hatten ihn seine Familie und sein SEAL-Team im Krankenhaus besucht, aber gleich nach seiner Genesung waren sie in ihr eigenes Leben zurückgekehrt und hatten ihn sich selbst überlassen. Damals hatte sich Abe nichts weiter dabei gedacht, aber jetzt? Dieses verdammte Stück Stoff hatte alles verändert. Er wünschte, er hätte es noch. Er würde es einrahmen und an die Wand hängen.

Er wollte Alabama fragen, warum sie das getan hatte. Er war einfach beeindruckt, dass sie mitten in einer lebensbedrohlichen Situation an ihn gedacht hatte. Verdammt, sie kannten sich nicht einmal. Abe könnte keine andere Frau benennen, die in so einer

Situation überhaupt einen Gedanken an ihn verschwendet hätte. Es lag in der menschlichen Natur, sich zuerst um sich selbst zu kümmern. Auf seinen Rettungseinsätzen überall auf der Welt hatte er das immer wieder gesehen.

Er musste lachen. Adelaide war es mit Sicherheit egal gewesen, wie es ihm ging oder was er machte. Erst nachdem sie draußen und in Sicherheit gewesen waren und der Rettungssanitäter zu ihnen gekommen war, hatte sie versucht, so zu tun, als würde sie sich Sorgen um ihn machen. Dafür war es aber zu spät gewesen. Viel zu spät.

Abe hatte immer noch viele Fragen, aber eines war klar gewesen, er musste Alabama finden und er musste sie besser kennenlernen. Er musste herausfinden, ob dieses Gefühl auf Gegenseitigkeit beruhte. Tex hatte sich über ihn lustig gemacht und wollte mehr über die mysteriöse Alabama erfahren. Abe hatte ihm aber gesagt, er sollte sich um seine eigenen Angelegenheiten kümmern.

Abe hatte sie schließlich gefunden und sie dazu gebracht, sich am nächsten Morgen mit ihm zu einer Tasse Kaffee zu verabreden. Es war fast lächerlich, wie aufgeregt er war. Er hoffte, sie besser kennenlernen zu können. Abe wollte alles über sie erfahren. Wie alt sie war, wo sie herkam, ob sie Brüder oder Schwestern hatte ... verdammt, er wollte alles wissen, was sie ihm anvertrauen würde. Er lachte in sich hinein. Wenn sie überhaupt mit ihm reden würde. Alabama war offensichtlich eher der verschwiegene Typ. Er konnte nicht leugnen, dass er gern derjenige wäre, der sie aus der Reserve lockte, um zu hören, wie sie mit ihrer leisen, melodischen Stimme seinen Namen rief, während er sie zum Orgasmus brachte.

Verdammt, Abe stellte sie sich bereits zusammen im Bett vor, obwohl sie noch nicht einmal miteinander ausgegangen waren. Er versuchte, seine wilden Fantasien wieder unter Kontrolle zu bringen. Dafür wäre später noch Zeit. Vorerst musste er sich überlegen, wie er Alabama überzeugen wollte, ein zweites Mal mit ihm auszugehen.

KAPITEL FÜNF

Alabama schlief nicht gut in dieser Nacht. Sie wälzte sich hin und her und fragte sich unentwegt, warum Christopher sie zum Kaffee eingeladen hatte. Sie befürchtete, dass es eine Art Mutprobe war oder weil er dachte, sie wäre eine Herausforderung. Sie hatte wirklich keine Ahnung, warum er mit *ihr* ausgehen wollte. Adelaide war wunderschön und es war offensichtlich, dass sie ein Paar waren. Betrog er Adelaide? In diesem Fall wäre Alabama zutiefst enttäuscht. Sie wollte, dass er in Wirklichkeit genauso galant war, wie sie ihn sich erträumt hatte.

Sie begann, sich wieder Sorgen zu machen, warum er mit ihr ausgehen wollte. An der Highschool hatte sie einmal ein Junge aus der Footballmannschaft gefragt, ob sie mit ihm Schlittschuhlaufen gehen wollte. Sie war begeistert gewesen. Sie war normalerweise nicht die Art von Mädchen, die von Jungs überhaupt wahrgenommen wurde. Sie hatte viel Zeit investiert, sich fertig zu machen, und versucht, so hübsch wie möglich auszusehen. Sie war sogar etwas früher an der Eislaufbahn erschienen, so aufgeregt war sie gewesen.

Während sie auf den Jungen gewartet hatte, war ihr langsam klar geworden, dass er ihr nur einen Streich gespielt hatte. Die anderen Footballspieler waren nacheinander in der Begleitung von Cheerleadern erschienen. Sie waren an ihr vorbeigegangen, hatten gelacht und Scherze gemacht. Nachdem sie eine Stunde lang allein dagesessen und die Blicke und das Gelächter ertragen hatte, war sie gedemütigt wieder nach Hause gegangen. Später hatte sie herausgefunden, dass es eine Art Aufnahmeprüfung für den Typen gewesen war. Der Rest des Teams hatte behauptet, er würde sich nicht trauen, die »Verrückte« um eine Verabredung zu bitten. Er hatte sich getraut, und sie war zum Gespött der gesamten Highschool geworden.

Alabama hatte ehrlich gehofft, dass er mit ihr ausgehen wollte, weil er etwas in ihr gesehen hatte, das es wert gewesen wäre. Erst nachdem sie die Highschool beendet hatte, hatte sie sich erneut getraut, wieder mit einem Mann auszugehen. Leider hatte auch dieser Versuch in einer Katastrophe geendet. Sie hatte ihre Jungfräulichkeit an diesen Mann verloren, nur um später herauszufinden, dass er mit ihr nur seine Ex-Freundin hatte eifersüchtig machen wollen. Er hatte sie nicht einmal gemocht. Natürlich hatte er sich dazu »herabgelassen«, mit ihr zu schlafen, obwohl er sie danach nicht wiedersehen wollte. Die ganze Erfahrung war einfach nur peinlich und eine weitere Enttäuschung in der langen Reihe von Enttäuschungen gewesen, was Männer anging.

Vor diesem Hintergrund konnte Alabama einfach nicht verstehen, warum Christopher sie bat, mit ihm auszugehen, und sie wusste nicht, ob er es ernst meinte. Sie war nur eine Putzfrau, er war ... sie hatte keine Ahnung, was er war. Sie war sich aber sicher, dass er gut darin war, was auch immer es sein mochte.

Nachdem sie sich ein paar Stunden in ihrem Bett hin und her gewälzt und sich den Kopf zerbrochen hatte, kam sie zu der Erkenntnis, dass er sie wahrscheinlich nur zum Kaffee eingeladen hatte, um Adelaide eins auszuwischen. Sie beschloss, die Tür einfach nicht zu öffnen, wenn er sie am nächsten Morgen abholte. Sie würde so tun, als wäre sie nicht zu Hause. Er würde anklopfen und dann wieder gehen. Auf diese Weise könnte Alabama jegliche Verlegenheit und Demütigung vermeiden.

Alabama war viel zu nervös, um zu frühstücken. Sie war sehr früh aufgestanden und ging in ihrer Wohnung auf und ab. Sie beschloss schließlich, eine Jeans und ein langärmliges Shirt mit V-Ausschnitt anzuziehen. Sie ging nicht davon aus, Christopher zu sehen, aber für den Fall der Fälle wollte sie vorbereitet sein.

In letzter Minute dachte Alabama noch, dass sie die Wohnung wahrscheinlich komplett verlassen sollte, anstatt so zu tun, als wäre sie nicht da. Während sie noch darüber nachdachte, war es aber schon zu spät.

Um genau fünf Minuten vor elf klopfte Christopher an ihre Tür. Alabama saß auf ihrer Couch, starrte auf die Tür und wünschte sich, dass er aufgeben und wieder gehen würde. Er klopfte erneut und sie hörte seine Stimme durch die Tür.

»Alabama? Bist du da? Komm schon, Süße. Mach die Tür auf.«

Alabama schwieg und biss sich verlegen auf die Lippe.

»Ich weiß, dass du da bist. Mach die Tür auf und rede mit mir. Zeig dich wenigstens, damit ich weiß, dass es dir gut geht. Wenn du nicht an die Tür kommst, muss ich davon ausgehen, dass du doch noch eine Rauchvergiftung erlitten hast, und werde die Tür aufbrechen, um dich zu retten.«

Alabama haderte mit sich selbst. Verdammt. Sie musste die Tür öffnen. Sie wollte nicht auch noch für die Reparaturkosten für diese dumme Tür aufkommen müssen. Sie ging davon aus, dass er genau das tun würde, was er sagte, und die Tür aufbrechen würde, wenn sie sie nicht öffnete. Christopher war mit Sicherheit stark genug dafür, ohne dabei auch nur ins Schwitzen zu geraten.

Sie ging schnell zur Tür und öffnete sie einen Spalt, so wie sie es am Abend zuvor getan hatte. Christopher lehnte sich gegen den Türrahmen und sah so sexy aus, dass es schon unverschämt war. Er trug eine ausgewaschene Jeans und ein Paar alte Sportschuhe, dazu ein Polohemd, dessen oberste Knöpfe geöffnet waren. Ein leichtes Jackett, das er über die Schulter geworfen hatte, rundete sein Outfit ab. Seine Haare waren durcheinander, als wäre er ein paarmal mit der Hand durchgefahren.

»Hallo, Alabama. Können wir gehen?« Abe tat so, als hätte er nicht gerade gedroht, ihre Tür aufzubrechen, wenn sie nicht geöffnet hätte.

Alabama wusste, dass sie eigentlich Angst vor ihm haben sollte. Schließlich hatte er sie gerade bedroht. Sie konnte aber nicht. Sie wusste, dass er sie nicht verletzen würde. Sie hatte keine Ahnung woher, aber sie wusste es. Sie nickte ihm zu und trat ein paar Schritte von der Tür zurück, um ihre Handtasche zu holen.

Abe öffnete langsam die Tür etwas weiter und machte einen Schritt in ihre Wohnung. Sie war nicht sehr groß, aber es war sauber und sah gemütlich aus. Auf dem winzigen Küchentisch lagen Platzdeckchen und zwei Hocker waren darunter geschoben. Auf dem Tisch stand eine Vase mit ein paar Wildblumen.

Obwohl in dem einen Zimmer nicht viele Möbel standen, schien es trotzdem etwas beengt zu sein. An der einen Wand stand ein kleines Bett, über das eine Decke geworfen war. Gegenüber befand sich eine durchgesessene Doppelcouch. Es war offensichtlich, dass sie aus zweiter Hand stammte, da ein Tuch darüber geworfen war und die Beine waren abgesägt worden.

Vor der Couch stand ein kleiner Fernseher auf einem ebenfalls offensichtlich gebrauchten Tisch. Obwohl viele ihrer Sachen aus zweiter Hand stammten, sahen sie nicht abgenutzt aus. Alabama hatte sich große Mühe damit gegeben, alles zu reinigen und aufzupolieren. Insgesamt konnte er sehen, wie viel Arbeit sie in ihre kleine Wohnung gesteckt hatte, und sie gefiel ihm viel besser als Adelaides großes, auf Hochglanz poliertes, perfektes Apartment.

Alabama ging zur Küchenzeile und schnappte sich eine kleine Handtasche. Als sie sich zu ihm umdrehte, fühlte er sich förmlich geblendet. Das T-Shirt mit V-Ausschnitt, das sie trug, war überhaupt nicht provokativ, aber sie sah trotzdem verdammt sexy darin aus. Er konnte einen Hauch Dekolleté erkennen und als Busenliebhaber bemerkte er sofort, dass ihre Brüste ganz natürlich waren. Bis zu diesem Augenblick war ihm gar nicht bewusst gewesen, wie sehr er unechte Brüste verabscheute.

Alabama drehte sich wieder zu Christopher um,

der jetzt direkt vor ihrer Wohnungstür stand. Es war ihr peinlich, dass er ihr kleines Apartment gesehen hatte. Sie wusste, dass es nichts Besonderes war, aber es war alles, was sie sich leisten konnte. Sie hatte hart daran gearbeitet, genau die richtigen Möbel für ihr Zuhause zu finden. Mehrere Wochen hatte sie in den verschiedenen Gebrauchtwarenläden und auf Flohmärkten gesucht, um etwas Passendes zu finden. Die Sachen waren nicht neu, aber bequem, und das war alles, was sie interessierte.

Aber jetzt, wo Christopher alles mit eigenen Augen sehen konnte, war es ihr peinlich. Es war offensichtlich, dass ihre Möbel alt und heruntergekommen waren. Sie ging an ihm vorbei und schaute auf den Boden in der Hoffnung, dass sie den Morgen unbeschadet überstehen würde, egal welche Demütigung ihr noch bevorstand.

Abe nahm Alabama vorsichtig am Arm, als sie an ihm vorbeiging. »Ich mag deine Wohnung, Alabama.« Er war überrascht, als sie zur Antwort nur die Schultern hob. Er lächelte. Gott, war sie süß. »Nein, im Ernst, man sieht, dass du viel investiert hast, um sie gemütlich zu machen. Ich weiß, sie ist nicht extravagant, aber sie spiegelt dich wider. Sie ist gemütlich und sehr wohnlich. Und das würde ich einem Ort, der steril und viel zu vornehm ist, bei Längen vorziehen. Du hast wirklich gute Arbeit geleistet.«

Alabama sah ihn an. Meinte er das ernst? Sie sah

das Lächeln in seinem Gesicht, als er sie anschaute. Oh Mann. Er *meinte* es ernst. »Danke«, sagte sie leise und erwiderte zögernd sein Lächeln.

Zufrieden, dass sie sein Kompliment angenommen hatte, führte Abe sie zur Tür hinaus und streckte seine Hand aus. »Schlüssel?« Bei Alabamas verwirrtem Blick musste er lachen. »Gib mir deinen Schlüssel, Süße. Ich schließe die Tür für dich ab.«

Alabama sah auf den Schlüssel, den sie fest in ihrer Hand hielt. Warum wollte er ihre Tür abschließen? Das konnte sie auch gut allein. Sie erwiderte jedoch nichts und ließ ihr Schlüsselbund in seine ausgestreckte Hand fallen. Er steckte den Schlüssel in das Schloss drehte ihn herum. Als er ihren Schlüssel schließlich in seine Tasche steckte, konnte sie sich nicht mehr zurückhalten.

»Gib ihn zurück«, sagte sie so streng sie konnte, ohne ihm dabei in die Augen zu schauen, und versuchte, nicht in Panik zu geraten.

Abe hatte ihren Schlüssel in seine Tasche gesteckt, ohne wirklich darüber nachzudenken. Er wollte ihn nur behalten, um ihr die Tür wieder zu öffnen, wenn er sie nach Hause brachte. Bei ihrem Tonfall schaute er sie aber genauer an. Alabama geriet in Panik. Da er auf das Lesen von Körpersprache trainiert war, war es offensichtlich. Er steckte sofort die Hand in seine Tasche, um ihren Schlüsselbund wieder herauszuholen.

»Keine Panik, Süße, hier ist er. Es tut mir leid. Ich wollte dich nicht erschrecken. Ich habe nicht einmal darüber nachgedacht. Ich hatte nicht vor, dich aus deiner Wohnung auszusperren.«

Alabama atmete erleichtert auf und schloss die Hand um ihren Schlüssel. Er hatte recht, sie *war* in Panik geraten. Sie war einmal in einer Pflegefamilie gewesen, in der die Eltern den Pflegekindern keinen Schlüssel für das Haus gegeben hatten. Sie hatte auf der Treppe sitzen und darauf warten müssen, bis jemand nach Hause kam, um die Tür aufzuschließen. Sie fühlte sich wie eine Fremde in ihrem eigenen Zuhause. Einmal war sie für die ganze Nacht ausgesperrt worden, weil ihre Pflegeeltern ausgegangen waren und ihr nicht Bescheid gesagt hatten, dass sie erst am nächsten Morgen wiederkommen würden. Seitdem konnte sie den Gedanken nur schwer ertragen, sich nicht selbst Zugang zu ihrer eigenen Wohnung verschaffen zu können. Sie nickte ihm verlegen zu und steckte den Schlüssel in ihre Handtasche.

Abe führte sie zu seinem Wagen, einem unauffälligen Serienmodell. Aus irgendeinem Grund dachte Alabama, dass er einen ausgefallenen Wagen fahren würde.

Er musste die Verwirrung in ihren Augen gesehen haben und sagte etwas verlegen: »Ich weiß, es ist nichts

Besonderes, aber ich bevorzuge Zuverlässigkeit anstatt ein glänzendes Äußeres.«

Abe begleitete sie zur Beifahrerseite, öffnete ihr die Tür und wartete, bis sie saß. Dann nahm er den Sicherheitsgurt und gab ihn ihr.

Alabama nahm wortlos den Gurt und beobachtete, wie Christopher um den Wagen herumging. Sie sah ihm weiter zu, wie er auf dem Fahrersitz Platz nahm und es sich bequem machte.

Als er bemerkte, dass sie ihn beobachtete, sah er sie mit einem Lächeln an und fragte: »Was ist los?«

Alabama lächelte nur schüchtern zurück und schüttelte den Kopf. Sie konnte nicht in Worte fassen, was sie gerade empfand, selbst wenn sie nicht zu zurückhaltend wäre, um zu reden.

Abe bohrte nicht weiter nach. Er startete einfach den Wagen und fuhr los. Während der Fahrt unterhielten sie sich nicht, aber die Stille war nicht unangenehm. Alabama fühlte sich in seiner Gegenwart sicher. Er war ein guter Fahrer und fuhr sehr umsichtig. Er hielt sich zwar nicht exakt an das Tempolimit, aber er war auch kein Raser.

Sie hielten vor einem süßen kleinen Café mit dem Namen *Coffee and More*. Alabama war selbst schon ein paarmal dort gewesen und hatte etwas Gebäck oder einen der aromatisierten Kaffees probiert, die dort angeboten wurden.

Abe parkte den Wagen und sagte zu Alabama: »Warte kurz, ich komme gleich rum und öffne die Tür für dich.« Er wartete, bis Alabama nickte, bevor er ausstieg und zu ihrer Seite herumging. Er öffnete die Tür und half ihr beim Aussteigen, indem er sie vorsichtig am Arm hielt.

Auf dem Weg zum Eingang fühlte Alabama, wie Christopher ihr seine Hand auf den Rücken legte. Es war nicht so, dass er sie antatschte, er geleitete sie einfach nur in die Richtung, in die er gehen wollte, ohne vor ihr laufen zu müssen. Es fühlte sich gut an. Es war so lange her, dass sie angefasst worden war. Sie führte ein einsames Leben und war noch niemals zuvor liebevoll berührt worden. Sie hatte es nicht vermisst, zumindest bis jetzt, als sie Christophers warme Hand auf ihrem Rücken spürte.

Abe öffnete die Tür und folgte Alabama in den kleinen Laden. Die Inneneinrichtung war genauso reizend wie die Fassade.

Auf der einen Seite befanden sich eine Theke und der Küchenbereich. Der Rest des Cafés war mit Sitzmöglichkeiten gefüllt. Es gab ein paar kleine Sofas mit großen, flauschigen Kissen. Ein paar Tische mit Stühlen standen ebenfalls im Raum verteilt. Einige waren quadratisch und andere rund. An der einen Wand stand sogar ein langer Tisch mit Steckdosen, den man als Computer-Arbeitsplatz benutzen konnte, während man seinen Kaffee genoss. Auf dem Boden lagen zwei große runde Teppiche in leuchtenden

Farben. Der Raum wirkte dadurch heller und wohnlicher.

Die Bilder an den Wänden stammten offensichtlich von Kindern. Sie waren eingerahmt, wie Bilder von Künstlern. Alabama hatte gehört, dass der Besitzer jedes Jahr einen Wettbewerb veranstaltete, und das Bild des Gewinners wurde anschließend aufgehängt. Das Lokal war einfach gemütlich. Die Musik war nicht zu laut. Es war ein Ort, an dem man sich entspannen konnte. Sie liebte dieses Café und war froh, dass Christopher es ausgewählt hatte.

Sie war sich immer noch nicht sicher, warum er sie hierhergebracht hatte, aber für den Moment war sie zufrieden.

»Was kann ich für dich bestellen, Süße?«, fragte er und führte sie zur Theke.

»Einen Vanilla Latte, bitte.«

»Wird gemacht. Möchtest du auch etwas essen?« Während sie den Kopf schüttelte, sagte er nur: »Okay, ich kümmere mich darum. Du kannst schonmal einen Platz für uns aussuchen. Ich komme gleich nach.«

Alabama zögerte einen Moment. Sie hatte das Gefühl, dass sie anbieten sollte zu bezahlen, aber sie befürchtete, dass er beleidigt sein könnte. Sie zuckte innerlich mit den Achseln. Es war doch nur ein Kaffee.

Sie ging zu einem der kleinen runden Tische, der in der Nähe der Wand auf der anderen Seite des Restaurants stand, und setzte sich so, dass sie das Café überblicken konnte. Kurz darauf kam Christopher zu ihrem Tisch herüber. Er hatte zwei Kaffees und eine kleine Tüte in der Hand.

Als er beim Tisch eintraf, erwartete Alabama, dass er sich hinsetzte und sofort zur Sache kam, warum er mit ihr reden wollte.

Stattdessen stellte Abe die Getränke und die Tüte mit den Muffins auf den Tisch. Als er sich nicht hinsetzte, sah Alabama zu ihm auf. Abe sah unbehaglich aus. Er strich sich mit der Hand über den Nacken. Schließlich sagte er: »Süße, ich möchte nicht, dass du dich unwohl fühlst, aber ich kann nicht mit dem Rücken zum Raum sitzen.«

Alabama verstand nicht, was er wollte, und sah ihn fragend an.

»Ich bin ein Navy SEAL. Ich bin darauf trainiert, meine Umgebung immer im Blick zu haben. Ich kann nicht mit dem Rücken zum Raum sitzen. Ich muss so sitzen, dass ich sehen kann, was vor sich geht. Könntest du den Platz mit mir tauschen?«

Jetzt hatte Alabama es verstanden. *Natürlich*, er war beim Militär. Sie hätte es wissen müssen. Sie hatte sich mit dem Rücken zur Wand gesetzt und den Stuhl auf der anderen Seite des kleinen Tisches für ihn freigelassen. Sie stand schnell auf und murmelte: »Entschuldigung«, als sie um Christopher herumging, um sich auf den anderen Stuhl zu setzen.

Abe stellte sich ihr kurzerhand in den Weg und

hob mit einer Hand sachte ihr Kinn, damit sie ihn ansah. »Du brauchst dich nicht zu entschuldigen, Süße, du wusstest es nicht. Wir können uns beide auf diese Seite setzen, wenn du willst.« Er ließ ihr keine Gelegenheit zu antworten, sondern legte seine Hand auf ihre Taille und schob sie sanft vom Tisch weg. Dann schob er den Stuhl, den sie gerade freigemacht hatte, etwas zur Seite und stellte den anderen Stuhl daneben an die Wand.

Dann legte er erneut seine Hand um ihre Taille und brachte sie zu ihrem Stuhl. Nachdem sie sich gesetzt hatte, ließ er sich auf dem Stuhl neben ihr nieder. Es war etwas eng. Ihre Knie berührten sich und sein Arm streifte ihren. Er griff nach der Tüte und holte zwei Muffins heraus. Er breitete eine Serviette vor ihr aus und legte das größere der beiden Gebäckstücke darauf. Dann schob er ihr den Vanilla Latte hinüber, bevor er sich selbst bediente.

Er drehte sich zu ihr um und sagte: »Also, erzähl mir von dir. Ich möchte gern alles über dich erfahren.«

KAPITEL SECHS

Alabama sah Christopher entsetzt an. Ihm alles über sie erzählen? Auf keinen Fall, verdammt noch mal. Das wollte er doch nicht wirklich wissen.

Bei ihrem ungläubigen Blick lachte Abe. »Geht es dir zu schnell? Okay, wie wäre es, wenn ich anfange?«

Alabama wusste nicht, was los war. Sie hatte erwartet, dass er sich nur bei ihr bedanken wollte. Jetzt wollte er alles über sie erfahren? Und er wollte ihr von sich erzählen? Das konnte sie nicht begreifen.

»Wie du schon weißt, heiße ich Christopher Powers. Ich habe zwei Schwestern, die beide jünger sind als ich. Ich bin vierunddreißig Jahre alt und ich bin bei den Navy SEALs. Meine Freunde nennen mich Abe. Ich liebe meinen Job, weil ich mein Land liebe, auch wenn es mir nicht gefällt, was ich während meines Jobs alles zu Gesicht bekomme. Ich war noch nie verheiratet und war bisher auch noch nie mit einer Frau zusammen, mit der ich mir das hätte vorstellen können. Die einzige ernsthafte Beziehung in meinem Leben hatte ich mit sechzehn.« Er machte eine Pause und lächelte. »Ich habe in meinem Leben schon viel gesehen und viele machomäßige Dinge gemacht, aber nichts hat mich so sehr beeindruckt wie du inmitten dieses Feuers. Du hast einen klaren Kopf behalten und viele Leben gerettet. Du hast *mir* das Leben gerettet. Danke.«

Alabama wusste nicht, was sie sagen sollte. Sie wandte den Blick ab und sah auf den Tisch, wo der Muffin lag, den sie mit ihren Fingern zerkleinert hatte, während er gesprochen hatte.

Abe streckte die Hand aus, legte ihr seinen Finger unters Kinn und hob sanft ihren Kopf an, damit sie ihm noch einmal in die Augen sah. Gott, sie war unglaublich. Die meisten Frauen, die er in der Vergangenheit kennengelernt hatte, hätten angefangen, albern zu kichern, und hätten seine Worte als Einladung aufgefasst, ihm näher zu kommen und sich an in heranzumachen. Nicht so Alabama. Seine Worte waren ihr sichtbar unangenehm und sie versuchte, sich vor ihm zu verstecken. Ihre Haut war warm und glatt. Er wollte gern ihr Gesicht zwischen seine Hände nehmen, wusste aber, dass ihr das in diesem Moment zu viel sein würde. Bald.

»Ich habe das nicht gesagt, um dich in Verlegenheit

zu bringen, Süße. Ich wollte nur, dass du weißt, wie sehr ich schätze, was du für mich getan hast. Ich bin nur ein großer, böser SEAL, normalerweise sorgt sich niemand um mich. Aber es fühlte sich großartig an, als du es getan hast. Also, vielen Dank.«

Alabama nickte nur. Gott. Das war ... sie wusste nicht, was das war. Jedes Mal wenn er sie »Süße« nannte, begann ihr Herz, schneller zu schlagen. Noch nie zuvor hatte ein Mann so mit ihr gesprochen. Als wäre sie wichtig, als wollte er nirgendwo anders sein als in ihrer Gesellschaft. Sie bekam Gänsehaut auf den Armen. Christophers Hand fühlte sich gut an auf ihrer Haut. Sie wollte sich gern an ihn lehnen und spüren, wie er ihr mit der Hand übers Haar strich, aber sie kannte ihn nicht. Sie nahm an, dass er ihr einfach nur dankbar war, das hatte er doch gerade gesagt.

»Ich ... also ... keine Ursache«, schaffte sie herauszupressen.

Abe ließ ihr Kinn los und nahm ihre Hand. Er schob seine Finger zwischen ihre und drückte sie. »Okay, jetzt bist du dran. Erzähl mir von dir.«

Alabama erstarrte. Sie konnte nicht. Das war doch überhaupt nicht interessant. Aus Gewohnheit sah sie sich nervös um. Sie musste immer sichergehen, dass Mama nicht in der Nähe war, wenn sie etwas sagen wollte. Alabama hasste es, dass sie diese Angewohnheit bis heute nicht losgeworden war. Es war einfach zu oft vorgekommen, dass sie von Mama erwischt worden war, bevor sie sie bemerkt hatte. Alabama sah niemanden, der Mama ähnlich sah, und wandte sich vorsichtig wieder Christopher zu.

»Ich heiße Alabama Smith. Ich bin dreißig Jahre alt und lebe hier nun schon seit ein paar Jahren. Ich habe weder Geschwister noch Familienangehörige. Ich bin einfach nur ich.« Sie hielt inne. Was konnte sie ihm noch erzählen? Es gab doch nichts weiter. Sie hatte keinen interessanten Job. Sie war nur ... sie.

»Erzähl weiter, Süße«, ermutigte Abe sie. »Erzähl mir mehr. Ich möchte alles wissen.«

»Das ist alles. Es gibt nichts weiter über mich zu wissen.«

»Das bezweifle ich stark. Alabama, du bist unglaublich. Du hast aus einer winzigen Wohnung, über deren Größe viele Leute nur lachen würden, ein Zuhause gemacht. Du hast diese Woche Dutzenden Menschen das Leben gerettet. Du bist wunderschön. Ich will alles über dich wissen. Deine Lieblingsfarbe, dein Lieblingsessen, was du gern liest, wo du zur Schule gegangen bist ... alles. Vielleicht nicht heute, aber ich würde dich gern wiedersehen. Ich möchte dich besser kennenlernen.«

Alabama starrte ihn fassungslos an. Was zum Teufel wollte dieser hinreißende Mann von ihr? Spielte er nur mit ihr? Wie der Junge damals in der Schule? Sie konnte nichts dagegen tun, dass die nächste Frage einfach aus ihrem Mund geschossen kam.

»Hast du eine Wette verloren?«

Abe sah, wie Alabama errötete. Sie war so verdammt süß, aber er mochte die Anspielung nicht, die ihre Frage beinhaltete. Er drückte wieder ihre Hand und fuhr ihr mit dem Daumen über den Handrücken. Er mochte es definitiv nicht, dass sie kein Selbstwertgefühl hatte, und hasste den Gedanken daran, was in ihrem Leben vorgefallen sein könnte, das sie so hatte werden lassen.

»Nein, Süße. Ich bin hier, um dich zu sehen, und weil mir gefällt, was ich sehe. Ich möchte dich besser kennenlernen, weil mich noch nie in meinem Leben jemand so berührt hat wie du. Ich bin kein Junge, der nur mit dir spielt, ich bin ein Mann. Ich bin ein Mann, der eine Frau gesehen hat, die sein Interesse geweckt hat, und er sie besser kennenlernen möchte.«

»Ich verstehe das nicht.« Alabama war frustriert, dass sie nicht in Worte fassen konnte, was sie meinte. Sie wusste, wie sie aussah. Sie war nicht hässlich, aber sie sah nicht aus wie eine Adelaide. Sie war nicht modisch gekleidet, sie war nicht wunderschön, sie war nicht ... sie war einfach nicht wie die Frauen, mit denen er ihrer Vorstellung nach ausgehen würde.

Abe drehte sich herum und setzte sich seitlich auf seinen Stuhl, um Alabama besser ansehen zu können. Er streckte die Hand aus und drehte ihren Stuhl ebenfalls herum. Er rutschte näher zu ihr heran und sie hatte keine andere Wahl, als ihre Beine zu spreizen, um ihm Platz zu machen. Es war sehr intim, wie sie sich jetzt gegenübersaßen. Er nahm ihre andere Hand. Alabama spürte, wie ihr Atem schneller wurde und ihr Herz raste. Oh mein Gott. Er war so intensiv, aber auf gute Weise.

»Alabama, schau mich an. Sehe ich so aus, als hätte ich Schwierigkeiten, eine Frau zu finden?« Es klang nicht eingebildet. Er sprach nur aus, was sie ohnehin dachte. Sie schüttelte nachdrücklich den Kopf. Er lächelte und fuhr dann fort.

»Genau. Ich bin hier, weil ich hier sein möchte. Frauen wie Adelaide sehen vielleicht von außen nett aus, sind es aber nicht. Sie wollen mich nur, weil ich ein SEAL bin. Sie wollen mich, weil ich Muskeln habe. Sie wollen mich, weil sie denken, ich kann ihnen etwas geben. Ich glaube nicht, dass du mich so siehst. Habe ich recht?«

Alabama nickte langsam. Auf keinen Fall sah sie ihn so. Wenn sie noch einen Rest Verstand hatte, dann würde sie sich einen Mann aussuchen, der genauso ein Langweiler war wie sie und ebenfalls in der Masse unterging. Sie hatte keine Ahnung, warum sie sich sofort zu Christopher hingezogen gefühlt hatte. Sie wusste nur, dass es so war.

»Adelaide ist kein guter Mensch, Alabama. Ich wusste das schon vor gestern Abend und wollte mit ihr

Schluss machen. Sie hatte mich nur zu dieser Veranstaltung eingeladen, weil sie mich vorführen wollte. Aber du, du hast *mich* gesehen. Sogar als ich mich wie ein Idiot aufgeführt habe, hast du mir sofort verziehen.« Abe wechselte abrupt das Thema und versuchte, der schüchternen Frau, die ihm gegenübersaß, seinen Standpunkt zu vermitteln.

»Ich habe Hunderte Leben gerettet. Ich habe Situationen erlebt, die du dir selbst in deinen schlimmsten Albträumen nicht vorstellen könntest. Das Feuer gestern Abend war nichts im Vergleich zu dem, was ich erlebt habe. Ich sah, wie die anderen Leute, mit denen du gesprochen hast, anfingen, in eine andere Richtung zu kriechen. Ich wollte gerade in dieselbe Richtung gehen, als du aus dem Rauch aufgetaucht bist. Noch niemals in meinem Leben hat sich jemand so um mich gekümmert, außer vielleicht meine Mutter, als ich ein Baby war, und meine Teamkollegen auf einer Mission. Du hast dein eigenes Leben für mich riskiert. Für *mich*. Glaubst du, ich habe nicht bemerkt, dass du von der anderen Seite des Raumes herübergekommen bist, um mich zu retten, anstatt deinen eigenen Hintern in Sicherheit zu bringen? Deshalb möchte ich dich kennenlernen. Deshalb denke ich, dass du so viel besser bist als Frauen wie Adelaide. Du bist ein guter Mensch. Das habe ich an diesem Abend gesehen. Das ist der Mensch, den ich kennenlernen möchte. Das wirst du mir doch nicht abschlagen, oder? Darf ich dich zu einer richtigen Verabredung ausführen?«

Alabama starrte den schönen Mann nur an. Sie konnte immer noch nicht hundertprozentig glauben, dass er die Wahrheit sagte. Sie war nur Alabama. Eine gebrochene Frau mit einer beschissenen Kindheit, die aber nicht anders konnte, als ihm glauben zu *wollen*. Sie *wollte*, dass dieses Märchen wahr wurde.

Es war nicht zu leugnen, dass Christopher ein schöner Mann war. Er war groß. Sie würde es vorziehen, wenn seine Haare etwas länger wären, aber sie musste zugeben, dass ihm der kurze Militärschnitt gut stand. Er war muskulös. Wahrscheinlich hatte er kein einziges Gramm Fett am Körper. Christopher war definitiv fit und bereit für jede Mission, zu der er und sein Team gerufen wurden. Aber abgesehen von den Äußerlichkeiten wollte sie auch glauben, dass er ein guter Mensch war. Sie konnte den Stolz in seiner Stimme hören, als er über seine Schwestern gesprochen hatte. Alabama wusste, dass die SEAL-Einheiten zu den schwierigsten Militäreinsätzen entsendet wurden. Er riskierte jeden Tag sein Leben für sein Land und die wenigsten Leute wussten, wie gefährlich sein Job war.

»Danke für deinen Dienst an unserem Land«, platzte es aus ihr heraus, bevor sie darüber nachdachte. Alabama schlug sich innerlich vor die Stirn.

Gott, sie war so eine Idiotin. Er fragte sie gerade, ob er sie wiedersehen könnte, und sie erwiderte so etwas.

Abe lächelte nur und führte ihre Hand zu seinen Lippen. Er küsste sie auf den Handrücken und ließ seine Lippen für einen Moment dort verharren, während er ihr in die Augen sah. »Danke, Süße. Nun ... zu unserer Verabredung ...«

»Ja.«

Das Lächeln, das sich auf seinem Gesicht ausbreitete, war umwerfend. »Das war gar nicht so schwer, oder? Wir können unsere Handynummern austauschen und ich rufe dich an, sobald ich alles arrangiert habe.« Als sie daraufhin die Stirn runzelte, fragte er: »Was? Was ist los?«

»Ich habe kein Handy«, gab sie verlegen zu. Sie konnte sich keines leisten. Die hundert Dollar pro Monat waren einfach zu viel. Alabama war verlegen. Heutzutage hatte *jeder* ein Handy. Da sie aber nicht viele Freunde hatte, sah sie die Notwendigkeit nicht. Sie hatte einen Festnetzanschluss in ihrer Wohnung, aber sie hatte noch nie ein Handy besessen.

»Aber du hast ein Telefon? Zu Hause?« Als sie nickte, fuhr Abe fort: »Kein Problem, gib mir einfach deine Festnetznummer und ich gebe dir meine Handynummer, und dann rufe ich dich an. Okay?«

Christopher merkte, dass es ihr peinlich war, kein Handy zu besitzen, und versuchte, es so gut wie möglich herunterzuspielen. Er war tatsächlich überrascht. Er hatte noch nie jemanden getroffen, der kein Handy hatte. Auf keinen Fall würde er sie das wissen lassen. Er wollte sie nicht noch mehr in Verlegenheit bringen, als sie es bereits war.

Abe gefiel der Gedanke nicht, dass sie in einem Notfall keine Möglichkeit hatte, jemanden zu kontaktieren. Alles Mögliche könnte passieren, sie könnte mit dem Wagen liegen bleiben, einen Unfall haben, jemand könnte einbrechen ... all die schlechten Dinge gingen ihm nacheinander durch den Kopf. Er dachte an Caroline, verdammt, damals war tatsächlich jemand in ihre Wohnung eingebrochen. Wenn sie kein Handy gehabt hätte, um die Polizei zu rufen, wäre sie möglicherweise nicht mehr am Leben.

Abe konnte nicht anders, als sich Alabama irgendwo gottverlassen und in Not vorzustellen, ohne jemanden um Hilfe rufen zu können ... insbesondere nicht ihn.

Alabama sah seinen Gesichtsausdruck und wollte es erklären. »Ich hatte vor, mir für Notfälle eines dieser Prepaid-Handys zu besorgen, aber ich weiß es noch nicht.«

»Ist schon okay, Süße. Du musst dich nicht rechtfertigen. Die Leute sind heutzutage viel zu abhängig von ihren Handys. Manche sehen nicht mal von ihrem kleinen Bildschirm auf, wenn sie mit jemandem reden, nur um nicht zu verpassen, was in dem nächsten

Tweet irgendeines überbezahlten Hollywoodschauspielers steht.«

Er lächelte Alabama an, als er sah, dass sie sich etwas entspannte. Gott, er wollte nichts lieber, als sie in seine Arme zu nehmen, zusammen mit ihr zu sich nach Hause zu gehen und sich vor dem Rest der Welt zu verstecken. Nichts in seinem Leben hatte ihn auf sie vorbereitet. Aber er würde nicht zurückweichen, egal wie sehr er sein Glück herausforderte. Und er würde ihr ein Handy besorgen, bevor sie wusste, wie ihr geschah, das war sicher. Er würde sich um sie kümmern.

»Okay, also rufe ich dich heute Abend an.« Er wartete auf ihre Zustimmung, bevor er fortfuhr. »Ich hatte an Freitag gedacht. Hast du da schon etwas vor? Ich muss morgens zum Training auf den Stützpunkt, aber danach habe ich das ganze Wochenende frei. Es sei denn, es kommt ein Notfall dazwischen. Das kann immer mal passieren. Macht dir das etwas aus?«

Alabama dachte darüber nach. Machte es ihr etwas aus? Ja, aber wahrscheinlich nicht so, wie er dachte. Sie sah sich wieder im Raum um und vergewisserte sich, dass es sicher war zu sprechen. Dann erklärte sie ihm mit mehr Offenheit, als es zu diesem Zeitpunkt für ihre »Beziehung« angemessen war: »Ja, aber nicht, weil du dann nicht mit mir ausgehen kannst, sondern weil ich weiß, dass es gefährlich sein wird, wenn du auf eine Mission geschickt wirst, und ich würde mir Sorgen um dich machen.«

Abe gefiel es ganz und gar nicht, wie sie sich ständig im Raum umsah, bevor sie sprach, legte den Gedanken für den Moment aber beiseite und konzentrierte sich stattdessen auf das, was sie gesagt hatte. »Das ist nett, dass du dir Sorgen um mich machst, Süße. Ich bin aber gut ausgebildet, genau wie meine Teamkollegen. Sie passen auf mich auf und ich auf sie. Ich weiß, wir kennen uns noch nicht so gut, aber du musst verstehen, dass ich alles in meiner Macht Stehende tue, um zurückzukommen. Ich glaube, ich habe gerade einen weiteren Grund gefunden, um dafür zu sorgen, dass ich heil wieder nach Hause komme.«

Alabama lief rot an und ihr Gesicht kochte. Verdammt noch eins. Er war so intensiv. Das ganze Gespräch war intensiv. Es war verrückt. Wie zum Teufel konnte er so für sie empfinden, wenn er sie nicht einmal richtig kannte? Wie sollte sie nur damit fertigwerden?

Abe gefiel es, wie Alabamas Gesicht sich rot färbte. Gott, sie war süß. Er versuchte, die Stimmung etwas aufzuheitern, ließ zögernd ihre Hände los und schob seinen Stuhl ein wenig zurück. »Komm schon, lass uns zu Ende frühstücken und dann bringe ich dich nach Hause. Leider muss ich heute noch einige Dinge auf dem Stützpunkt erledigen, aber ich rufe dich heute Abend an.«

Nachdem sie ihre Muffins gegessen und den Kaffee ausgetrunken hatten, brachte Abe sie nach Hause. Alabama lehnte sich von innen gegen die verschlossene Tür und hörte, wie Christopher über den schäbigen Flur ihres Apartmentgebäudes davonging. Er hatte darauf bestanden, sie bis vor die Tür zu bringen. Sie war nervös und fragte sich, ob er sie küssen würde. Er hatte es nicht getan, aber er hatte ihr Gesicht zwischen seine Hände genommen und kurz mit seiner Stirn ihre berührt.

»Schließ die Tür hinter dir ab, Süße, okay? Ich möchte hören, wie du die Kette einhängst.«

Es war seltsam, dass er in einer so intimen Situation so etwas sagte, aber sie nickte nur. Christopher hatte sich aufgerichtet und tief durchgeatmet, ohne die Hände von ihrem Gesicht zu nehmen. Schließlich fuhr er ihr mit einer Hand übers Haar und mit der anderen drückte er leicht auf ihre Schulter. »Ich rufe dich später an.«

Alabama wusste, dass er vor ihrer Tür wartete, bis sie die Tür verschlossen und die Sicherheitskette eingehängt hatte. Dann ging er den Flur entlang.

Sie rutschte mit dem Rücken an der Tür hinunter. Oh Mann. Dieser Morgen war einfach unwirklich gewesen. Sie lächelte. Auf gute Weise unwirklich. Nein, auf *großartige* Weise.

KAPITEL SIEBEN

Alabama war den ganzen Tag über auf Autopilot gewesen. Sie hatte die Wolfes noch nicht wegen ihres Jobs kontaktiert. Es war aber das Erste, was sie sich für den nächsten Tag vorgenommen hatte. Sie konnte es nicht länger aufschieben.

Sie hatte den ganzen Tag an unwichtigen Dingen in ihrer Wohnung herumgewerkelt. Sie hatte alles von oben bis unten geputzt und die Wäsche gewaschen, einschließlich der Bettwäsche und Handtücher. Sie hatte sogar die Toilette geschrubbt. Für eine Weile hatte sie versucht zu lesen, aber die Liebesromane, die sie normalerweise verschlang, konnten sie an diesem Tag nicht ablenken.

Würde Christopher anrufen? Er hatte gesagt, dass er sich melden würde, aber sie glaubte immer noch nicht, dass er es wirklich tun würde. Selbst nach allem, was er an diesem Morgen zu ihr gesagt hatte, war es für sie schwer zu glauben. Irgendwann legte sie den Film *Gnadenlos Schön* ein, um ihre Vorfreude zu dämpfen. Sie hatte einmal einen Haufen älterer Filme auf dem Flohmarkt gekauft und es nicht bereut. Es waren ein paar großartige Klassiker dabei, darunter *Die Braut des Prinzen*, *Auf immer und ewig* und sogar einige Staffeln der Serie *Unsere kleine Farm*.

Alabama dachte an den vermeintlich bevorstehenden Anruf. Sie hatte zwar ein Problem damit, mit Leuten persönlich zu reden, übers Telefon fiel es ihr aber leichter ... solange sie sich dafür allein in einen kleinen Raum zurückziehen konnte. Auf diese Weise fühlte sie sich sicher. Solange sie sich in ihrer eigenen Wohnung befand, weit weg von Mama, die sie hier nicht finden konnte, war es in Ordnung zu sprechen. Alabama wusste, dass sie wahrscheinlich eine Art von Therapie brauchte, aber zu diesem Zeitpunkt war das für sie keine Priorität.

Gerade als in dem Film der erste Schönheitswettbewerb begann, klingelte das Telefon. Sie erschreckte sich, obwohl sie es erwartet hatte. Es musste Christopher sein, sonst rief sie niemand an. Niemals.

Alabama stoppte den Film, griff nach dem schnurlosen Telefon und legte sich auf ihr kleines Bett. Sie sah sich ein letztes Mal in der Wohnung um und vergewisserte sich, dass sie allein war. Natürlich war sie es. Sie war immer allein.

Sie kuschelte sich unter die Decke, legte sich auf die Seite und kauerte sich zusammen, bevor sie schließlich auf die Taste am Telefon drückte, um das Gespräch anzunehmen.

»Hallo?«

»Hey, Süße. Ich bin es, Abe.«

Alabama kicherte. »Ich weiß. Ich habe deine Stimme erkannt.«

»Das solltest du öfter machen«, sagte Abe.

»Was?«

»Lachen. Du hast ein schönes Lachen.«

Alabama errötete. Er konnte sie sogar in Verlegenheit bringen, wenn er nicht persönlich vor ihr stand. »Danke. Wie war dein Tag?«

Abe war froh, dass sie mit ihm sprach. Er war sich nicht sicher, ob sie es tun würde, nachdem sie sich erst an diesem Morgen ein bisschen kennengelernt hatten. Sie war keine große Rednerin, das war offensichtlich. Er hatte Angst gehabt, dass er wieder einen Monolog führen würde, wenn er anrief. Er war angenehm überrascht. »Gut. Ich habe mit meinem Team trainiert, ein paar Besprechungen gehabt und dann mit meinem Freund Wolf und seiner Frau Ice zu Abend gegessen.«

»Wolf und Ice?«, fragte Alabama.

»Ja, erinnerst du dich, dass ich dir erzählt habe, dass meine Freunde mich Abe nennen? Matthews Spitzname ist Wolf und seine Frau Caroline hat sich den Spitznamen Ice verdient. Jeder im Team hat einen

Spitznamen. Meistens hat er etwas mit der entsprechenden Person zu tun. Matthew wird Wolf genannt, weil er während seiner Ausbildung zum SEAL gefressen hat wie ein Wolf. Er hat bei jeder Mahlzeit alles auf einmal heruntergeschlungen und wollte dann immer noch mehr haben. Der Name ist jedenfalls hängen geblieben.«

Alabama hörte Christopher gern dabei zu, wenn er über seine Freunde sprach. Er hatte dabei eine solche Leidenschaft in seiner Stimme. Es war offensichtlich, dass er seinen Beruf liebte und die Leute, mit denen er zusammenarbeitete, wirklich mochte. »Und wieso Ice? Ist sie auch in eurem Team?«

»Nicht wirklich. Wir haben sie auf einem Flug nach Virginia kennengelernt. Sie hat uns und allen anderen im Flugzeug das Leben gerettet. Terroristen hatten das Eis für die Getränke mit Drogen versetzt und geplant, das Flugzeug zu entführen. Sie ist Chemikerin und hat sofort bemerkt, was los ist. Wolf saß zufällig neben ihr und konnte uns Bescheid sagen, dass etwas nicht stimmte, und wir konnten den Plan vereiteln. Sie haben danach noch mehr Mist durchmachen müssen, aber am Ende ist es gut ausgegangen. Sie sind glücklich und ich bin stolz darauf, sie beide meine Freunde nennen zu dürfen.«

Alabama lächelte. Sie bekam selbst Todesangst, als sie hörte, dass er fast gestorben wäre, war aber erfreut zu hören, dass er so gute Freunde hatte. »Ich erinnere mich daran, dass ich das in den Nachrichten gesehen habe. Ich bin so froh, dass es euch allen gut geht. Warum wirst du Abe genannt?«

Abe lachte. »Die Jungs haben angefangen, mich so zu nennen, weil ich es nicht ertragen kann, wenn jemand lügt. Ich ziehe es vor, wenn die Leute ehrlich zu mir sind. Auch wenn es Mist ist, den ich eigentlich nicht hören will, ich möchte trotzdem die Wahrheit wissen.«

Alabama zögerte. Sie war sich nicht sicher, ob sie hundertprozentig ehrlich mit ihm sein wollte. Sie schämte sich für ihre Vergangenheit. Einerseits wusste sie, dass es nicht ihre Schuld war, aber wenn ihre eigene Mutter sie nicht wollte, warum sollte jemand anderes sie wollen?

»Süße? Bist du noch da?«

»Ja, das bin ich.«

»Bist du okay?«

»Ja.«

»Habe ich dich erschreckt?« Als sie nichts sagte, fuhr Abe fort: »Bitte hab keine Angst. Ich erwarte nicht, dass du mir sofort dein Herz ausschüttest. Ich möchte natürlich gern alles über dich erfahren, aber ich möchte nicht, dass du mir etwas vormachst. Du kannst mir so viel oder so wenig erzählen, wie du willst, solange du dich dabei behaglich fühlst.«

»Woher weißt du, dass ich überhaupt etwas zu erzählen habe?«

»Süße, ich habe schon oft genug Leute mit Posttraumatischer Belastungsstörung getroffen, um sie zu erkennen, wenn ich sie sehe.« Als sie ihn protestierend unterbrechen wollte, schnitt er ihr das Wort ab. »Nein, es ist in Ordnung. Ich weiß nicht, was dir widerfahren ist, aber es ist mir egal. Ich mag dich. Ich finde es gut, dass du leise sprichst und über deine Worte nachdenkst, bevor du sie aussprichst. Es gefällt mir nicht, dass du dich jedes Mal erst im Raum umsehen musst, bevor du anfängst zu reden, und ich hoffe, dass du mir eines Tages erzählst warum. Ich versichere dir jedenfalls, dass ich es dir nicht vorhalten werde, okay?«

»Bist du wirklich echt?« Alabama konnte nicht glauben, was sie da hörte. Wie konnte dieser Mann sie kennen, ohne etwas über sie zu wissen? Es war wirklich unheimlich.

»Ja, ich bin echt.« Christopher wusste, dass es Alabama unheimlich wurde, und das war das Letzte, was er wollte. »Erzähl mir, wie dein Tag war«, wechselte er das Thema in der Hoffnung, dass sie sich dabei wohler fühlte.

Alabama und Christopher unterhielten sich zwei Stunden lang. Sie sprachen über dies und das, nichts wirklich Wichtiges, worüber die meisten Leute eben so sprachen, wenn sie sich kennenlernten. Sie erfuhr, dass er am liebsten ein dickes, saftiges Steak aß, und er erfuhr, dass sie am Wochenende gern allein ins Kino ging, um sich einen guten Thriller anzusehen.

»Es war wirklich schön, mit dir zu reden«, sagte Abe leise. »Aber ich muss jetzt Schluss machen. Ich habe morgen früh Training und du brauchst auch etwas Schlaf.«

»Okay, Christopher. Danke für den Anruf. Ich fand es ebenfalls wirklich schön.«

»Es war mir ein Vergnügen. Es hätte nur noch schöner sein können, hätten wir uns gegenübergesessen. Ich melde mich bald wegen unserer Verabredung am Freitag, okay?«

»In Ordnung.«

»Schlaf gut. Ich werde an dich denken.«

»Gute Nacht.«

»Tschüss.«

Alabama legte auf und hielt sich das Telefon an die Brust. Sie hatte sich in ihrem ganzen Leben noch nie so gut gefühlt. Sie hatte das Gefühl, als wäre sie jemandem wichtig. Sie war noch nie jemandem wichtig gewesen. Es fühlte sich gut an.

KAPITEL ACHT

Alabama hatte gerade mit Stacey Wolfe gesprochen. Sie war froh gewesen, von ihr zu hören, und hatte sich dafür bedankt, dass sie am Abend des Feuers so vielen Leuten das Leben gerettet hatte. Sie hatte Alabama versichert, dass sie ihren Job behalten könnte. Die Wolfes arbeiteten bereits daran, ein Büro in der Nähe des niedergebrannten Gebäudes zu mieten, bis es wiederaufgebaut worden wäre. Innerhalb der nächsten Woche sollte es so weit sein und Alabama könnte wieder an die Arbeit gehen.

Die Firma würde sie sogar für die ausgefallene Arbeitswoche bezahlen. Das war mehr als großzügig von ihrem Arbeitgeber. Alabama wusste gar nicht, was sie mit der vielen Freizeit anfangen sollte. Sie wäre lieber arbeiten gegangen, um nicht über ihre bevorstehende Verabredung nachdenken zu müssen.

Seit er sie zum Kaffee eingeladen hatte, hatte sie Christopher nicht mehr gesehen, aber sie hatten noch zweimal telefoniert. Das erste Mal war es ein kurzes Gespräch gewesen. Christopher hatte nur zwischendurch angerufen, um Hallo zu sagen. Alabama war so überrascht gewesen, dass ihr nicht viel zu erzählen einfiel. Zum Glück schien es Christopher nichts ausgemacht zu haben.

Das zweite Telefonat fand erneut am Abend statt und sie unterhielten sich mehrere Stunden. Alabama erfuhr mehr über seine Schwestern und seine Mutter und wie viel sie ihm bedeuteten. Er erzählte ihr sogar, dass er wollte, dass sie sich kennenlernten. Er wusste, dass es ihr unangenehm war, und beeilte sich, ihr zu versichern, dass sie sie lieben würden.

Sie redeten noch ein bisschen weiter, bevor sie das Gespräch beendeten. Alabama hatte sogar einen Teil der Geschichte preisgegeben, warum sie mit ihm telefonieren konnte, aber Schwierigkeiten hatte, in der Öffentlichkeit mit ihm zu sprechen. Sie hatte ihm gebeichtet, dass sie sich am Telefon keine Sorgen machen musste, ob jemand zuhörte oder über sie urteilte. Christopher hatte versucht, ihr zu sagen, dass es keine Rolle spielte, was andere über sie dachten. Da dies aber nicht der einzige Grund war, warum sie in der Sicherheit ihrer eigenen Wohnung besser mit ihm sprechen konnte, stritt Alabama nicht weiter mit ihm.

Christopher hatte ihr erneut versichert, dass er an sie denken würde, bevor sie den Hörer aufgelegt hatte.

Jetzt war es Freitag und Zeit für ihre Verabredung. Christopher wollte ihr nicht verraten, wohin sie gingen, er hatte ihr nur gesagt, dass sie unbedingt bequeme Kleidung tragen und ein Sweatshirt mitbringen sollte.

Abe war nervös. Er hatte sich schon lange nicht mehr so bei einer Frau gefühlt. Seine Freunde, insbesondere Wolf, hatten ihn damit aufgezogen. Alle wollten Alabama kennenlernen, aber er hatte ihnen gesagt, sie müssten sich noch gedulden. Er wusste, dass Alabama schüchtern war, und wollte nicht, dass sie von seinen Freunden überrumpelt wurde, bevor er sicher sein konnte, dass sie ihm gehörte.

Abe hatte einen aufregenden Tag für sie geplant. Wenn sie den Tag genauso genießen würde wie er, dann wüsste er, dass sie wirklich die richtige Frau für ihn war. Er hatte ein schlechtes Gewissen, Alabama so auf die Probe zu stellen, aber er war zu oft von Frauen geblendet worden, die nur vorgegeben hatten, sich für die gleichen Dinge wie er zu interessieren. Tief im Inneren wusste er, dass Alabama nicht so war. Es war also weniger ein Test als ein Weg, Spaß mit einer fantastischen Frau zu haben.

Abe schüttelte den Kopf, als er an ihrem Apartmentgebäude ankam. Das Haus war wirklich heruntergekommen. Er würde ihr aber nichts sagen, weil er vermutete, dass sie nicht viel Geld verdiente. Er hoffte, sie würde sich ihm heute öffnen und ihm etwas mehr über sich erzählen. Er wusste nicht einmal, was sie beruflich machte, außer dass es etwas mit Wolfe Immobilien zu tun hatte.

Er nahm das Paket vom Sitz neben sich und legte es auf den Rücksitz, bevor er aus dem Wagen stieg und zu ihrem Apartment ging. Er klopfte ein Mal und die Tür wurde fast sofort geöffnet. Er lächelte. Sie sah toll aus. Alabama trug eine abgetragene Jeans und ein tailliertes T-Shirt mit V-Ausschnitt, wie es meistens der Fall war. Es war lila und hatte einen tiefen Ausschnitt. Sie hielt außerdem ein weißes Sweatshirt über dem Arm und war genauso gekleidet, wie er es verlangt hatte. Es gefiel ihm.

Alabama war nervös. Sie hatte keine Ahnung, was sie heute vorhatten, aber sie vertraute Christopher. Wahrscheinlich sollte sie das nicht tun. Aber, verdammt noch mal, wenn sie einem Navy SEAL nicht vertrauen konnte, wem konnte sie dann überhaupt vertrauen? Alabama hatte drei verschiedene T-Shirts anprobiert, bevor sie sich für das lilafarbene entschieden hatte. Sie fand, dass dadurch ihr Busen besser zur Geltung kam, und die Farbe hatte sie schon immer gemocht.

Christopher sah gut aus. Er trug eine khakifarbene Cargohose und ein langärmliges Hemd. Es war nicht so eng, dass es aufschneiderisch wirkte, aber es saß stramm. Alabama konnte die Konturen seiner muskulösen Arme erkennen. Er war gut gebaut. Gott, er war verdammt gut gebaut. An den Füßen trug er Armeestiefel. Er lehnte am Türrahmen ihrer Wohnung, als sie ihm öffnete. Wäre er ein Vertreter für was auch immer gewesen, sie hätte es ihm, ohne zu zögern, abgekauft.

Alabama trat aus ihrer Wohnung und war nicht überrascht, als Christopher seine Hand nach ihrem Schlüssel ausstreckte. Sie erinnerte sich, dass er das Gleiche getan hatte, als er sie zum ersten Mal abgeholt hatte. Sie ließ ihren Schlüssel in seine Hand fallen und beobachtete, wie er die Tür abschloss. Als er fertig war, drehte Christopher sich um und hielt ihr den Schlüsselbund hin. Sie lächelte ihn schüchtern an, während sie den Schlüssel nahm und in ihre Handtasche steckte. Er erinnerte sich noch daran, dass es ihr unangenehm gewesen war, wenn er die Schlüssel behielt, also bestand er nicht darauf. Das gefiel ihr an ihm. Verdammt, bis jetzt mochte sie alles an Christopher.

Abe hakte Alabama unter und sie gingen gemeinsam den Flur entlang. Er zwinkerte im Vorbeigehen der alten Dame zu, die sie durch den Türspalt musterte. Sie zwinkerte zurück, lächelte und schloss ihre Tür, nachdem sie vorbeigegangen waren.

Abe schaute Alabama einen Moment an, nachdem sie in den Wagen gestiegen waren. Sie hatte nicht gefragt, wohin sie fuhren, aber er merkte, dass sie neugierig war.

Bevor er den Wagen startete, lehnte er sich nach hinten und holte das Paket hervor. Er gab es Alabama, stützte sich mit einem Arm auf das Lenkrad und beobachtete sie.

Alabama sah Christopher verwirrt an. Hatte er ihr ein Geschenk mitgebracht?

»Los, mach es auf«, drängte Abe sanft.

Alabama wickelte vorsichtig das Päckchen aus und schaute sich die Schachtel an. Es war lange her, dass sie ein Geschenk bekommen hatte. Verdammt, sie konnte sich nicht einmal daran erinnern, wann jemals jemand etwas für sie eingepackt hatte. Sie hätte es am liebsten den ganzen Tag eingewickelt gelassen und angestarrt, aber Alabama wusste, dass sie dabei wahrscheinlich wie eine Geisteskranke ausgesehen hätte.

Nachdem sie lange genug über das Öffnen des Geschenks nachgedacht hatte, starrte sie den Inhalt der Verpackung an. Es war ein Handy. Kein überteuertes Smartphone, sondern ein Prepaid Klapphandy. Er musste gewusst haben, dass sie etwas anderes nicht angenommen hätte.

Alabama biss sich auf die Lippe und versuchte, die Tränen zu unterdrücken. Mama hatte niemals Weihnachten mit ihr gefeiert und Alabama mit Sicherheit kein Geburtstagsgeschenk gekauft. Auch Alabamas

Pflegeeltern hatten sich nicht so sehr um sie gesorgt, dass sie sich dazu die Mühe gemacht hätten.

»Ich nehme es nicht zurück, Alabama. Du brauchst es. *Ich* brauche es zur Beruhigung. Ich muss wissen, dass du jemanden um Hilfe rufen kannst, wenn ich nicht in der Nähe bin.«

Alabama sah sich schnell um, um sich zu vergewissern, dass niemand anderes zuhörte, und platzte heraus: »Ich habe noch nie ein Geschenk bekommen.« Sie konnte die Tränen jetzt nicht mehr zurückhalten.

»Hey, sieh mich an, Süße.« Abe konnte nicht glauben, was er gerade gehört hatte. Er wusste, dass Alabama eine schwere Kindheit gehabt haben musste, aber es war offensichtlich schlimmer, als er es sich vorgestellt hatte. Als sie nicht aufschauen wollte, legte er seine Hand sanft unter ihr Kinn. »Bitte!«

Alabama sah ihn schließlich an. Sie hatte ihre Tränen etwas unter Kontrolle bekommen, aber sie hatte immer noch feuchte Augen. »Danke, Christopher«, brachte sie heraus.

»Bitte schön. Wirst du es behalten?« Abe wollte eigentlich wissen, was vorgefallen war und warum sie noch nie ein Geschenk bekommen hatte, aber er wollte sie auch nicht weiter zum Weinen bringen. Er konnte sehen, dass sie sich nur gerade so unter Kontrolle hatte.

Auf ihr Nicken sagte er zu ihr: »Also dann. Wenn wir heute Abend wiederkommen, kannst du es anschließen und aufladen. Nimm es überall mit hin, für den Fall, dass du es brauchst. Ich habe es für den Anfang mit fünfhundert Minuten aufgeladen.«

»Das ist zu viel«, erwiderte Alabama schließlich.

»Nein, ist es nicht. Nicht genug für meinen Seelenfrieden, aber ich wusste, dass du es nicht annehmen würdest, wenn ich so viele Minuten aufgeladen hätte, wie ich für richtig halte. Außerdem wirst du das Startguthaben schon in der ersten Woche aufbrauchen, um mit mir zu telefonieren. Zumindest hoffe ich das.«

Alabama lächelte. Herrgott, er war unglaublich! »Okay. Danke, Christopher. Wirklich.«

Abe dachte nicht lange nach, er hob einfach Alabamas Kopf mit seinem Finger etwas nach oben, beugte sich vor und gab ihr schnell einen Kuss auf den Mundwinkel. Er ließ seine Lippen nicht verweilen, obwohl er es wollte. Der flüchtige Geschmack, den er von ihr bekommen hatte, war bereits genug, um ihn verrückt zu machen. Alabama schmeckte nach Pfefferminze, und er wollte mehr. Abe zwang sich, seine Hand zurückzuziehen, jedoch nicht ohne vorher ihr Kinn zu streicheln. Dann wandte er sich dem Lenkrad zu. Er ließ den Motor an und fuhr vom Parkplatz.

Alabama konnte nicht glauben, dass Christopher sie gerade geküsst hatte. Das *galt* doch als Kuss, oder? Es war kurz und süß, aber es war großartig gewesen. Viel besser als die schmierigen Zungenküsse, die sie in der Vergangenheit bekommen hatte. Sie konnte immer noch die Berührung von Christophers Finger an ihrem Kinn fühlen. Alabama lehnte sich im Sitz zurück und vertraute darauf, dass Christopher sie sicher an ihr Ziel brachte. Sie schaute auf das Telefon in ihrem Schoß. Er sorgte dafür, dass sie sich sicher fühlte. So hatte sie noch nie empfunden.

Der Tag war großartig gewesen. Alabama konnte sich nicht erinnern, in ihrem ganzen Leben jemals so viel gelacht zu haben. Christopher hatte sie zuerst zum Strand gebracht. Riverton war ein Vorort von San Diego und Alabama hatte nicht viel Zeit, um an den Strand zu gehen. Sie liebte das Wasser, aber es war das erste Mal, dass sie ein Picknick im Sand machte. Der Strand war nicht von Touristen überlaufen. Tatsächlich hatte sie dort nur sehr wenige Leute gesehen.

Christopher hatte eine leichte Decke, eine Thermoskanne mit Kaffee und etwas Obst mitgebracht. Sie hatten am Strand gesessen, das Wasser beobachtet und ein bisschen geredet. Die meiste Zeit hatten sie aber einfach nur die Morgenluft und ihre gegenseitige Gesellschaft genossen.

Danach hatten sie den Zoo von San Diego besucht. Alabama mochte Zoos eigentlich nicht, die Tiere taten ihr immer leid. Sie glaubte nicht, dass sie auf irgendeine Weise misshandelt wurden, aber sie fand es traurig, die majestätischen Tiere hinter Gittern zu sehen. Aber Alabama dachte nicht zu viel darüber nach, während sie mit Christopher durch den Zoo schlenderte.

Während sie herumgingen, hielt er ihre Hand und ließ sie nicht mehr los. Als sie in eine größere Menschenmenge gerieten, nahm Christopher sie dichter an seine Seite und beschützte sie davor, von den anderen Leuten angerempelt zu werden. Als ein Mann versehentlich sein Getränk fallen ließ und es über ihre Jeans und Schuhe spritzte, glaubte Alabama, Christopher würde ausrasten. Er sah aus, als würde er dem Mann gleich hinterherjagen und ihn verprügeln. Alabama musste aber nur ihre Hand auf Christophers Arm legen und er beruhigte sich sofort wieder. Sie konnte sehen, wie er sichtlich nach Fassung rang. Es war faszinierend.

Christopher küsste ihre Hand und zog sie noch fester an sich heran. Im Vorbeigehen warf er dem Mann einen wütenden Blick zu, ließ es aber ansonsten dabei bewenden.

Nachdem sie den größten Teil des Tages im Zoo verbracht und viel zu viel Junkfood gegessen hatte, fuhr er mit ihr ans Ende einer Landebahn in der Nähe seines Stützpunktes. Natürlich konnte Christopher mit seinem Ausweis den Stützpunkt betreten. Er parkte den Wagen und half Alabama beim Aussteigen. Christopher breitete die Decke, die sie schon am Strand benutzt hatten, auf dem Kofferraum seines Wagens aus und sie machten es sich darauf gemütlich. Sie lehnten sich gegen die Heckscheibe und beobachteten die Flugzeuge beim Starten und Landen.

Abe verschränkte seine Finger mit ihren und legte ihre Hände auf seinen Bauch. Sie führten eine leichte Unterhaltung über nichts Wesentliches.

Als es dunkel wurde, half Christopher ihr vom Kofferraum herunter und zurück auf den Beifahrersitz. Sie holten sich unterwegs etwas vom Chinesen und kehrten zu ihrer Wohnung zurück.

Nach dem Abendessen ließen sie sich auf der Couch nieder und Alabama schaltete zur Hintergrundbeschallung *Die Braut des Prinzen* ein. Sie hatte den Film schon so oft gesehen, dass sie beinahe mitsprechen konnte.

Sie hatten etwa zwanzig Minuten lang den Film gesehen, bevor Christopher die Stille durchbrach. »Erzähl mir mehr über dich, Alabama. Erzähl mir, warum du dich immer umsiehst, bevor du mit mir sprichst, wenn wir in der Öffentlichkeit sind, aber wenn du hier in deinen eigenen vier Wänden bist, viel gesprächiger wirst. Ist es nur, weil hier niemand ist, der dich belauschen oder über dich urteilen kann? Oder gibt es noch einen anderen Grund?«

Alabama versuchte instinktiv, ihre Hand von seiner wegzuziehen. Abe ließ aber nicht los und zog sie stattdessen an seine Seite. Er legte ihren Kopf auf seine

Brust und murmelte: »Schhhh, Süße. Du bist bei mir in Sicherheit. Rede mit mir. Erzähl mir, was los ist.«

Es war verrückt. Sie dachte ernsthaft darüber nach. Niemand hatte sich je zuvor so sehr für sie interessiert, dass er es bemerkt, geschweige denn danach gefragt hätte. Fühlte sie sich Christopher gegenüber nur so, weil sie sich noch nie so gefühlt hatte? Oder war es echt? Alabama hatte keine Ahnung, aber sie wollte es versuchen. Sie wollte ihm vertrauen.

»Ich ...« Sie machte eine Pause. Jesus. Sie konnte es nicht.

Christopher sagte nichts, streichelte weiter ihren Arm auf und ab und mit seinem Daumen über ihren Handrücken.

Seine stille Unterstützung und die Tatsache, dass sie ihn nicht ansehen musste, während sie ihm ihre erbärmliche Geschichte erzählte, gaben ihr den Mut fortzufahren.

»Du hast recht. Es stimmt zwar, dass ich mich nicht wohlfühle, wenn ich mit jemandem spreche und andere mir zuhören, aber das ist nicht der einzige Grund. Meine Mama war nicht ... sehr nett zu mir. Sie ... sie wollte mich nicht, hat mich aber aus irgendeinem Grund nicht zur Adoption freigegeben. Ich wünschte, sie hätte es getan.«

»Oh mein Gott«, murmelte Abe. »Komm her, Süße.«

Er rutschte auf der kleinen Couch herum, bis sie

nebeneinander lagen. Alabama lehnte an der Rücklehne der Couch und Christopher lag halb neben und halb unter ihr. Einen Arm hatte er um ihre Taille gelegt und hielt sie fest, den anderen um ihre Schultern und fuhr mit seiner Hand durch ihr Haar. Er drückte ihren Kopf an seine Brust. »Mach die Augen zu und fühle, wie nahe ich bei dir bin. Du bist in Sicherheit. Du kannst es mir anvertrauen.«

Er war sehr fordernd, aber Alabama fühlte sich nicht unter Druck gesetzt. Noch nie hatte jemand sie so festgehalten. Sie hatte einmal die Nacht mit einem Kerl verbracht, aber sobald der Sex vorbei gewesen war, hatte er sich umgedreht und sie hatte elende sechs Stunden warten müssen, bis die Sonne aufging und sie aus seiner Wohnung verschwinden konnte.

Christopher war warm und roch so gut. Sie war sich nicht sicher, wonach er roch, nur dass es beruhigend war. Sie schloss die Augen, als er sie darum bat, und kroch noch näher an ihn heran.

»Mama hat mich Alabama Ford Smith genannt. Alabama, weil das der Bundesstaat war, *wo* sie gefickt wurde ... ihre Worte, nicht meine ... und Ford, weil es in einem Wagen dieser Marke passierte. Smith war nicht mal ihr Nachname. Sie wollte nur nicht, dass ich denselben Nachnamen habe wie sie.« Ohne es selbst zu bemerken, griff Alabama mit ihrer linken Hand nach Christophers Hemdsärmel und fuhr fort.

»Meine früheste Kindheitserinnerung besteht

darin, in eine Kammer eingesperrt zu sein und von Mama angeschrien zu werden, dass ich aufhören soll zu heulen. Ich weiß nicht, warum ich geweint habe, aber sie konnte es nicht ertragen. Jedes Mal wenn ich überhaupt redete, schloss sie mich in diese Kammer ein. Ich lernte schließlich, dass ich sie nicht ansprechen darf, wenn ich etwas essen oder in meinem Bett schlafen wollte. Aber manchmal vergaß ich es oder redete, ohne zu wissen, dass sie da war. Ich höre immer noch, wie sie mich immer und immer wieder anschreit, ich solle die Klappe halten.«

Abe wollte Alabama sagen, sie sollte aufhören, weil er es nicht ertragen konnte, aber er wusste, dass sie alles herauslassen musste. Er konnte nicht glauben, dass sie trotz allem so süß war. Andere Leute, die das Gleiche durchgemacht hatten, wären nicht halb so nett geworden, wie Alabama es war. Und er wusste, dass sie es wahrscheinlich noch herunterspielte. Obwohl er sie erst kurze Zeit kannte, wusste er, dass sie ihm nicht alles erzählen würde.

»Als ich elf war, hat sie mich mit einer Pfanne geschlagen, weil ich eine Frage gestellt hatte. Ein Lehrer bemerkte es und ich vertraute mich einem Polizisten an, der versprach, er würde mir helfen. Er hat es nicht getan und ich wurde zu ihr zurückgeschickt. Mit zwölf Jahren verprügelte sie mich mit der gleichen Pfanne und brach mir dabei den Kiefer und unzählige andere Knochen im Gesicht. Während sie mich schlug, schwor sie, mir beizubringen, nicht mehr zu reden.«

Alabama hielt inne und räusperte sich. Sie hatte noch nie in ihrem Leben so viel geredet. Aber es fühlte sich gut an, alles herauszulassen. Es jemandem zu erzählen. Es Christopher anzuvertrauen. Endlich bemerkte sie, dass Christopher seine Hand an ihrer Seite zu einer Faust geballt hatte. Er umklammerte ihr Hemd. Sie hob den Kopf und legte ihre Hand an sein Gesicht.

»Bist du in Ordnung?«

Abe schnaubte. Natürlich war sie es, die jetzt versuchte, *ihn* zu trösten. *Er* war es, der *sie* trösten sollte. Er versuchte, sich zu entspannen. Er lockerte den Griff und legte die Hand an ihre Seite. »Mir geht es gut, Süße. Ich bin nur verdammt wütend auf deine Mutter und versuche zu begreifen, wie du trotz dieser grausamen Erziehung zu der süßesten Frau werden konntest, die ich jemals getroffen habe.«

Alabama schüttelte nur den Kopf und legte ihn zurück auf seine Brust.

Abe drängte sie nicht dazu, ihn anzusehen, sondern sagte nur leise: »Ernsthaft, Süße. Du musst kein Wort sagen und man sieht dir trotzdem an, wie gut du bist. Ich konnte es bereits fühlen, als ich auf der Party neben diesem verdammten Tisch stand.« Als sie nichts darauf erwiderte, beschloss Abe, sie nicht weiter zu drängen. »Was ist dann passiert? Wo bist du hingekommen, nachdem sie dich geschlagen hatte?«

»In Pflegefamilien.«

»War es ... okay?«

»Ich denke schon. Mama hatte mir so oft im Leben gesagt, dass ich die Klappe halten soll, dass ich mir ihre Worte schließlich zu Herzen genommen habe. Alle hielten mich für verrückt und ich redete nicht mit vielen Leuten. Ich zucke selbst heute noch zusammen, wenn ich die Worte ›halt die Klappe‹ höre. Ich muss dann wieder daran denken, wie ich in dieser verdammten Kammer saß und hörte, wie meine Mutter schrie: ›Halt die Klappe, halt die Klappe, halt die Klappe!‹ Du hast mal etwas zu mir gesagt und ich glaube, du hattest recht.«

»Und was war das?«

»Du sagtest, ich leide unter Posttraumatischer Belastungsstörung. Das war mir noch nie in den Sinn gekommen. Aber ich glaube, du hast recht. Vermutlich sollte ich mal mit jemandem darüber reden. Ich meine ... außer mit dir.«

»Ich werde dir mit allem helfen, was du brauchst. Wenn ich dir helfen soll, jemanden zu finden, lass es mich wissen. Es gibt viele Therapeuten bei uns auf dem Stützpunkt, die Erfahrung mit PTBS haben. Wenn du aber lieber mit jemandem sprechen möchtest, der speziell auf Kindheitstraumata spezialisiert ist, kann ich dir helfen, jemanden zu finden. Aber Süße, du hast keine Ahnung, wie viel es mir bedeutet, dass du mir deine Geschichte anvertraut hast. Ich weiß, dass wir uns gerade erst kennenlernen, aber du bedeutest mir etwas. Ich werde dich nicht im Stich lassen. Ich werde dir niemals sagen, du sollst den Mund halten, jetzt, wo ich weiß, was das in dir auslöst. Ich habe es dir schon einmal gesagt und ich werde es immer wieder sagen, du bist bei mir in Sicherheit. Das verspreche ich dir.

Außerdem hat deine Mutter vielleicht versucht, dir einen Namen zu geben, der ihr nichts bedeutete, aber du solltest ihn dir zum Eigentum machen. Du *bist* Alabama Ford Smith. Du hast überlebt. Du hast durchgehalten. Lass dich von ihrer Erbärmlichkeit nicht runterziehen. Das sind *ihre* Probleme, nicht deine. Du bist einzigartig und unglaublich, und du hast einen einzigartigen, unglaublichen Namen. Außerdem *mag* ich deinen Namen. Ich mag dich.«

Alabama vergrub ihr Gesicht in Christophers Hemd und atmete tief ein. Gott, er war großartig. Sie versuchte, nicht zu weinen, aber sie konnte nicht anders. Die Tränen liefen einfach aus ihren Augen und über seine Brust, als sie den Kopf zur Seite drehte, um atmen zu können.

»Lass es raus, Süße. Lass es raus. Ich bin für dich da. Ich gehe nirgendwohin.«

Alabama weinte um ihre verlorene Kindheit. Sie weinte, weil ihre Mutter sie nie geliebt hatte. Sie weinte über ihren Vertrauensverlust in die Menschheit im Allgemeinen. Schließlich, nachdem die Tränen getrocknet waren, schniefte sie einmal und ließ sich wieder auf Christophers Brust nieder. Sie entspannte sich und dachte darüber nach, wie gemütlich es bei ihm war, und wollte sich am liebsten nie wieder bewegen.

Abe war wütend. Er versuchte, unter Alabama entspannt liegen zu bleiben, aber er wusste nicht, ob er dabei überzeugend war. Er beschloss, Alabama auch etwas aus seinem Leben zu erzählen, damit sie sich nicht unwohl dabei fühlte, ihm etwas so Intimes über sich anvertraut zu haben.

»Während ich aufwuchs, habe ich meinen Vater nicht wirklich gekannt.« Abe spürte, wie Alabama den Kopf hob und ihn ansah, aber er redete weiter. »Er kam ab und zu vorbei, aber gerade, wenn wir uns an ihn gewöhnt hatten, verließ er uns wieder. Meine Mutter weinte jedes Mal, wenn er ging. Sie wusste nicht, dass ich es mitbekam, aber ich saß vor ihrem Schlafzimmer und konnte hören, wie sie sich die Augen aus dem Kopf weinte. Ich habe mir damals geschworen, auf sie aufzupassen. Ich tat, was ich konnte. Ich erledigte meine Aufgaben, ohne dass jemand etwas sagen musste, ich half meinen Schwestern bei ihren Hausaufgaben und gab meiner Mutter jeden Cent, den ich beim Rasenmähen oder anderen kleinen Arbeiten in der Nachbarschaft verdiente.«

Abe streichelte Alabama übers Haar, nicht sicher, ob er sie oder sich selbst tröstete. »Wir hatten nicht viel Geld, weil mein Vater offensichtlich nichts zum Unterhalt beitrug, aber wir haben uns gut geschlagen. Ich würde alles für meine Schwestern und meine Mutter tun. Es tut mir leid, dass du niemanden in deinem Leben hattest, von dem du das sagen kannst. Ich wünschte, ich hätte dich schon gekannt, als du aufgewachsen bist, Alabama.«

Alabama sagte kein Wort, sondern lag in Christophers Armen und genoss das Gefühl seiner Umarmung. Sie dachte über das nach, was er ihr gerade über seine Familie erzählt hatte. Alabama konnte jetzt etwas besser verstehen, warum er heute so war, wie er war. »Du kümmerst dich um die Menschen«, sagte sie schläfrig.

»Ich kümmere mich um die Menschen, die mir etwas bedeuten.«

Alabama sagte nichts mehr, aber seine Worte drangen bis tief in ihre Seele und sie konnte fast spüren, wie sie ihr Herz heilten.

Abe streichelte weiter mit seiner Hand über Alabamas Haar, bis sie schließlich auf seiner Brust einschlief.

Noch nie zuvor in seinem Leben hatte er einer Frau Schmerzen zufügen wollen, aber Abe wollte Alabamas Mutter verletzen. Wie hatte sie das ihrem eigenen Kind antun können? Wie konnte sie jemanden, der so süß war wie Alabama, auf diese Weise misshandeln? Er war nach wie vor erstaunt, wie sie trotzdem zu so einer tollen Frau geworden war. Das sagte viel über Alabamas innere Stärke aus.

Abe lag unter Alabama und genoss, wie sanft sie war und ihr Vertrauen in ihn. Er würde diesen Moment nie vergessen. Den Moment, in dem ihm bewusst wurde, dass er kurz davor stand, sich zum ersten Mal in seinem Leben Hals über Kopf in eine Frau zu verlieben.

KAPITEL NEUN

Alabama öffnete die Tür zu den vorläufigen Büroräumen von Wolfe Immobilien. Das Gebäude war dem alten sehr ähnlich. Alle Büros befanden sich auf derselben Etage. Die Makler mussten sich ein Büro teilen, bis das neue Gebäude fertig war.

Es war tatsächlich leichter, die Büros in diesem Gebäude zu reinigen, weil das Feuer alles zerstört hatte und nicht so viel Zeug herumlag.

Alabama schob ihren neuen Reinigungswagen durch das Gebäude. Sie hatte die Stille des Abends bei der Arbeit schon immer geliebt. Manche Leute mochten es nicht, sich allein in einem leeren Gebäude aufzuhalten, und fanden es gruselig, aber nicht Alabama. Sie liebte die Einsamkeit.

Sie dachte über die letzte Woche nach. Sie hatte

jeden Abend mit Christopher verbracht. Tagsüber musste er arbeiten, war aber jeden Abend zum Essen gekommen und hatte Zeit mit ihr verbracht, bevor sie sich auf den Weg zur Arbeit gemacht hatte.

An einem ihrer freien Abende waren sie in sein Quartier auf dem Stützpunkt gegangen. Es war nichts Besonderes, aber für Alabama war es eine ganz neue Welt. Sie wusste nicht viel übers Militär und es machte sie etwas nervös, auf einem Militärstützpunkt zu sein. Es gab ungeschriebene Regeln, von denen sie keine Ahnung hatte. Um in dem Lebensmittelgeschäft einkaufen zu dürfen, musste man beim Militär sein und seinen Ausweis vorzeigen. Das Gleiche galt für die meisten Dienstleistungen auf dem Stützpunkt. Es war nicht so, dass jemand unfreundlich zu ihr gewesen wäre, es war einfach nur überwältigend.

Christopher hatte ihr Unbehagen bemerkt und sie nicht noch einmal gefragt, ob sie mit auf den Stützpunkt kommen wollte. Er sagte, dass er lieber zu ihr in die Wohnung käme, wenn sie sich dort wohler fühlte. Es schien ihm nichts auszumachen und er versicherte ihr, dass es keine große Sache wäre.

Alabama verbrachte gern Zeit mit ihm. Es war so unkompliziert. Nachdem sie drei Abende in Folge miteinander verbracht hatten, hatte Christopher gefragt, ob er sie küssen dürfe.

Alabama stand im Flur des Bürogebäudes und

schloss die Augen. Sie erinnerte sich, wie perfekt dieser erste Kuss gewesen war. Sie hatten auf ihrer kleinen Couch gesessen und einen Film gesehen, als sie spürte, wie er sie ansah. Sie hatte sich zu ihm umgedreht und sein Gesichtsausdruck war intensiv gewesen. Als ihre Blicke sich trafen, legte er eine Hand auf ihre Wange. Sie neigte den Kopf zur Seite und legte ihre Wange in seine Hand.

»Ich möchte dich küssen, Süße. Darf ich?«

Alabama nickte nur.

Er schob die Hand von ihrer Wange in ihren Nacken. Christopher hielt sie fest, aber mit einem seltsam sanften Griff, und rückte näher an sie heran. Er drückte seine Stirn gegen ihre und verharrte für einen Moment in dieser Position.

»Das will ich schon tun, seit du mir letzte Woche die Tür geöffnet hast. Du hast keine Ahnung …«

Dann hob er seine andere Hand und legte sie an ihr Gesicht. Er hielt Alabamas Kopf fest zwischen der Hand in ihrem Nacken und der auf ihrem Gesicht. Sie fühlte sich aber nicht beklemmt, sondern beschützt. Christopher neigte leicht ihren Kopf und stürzte sich in den Kuss. Aus irgendeinem Grund war Alabama davon ausgegangen, er würde es langsam angehen lassen. Alles, was er bisher getan hatte, war bedacht und sanft gewesen, aber dieser Kuss war weder das eine noch das andere.

Es war ein selbstbewusster Kuss, ein Kuss, der forderte, dass sie ihre Lippen öffnete und ihn hereinließ. Und sie tat es. Alabama hielt sich nicht zurück. Als seine Lippen auf ihre trafen, öffnete sie sich sofort. Er drang mit der Zunge in ihren Mund ein, dann zog er sie wieder zurück und streichelte ihre Lippen, bevor er wieder eindrang. Alabama versuchte mitzuhalten und erwiderte den Zungenschlag. Dann nahm sie seine Zunge zwischen ihre Lippen und saugte daran. Sie dachte erst, sie würde sich unbehaglich fühlen, aber sie war so erregt, dass sie keine Zeit hatte, sich zu schämen.

Im selben Moment nahm Christopher die Hand von ihrer Wange, schob sie auf ihren Rücken und legte sie vorsichtig nach hinten auf die Kissen auf der Couch. Mit einer Hand stützte er ihren Kopf, als er sie nach unten drückte. Alabama bemerkte es nicht einmal ... bis sie plötzlich seine Härte auf ihrem Körper spürte. Christopher hörte nicht auf, sinnlich weiter ihren Mund zu erkunden, aber sie spürte auch seine Stärke über sich. Er war nicht zu schwer, tatsächlich fühlte sich sein Körper wunderbar an, als er sich gegen sie drückte. Sie konnte seine Erektion an ihrem Bein spüren. Er war so hart.

Alabama holte Luft durch die Nase und legte den Kopf nach hinten, wobei sie den Kontakt mit seinen Lippen unterbrach. Ohne zu zögern, beugte sich Christopher vor und legte seinen Mund auf ihren Hals, wobei er sie küsste und leicht an ihr saugte. Ihr Atem raste und sie versuchte, ihr Gehirn wieder zum Arbeiten zu bringen.

»Also, *das* nenne ich mal einen Kuss«, sagte sie atemlos. Sie hörte ein Raunen aus seiner Kehle, bevor er zaghaft in ihr Ohrläppchen biss.

»Du bringst mich um den Verstand, Süße.«

Ein Teil von Alabama wollte nichts sehnlicher, als mit ihm rüber auf ihr kleines Bett in der Ecke zu gehen, aber ein anderer Teil von ihr hatte fürchterliche Angst. Sie war in der Vergangenheit zu oft enttäuscht worden, wenn sie jemandem vertraut hatte. Sie glaubte nicht, dass Christopher ihr Vertrauen missbrauchen würde, aber sie war sich noch nicht sicher.

Alabama nahm ihre Hände von seinem Rücken, wo sie ihn festgehalten hatte, und legte sie auf seine Brust. Er richtete sich sofort auf, um ihr Gesicht zu sehen. Natürlich drückte er dabei seine Erektion noch fester gegen ihren Oberschenkel und sie wurde sofort rot. Christopher lachte und küsste sie sanft auf die Nase. Er zog sie hoch und sie setzten sich nebeneinander.

»Danke, Alabama. Das war der beste Kuss, den ich jemals hatte.«

An diesem Abend sprachen sie nicht mehr viel, sie sahen einfach den Film zu Ende. Als der Film vorbei und es für Christopher Zeit zu gehen war, brachte sie ihn zur Tür und er nahm ihre Hände und hielt sie fest. Christopher beugte sich vor und berührte sanft ihre Lippen mit seinen. Was als kurzer, süßer Gutenachtkuss gedacht war, wurde ein heißer und inniger Kuss.

Er ließ ihre Hände nicht los, während sie sich küssten, und es war interessant, ihn nur mit ihren Lippen und ihrer Zunge zu berühren. Dieser Kontakt reichte aus, um sie verrückt zu machen. Sie hatte sich noch nie in ihrem Leben so gefühlt wie in seiner Gegenwart ... wenn er sie küsste.

»Gute Nacht, Süße. Schließ die Tür hinter mir ab«, war alles, was er noch gesagt hatte. Dann hatte er sie noch einmal auf die Nasenspitze geküsst, ihre Hände gedrückt und war hinausgegangen.

Alabama holte tief Luft und öffnete die Augen. Sie stand mitten im Flur des Immobilienbüros. Sie hielt den Griff des Reinigungswagens so fest, dass ihre Fingernägel sich in ihre Handflächen bohrten. Es hatte sie wirklich erwischt.

Sie lachte über sich selbst und ging weiter über den Flur. Alabama betrat gerade das Büro von einem der Makler, als sie hörte, wie die Tür des Gebäudes geöffnet wurde. Es war noch nicht allzu spät am Abend, aber zu spät, als dass noch jemand arbeiten sollte. Alabama spürte, wie ihr Herz vor Angst einen Sprung machte, blieb stehen und wusste nicht, was sie tun sollte. Sie griff in ihre Tasche nach dem Telefon, das Christopher ihr gegeben hatte, und fühlte sich etwas besser, weil sie die Möglichkeit hatte, Hilfe zu rufen. Sie zog es heraus und klappte es auf. Sie drückte die Neun und dann die Eins. Ihr Daumen schwebte über der zweiten Eins. Sie würde noch einen Moment warten, um zu sehen, was los war, bevor sie tatsächlich die Nummer des Notrufs wählte.

Sie schaute den Flur entlang und sah jemanden auf sich zukommen. Es war Adelaide. Alabama atmete erleichtert auf. Sie war zwar der letzte Mensch, den sie sehen wollte, aber es war zumindest kein verrückter Mörder. Sie klappte das Telefon zu und steckte es wieder in die Tasche.

Adelaide sah auf, als sie noch ein paar Meter von Alabama entfernt war, und bemerkte sie schließlich.

»Was machst du hier?«, fragte sie böse.

Alabama hielt das für eine ziemlich blöde Frage, wenn man bedachte, dass sie die Reinigungskraft war und vor einem Putzwagen stand. Sie zeigte auf den Wagen und antwortete nicht.

»Ach ja, ich habe vergessen, dass du nicht redest, oder?«, spottete Adelaide. »Geh mir aus dem Weg. Ich muss Papiere für einen Kunden holen, die ich versehentlich hiergelassen habe.«

Alabama trat zur Seite und sah zu, wie Adelaide an ihr vorbei in das Büro ging, das sie gerade putzen wollte.

»Übrigens weiß ich alles über dich und Abe, du Schlampe. Er gehörte mir und du hast ihn gestohlen. Aber mach dir keine Sorgen. Er wird zu mir zurückkommen. Schau *dich* doch nur an, und dann sieh *mich* an. Er meint es auf keinen Fall ernst mit dir. Du bist klein und einfach. Du kannst seine Aufmerksamkeit doch nicht länger als eine Millisekunde auf dich ziehen.«

Alabama hatte genug gehört. Christopher hatte ihr zu keinem Zeitpunkt das Gefühl vermittelt, mit ihr zu spielen oder sich nur die Zeit zu vertreiben. Er hatte ihr mehrmals versichert, dass er es mit Adelaide nicht ernst gemeint hatte. Sie war gemein und eifersüchtig und ließ das jetzt an ihr aus.

Alabama war immer noch nicht in der Lage, die alte Gewohnheit abzulegen, und sah sich um, bevor sie leise, aber fest antwortete: »Ich habe nichts gestohlen. *Er* ist zu *mir* gekommen. Ich bin vielleicht nicht so hübsch wie du, aber das scheint ihm nicht wichtig zu sein. Er mag mich und ich mag ihn. Also kümmere dich um deine Angelegenheiten und lass uns in Ruhe.«

Als schlagfertig ging ihre Erwiderung zwar nicht durch, aber Adelaide war tatsächlich überrascht und trat einen Schritt zurück. Sie hatte nicht erwartet, dass die sanfte kleine Putzfrau sich wehren würde. Vielleicht hatte ihr noch nie jemand widersprochen, obwohl das unwahrscheinlich war. Adelaide schien die Art von Frau zu sein, die sich leicht Feinde machte, und sicherlich ließ sich das nicht jeder gefallen.

Adelaide kniff die Augen zusammen und funkelte Alabama böse an. Alabama starrte zurück.

»Das wirst du noch bereuen, Schlampe«, zischte Adelaide schließlich. Sie drehte sich zum Schreibtisch um und griff nach der Mappe, die darauf lag. »Und verschwinde aus meinem Büro. Ich vertraue dir nicht.«

Das tat Alabama mehr weh als das, was Adelaide zuvor gesagt hatte. Sie war vielleicht nicht der hübscheste Mensch auf der Welt, aber sie war keine Diebin. Selbst als sie mit achtzehn Jahren an ihrem Tiefpunkt war, nachdem sie aus dem Pflegesystem ausgeschieden war, hatte sie nicht gestohlen. Es gab Zeiten, in denen sie selbst für einen Teller billige Nudel gestorben wäre, aber sie hatte niemals etwas genommen, das ihr nicht gehörte.

Ohne sich noch einmal umzusehen, schob Alabama ihren Wagen weiter den Flur entlang. Wenn Adelaide nicht wollte, dass sie ihr Büro sauber machte, dann würde sie es eben sein lassen. Hoffentlich würden bald Spinnen und Staub in dem Raum die Überhand nehmen und Adelaide das Leben zur Hölle machen.

Alabama ging in das Büro neben Adelaides und hörte, wie die Schlampe über den Flur stampfte und das Gebäude verließ. Nachdem Adelaide weg war, setzte sich Alabama müde auf den Stuhl neben dem

Schreibtisch. Verdammt. Sie mochte keine Konfrontationen, aber sie fühlte sich gut, nachdem sie sich endlich einmal gewehrt hatte. Adelaide war eine Schlampe, aber zum Glück musste sie nicht mit ihr zusammenarbeiten. Hoffentlich würde sie sich in Zukunft an ihre Papiere erinnern und Alabama könnte ihr aus dem Weg gehen.

KAPITEL ZEHN

Die nächsten Wochen waren die besten in Alabamas ganzem Leben. Sie hatte viel Zeit mit Christopher verbracht und heute Abend wollten sie mit seinen SEAL-Teamkollegen und deren Freundinnen ausgehen.

Alabama war mehr als nervös. Sie war nicht sehr gut in großen Gruppen, besonders nicht in der Öffentlichkeit, aber sie wollte es Christopher zuliebe tun. Er war so gut zu ihr gewesen. Er hatte sie nicht zum Sex gedrängt, obwohl es offensichtlich war, dass er bereit dazu war. Sie hatten ein paarmal sehr intensiv auf ihrer Couch herumgemacht und sie wusste, dass es ihm schwergefallen war aufzuhören. Verdammt, es war *ihr selbst* schwergefallen aufzuhören.

Beim letzten Mal hatten sie beide ihre Oberteile

ausgezogen und er hatte sie nur mit seinen Lippen auf ihrer Brust zum Höhepunkt gebracht. Sie hatte noch nie eine solche Leidenschaft erlebt und es hatte sie verrückt gemacht. Christopher hatte es sofort bemerkt, aber anstatt sie zu mehr zu drängen, beruhigte er sie. Er zog sie an seinen Oberkörper und hielt sie einfach fest. Er war so gut zu ihr gewesen. Sie wusste, dass sie bei ihm den Verstand verlor. Alabama war sich ziemlich sicher, dass sie Christopher liebte. Sie war sich nur nicht sicher, ob sie wirklich wusste, was Liebe war. Es verging aber keine Minute am Tag, in der sie nicht mit ihm reden, ihn sehen oder Zeit mit ihm verbringen wollte.

Als sie ihn zum ersten Mal von ihrem neuen Handy angerufen hatte, war Christopher so glücklich gewesen. Er hielt mit seiner Freude darüber, dass sie ihn tatsächlich angerufen hatte, auch nicht hinterm Berg. Nachdem er sich beruhigt und gefragt hatte, was sie brauchte, war er für einen Moment sprachlos, als sie antwortete, dass sie nur Hallo sagen wollte.

Heute Abend gingen sie also in eine Kneipe mit dem Namen *Aces Bar and Grill*, die anscheinend Mitglieder des Militärs, insbesondere SEALs, anzog. Alabama hatte schon viel von Matthew, alias Wolf, und seiner Freundin Caroline gehört. Aber anscheinend gab es noch vier weitere Mitglieder im Team, die für Christopher wie Brüder waren. Es gab Sam, dessen Spitzname Mozart war, Hunter, mit dem Spitznamen

Cookie, Kason, auch bekannt als Benny, und schließlich Faulkner, der Dude genannt wurde.

Auf keinen Fall würde sie sich all diese Namen merken können, aber sie würde es versuchen. Christopher hatte versprochen, ihr zu helfen. Als Alabama nach den Spitznamen und den Hintergrundgeschichten dazu fragte, musste er schmunzeln und erklärte ihr, dass es an jedem selbst lag, das zu erklären.

Sie zuckte mit den Schultern. Das war ihre geringste Sorge.

Alabama griff verzweifelt nach Christophers Hand, während sie zum Eingang von *Aces* gingen. Bevor sie eintraten, blieb Christopher stehen, zog sie zur Seite und lehnte sie gegen die Wand.

Christopher hob seine Hand und legte sie auf ihre Wange. Er machte das häufig, wenn er wollte, dass sie ihm in die Augen sah, während er mit ihr sprach. Es sollte irritierend für Alabama sein, war es aber nicht. Sie fühlte sich dabei geborgen. Es gefiel ihr, wenn seine Hände auf ihr waren.

»Alles wird gut, Süße. Ich bin bei dir. Du bist in Sicherheit. Sie werden dich mögen, das verspreche ich dir.«

Als sie nickte, schaute er sie für einen Moment fest an, beugte sich dann vor und strich mit seinen Lippen über ihre Augenbrauen, dann ihre Nase und schließlich ihre Lippen. Er verweilte nicht, knabberte aber

sanft an ihrer Unterlippe und zog sich dann zurück.
»Du bist der mutigste Mensch, den ich je getroffen habe. Komm schon! Lass uns gehen, bevor du noch einen Herzinfarkt bekommst.«

Alabama spürte, wie ihr das Herz bis zum Hals schlug. Sie war nervös, aber es half, Christopher dabei zu haben. Sie wollte, dass seine Freunde sie mochten, aber sie wusste nicht wirklich, wie man sich Freunde machte. Sie war nicht gut darin.

Sie gingen auf einen großen Tisch im hinteren Teil der Kneipe zu. Eine Gruppe von Leuten saß bereits zusammen und lachte.

Am Tisch stand eine hübsche Kellnerin, die Getränkebestellungen entgegennahm. Sie war durchschnittlich groß und trug ein Paar Turnschuhe, im Gegensatz zu den anderen Kellnerinnen, die alle hochhackige Schuhe anhatten. Sie hob sich auch von den anderen Kellnerinnen in der Kneipe dadurch ab, dass sie anstelle des engen Oberteils und Minirocks ein unauffälliges Trägerhemdchen und Jeans trug. Ihre Kleidung täuschte aber nicht darüber hinweg, wie hübsch sie war.

Sie hatte langes schwarzes Haar, das zu einem Zopf zusammengebunden war, der in der Mitte ihres Rückens endete. Sie nahm gerade die Getränkebestellung auf, als sie am Tisch ankamen.

»Hallo! Ihr kommt gerade richtig. Was kann ich euch von der Bar bringen?«

Auf dem Namensschild der Kellnerin stand »Jess«.

Abe wandte sich zu Alabama und bedeutete ihr zu bestellen.

»Cola bitte«, sagte Alabama leise.

Christopher drückte ihre Hand, um sie zu beruhigen, und Alabama versuchte, sich zu entspannen. »Hey, Jess. Ich nehme, was immer ihr heute vom Fass habt.« Es war offensichtlich, dass Christopher die Kellnerin kannte. Wahrscheinlich weil er mit seinen Freunden häufiger in diese Kneipe ging.

»In Ordnung. Ich bin gleich zurück«, sagte Jess mit zuversichtlicher Stimme.

Alabama sah der Kellnerin hinterher, die sich humpelnd vom Tisch entfernte. Sie hatte nur den Bruchteil einer Sekunde Zeit, um sich zu fragen, was mit der hübschen Kellnerin los war, bevor Christopher ihr die Hand auf den Rücken legte und sie zum Tisch drehte.

Alabama sah auf und stellte fest, dass alle sie ansahen. Sie ergriff Christophers Hand, als wäre es das Einzige, was sie davor bewahren könnte umzukippen.

»Hey Leute«, sagte Abe beschwingt, »das ist Alabama. Sie ist etwas nervös, euch alle kennenzulernen, also bleibt locker, okay?« Er sagte es leise, aber er hatte Stahl in seiner Stimme.

Er hatte zuvor bereits mit seinem Team geredet und alle wussten, wie schüchtern Alabama war und wie viel sie Abe bedeutete. Abe hatte ihnen auch ein wenig von ihrer Kindheit erzählt und sie hatten sich alle betroffen gezeigt. Sie wussten, dass solche Missbrauchsfälle häufig vorkamen, aber es nahm sie besonders mit, dass es jemandem passiert war, der ihrem Teamkollegen offensichtlich so wichtig war.

Eine gute Frau zu finden war nicht selbstverständlich im Team. Sie waren alle dabei gewesen, als Caroline von Terroristen beinahe getötet worden wäre, und hatten gesehen, wie sehr Wolf damit gehadert hatte, endlich den Mut aufzubringen, sich auf eine Beziehung mit ihr einzulassen.

Keiner von ihnen würde es zugeben, aber sie waren alle ein bisschen eifersüchtig. Zu sehen, wie eng die Beziehung zwischen den beiden war, hatte ihnen die Augen geöffnet, wie bedeutungslos ihre One-Night-Stands eigentlich waren. Sie alle sehnten sich danach, jemanden zu finden, der ihnen genauso wichtig war, und es sah so aus, als wäre Abe der Nächste, der eine Frau gefunden hatte.

Alabama unterdrückte den Impuls, sich im Raum umzusehen, und drückte Christophers Hand so fest, dass sie wusste, er würde Abdrücke von ihren Fingernägeln bekommen, und sagte einfach: »Hallo.«

»Hey, Alabama, ich freue mich, dich kennenzulernen«, sagte ein hinreißender Mann, der aufgestanden war. Die anderen Männer begrüßten sie ebenfalls und Christopher führte sie zu einem Platz am Ende des Tisches an der Wand. Er wartete, bis sie Platz genommen hatte, und ließ sich dann neben ihr nieder. Er legte seinen Arm auf ihre Stuhllehne und beugte sich vor.

»Alles okay, Süße?«

Alabama sah Christopher an und nickte. Er war wirklich ein guter Mann. Sie bemerkte, dass alle Männer so saßen, dass sie den Rest des Raumes sehen konnten. Offensichtlich empfanden sie alle dasselbe wie Christopher, wenn er einem Raum den Rücken zuwandte.

»Ich denke, wir sollten uns gegenseitig vorstellen«, sagte eine schöne Frau an der Seite des Tisches in Alabamas Richtung. »Mach dir nichts draus, wenn du dir nicht alle Namen merken kannst. Ich habe ewig dafür gebraucht.«

Alle am Tisch lachten.

»Ich werde anfangen. Wenn die Jungs sich vorstellen, bekommst du nur ihre Spitznamen zu hören und wirst nie ihre richtigen Namen erfahren. Ich versuche, sie dazu zu bringen, ihre Vornamen zu verwenden, aber es ist hoffnungslos. Ich bin Caroline und gehöre zu dem großen Typen hier neben mir, Matthew. Am Tischende sitzen Sam und seine Freundin Molly. Neben ihnen Faulkner und Brittany. Dann sind da noch Kason und Emily und schließlich Hunter mit Michele dir gegenüber.«

Nachdem sie vorgestellt worden waren, sagten alle Hallo und fingen sofort wieder an zu reden. Alabama atmete erleichtert auf, dass niemand sie gleich in ein Gespräch verwickeln wollte.

Alabama hörte zu, wie die Männer miteinander scherzten. Es war schwierig, sie auseinanderzuhalten, besonders wenn sich die Männer mit ihren Spitznamen anredeten und die Frauen ihre richtigen Namen verwendeten. Es war, als säßen doppelt so viele Menschen am Tisch.

»Hey Christopher, wie habt ihr euch kennengelernt?« Alabama dachte, dass es Kasons Freundin war, die gefragt hatte, aber sie konnte sich nicht an ihren Namen erinnern.

»Könnt ihr euch an das Feuer vor ungefähr einem Monat erinnern?«, fragte Christopher. Als alle am Tisch nickten, fuhr er fort: »Alabama hat mir das Leben gerettet. Sie war ebenfalls dort und hat mir und ein paar anderen Leuten geholfen, aus dem Gebäude zu entkommen.«

»Wow, das ist ja krass«, sagte Michele. »Warst du nicht mit Adelaide auf dieser Party?«

Abes Augen verengten sich, als wäre er sauer. Alabama wusste nicht, worauf genau Michele anspielte, aber offensichtlich ärgerte es Christopher.

»Ja, das war ich. Aber mit uns hat es nicht funktioniert. Ich habe Alabama an diesem Abend getroffen und danach haben sich die Dinge entwickelt.«

Offensichtlich wusste Michele nicht, wann sie

besser aufhören sollte, denn sie fragte weiter: »Was hat Adelaide dazu gesagt?«

Christopher hatte keine Gelegenheit zu antworten, denn Cookie mischte sich ein. »Was zum Teufel soll das, Michele? Abe ist jetzt mit Alabama zusammen.«

Alabama war verwirrt und verunsichert. Michele kannte sie überhaupt nicht, schien sie aber überhaupt nicht zu mögen.

»Wir wissen alle, dass Adelaide und du euch nahesteht, aber bei Gott, Abe hat mit ihr Schluss gemacht, weil sie sich wie eine Verrückte aufgeführt hat. Ich habe dir gesagt, du sollst darüber hinwegkommen, und jetzt bringst du es hier vor seiner neuen Freundin zur Sprache.« Cookie war offensichtlich sauer. Seltsamerweise schien es Abe zu beruhigen, dass er verärgert war.

»Steh auf, wir gehen«, sagte Cookie zu der Frau an seiner Seite. »Das reicht für heute. Es tut mir leid, Abe. Alabama, es war schön, dich kennenzulernen. Du bist viel zu gut für ein Arschloch wie Abe hier, aber ich bin verdammt froh, dass du das anders siehst. Ich hoffe, wir sehen uns bald wieder.« Damit zog Cookie Michele mit seiner Hand an ihrem Ellbogen hoch und führte sie nach draußen, ohne ihr die Möglichkeit zu geben, noch etwas zu erwidern.

Alabama wusste nicht, was sie sagen sollte, also starrte sie nur verlegen auf den Tisch.

»Jesus, bitte entschuldigt diesen Auftritt«, sagte

Benny leise und beugte sich über den Tisch zu seinem Teamkollegen und seiner Verabredung. »Alabama, Cookie geht schon eine Weile mit Michele aus und sie ist mit Adelaide befreundet. Es war offenbar ein Fehler, sie heute Abend mitzubringen.«

Abe nickte steif. Verdammt, er wollte, dass Alabama seine Freunde in einer möglichst stressfreien Umgebung kennenlernte, und Cookies augenblicklicher Schwarm musste alles ruinieren. Er schaute zu Alabama.

Diese spürte, dass Christopher sie ansah, und blickte auf. Er wirkte angespannt und sauer. Sie brachte ein leises Kichern hervor und sah, wie er fragend die Augenbrauen hob.

Alabama wusste, dass sie ein dickeres Fell haben sollte. Wenn man genauer darüber nachdachte, war das Ganze eigentlich ziemlich lustig. Sie wollte Christopher beruhigen, ihm zeigen, dass es ihr gut ging. Sie wollte nicht, dass er glaubte, sie würde jedes Mal weinen, wenn eine andere Frau ihre Krallen ausfuhr. Verdammt, bei seinem Aussehen würde sie nur noch weinen. Sie wusste, dass jede Frau in dieser Kneipe gern mit ihr den Platz getauscht hätte, und das munterte sie seltsamerweise auf.

Sie konnte sich nicht davon abhalten, sich zuerst in der Kneipe umzusehen, bevor sie ihm etwas sagen konnte. Sie hielt inne, beugte sich zu ihm und flüsterte ihm ins Ohr: »Gibt es noch andere Freundinnen von deiner Ex, um die ich mir heute Abend Sorgen machen muss?«

Sie zog sich zurück und lächelte ihn an, um sicherzugehen, dass er wusste, dass sie ihn neckte. Sie sah, wie sich seine Augenbrauen entspannten und seine Pupillen weiteten. »Verdammt, Alabama, ich hatte schon Sorge, du würdest Panik bekommen.«

Ohne den Augenkontakt zu unterbrechen, sagte sie leise: »Ich *habe* ein bisschen Panik, aber du bist ja mit *mir* hier und nicht mit ihr. Hunter ist mit ihr gegangen und ich mag deine Freunde. Ich bin fest entschlossen, mich davon nicht beeindrucken zu lassen.«

Abe atmete erleichtert aus, nachdem er die Luft angehalten hatte. Er war bereit gewesen, Michele selbst hinaus zu eskortieren. Verdammt noch mal. Sie hatte absichtlich das Thema auf Adelaide gelenkt, um Stunk zu machen. Er hoffte, Cookie würde sich nicht weiter mit ihr treffen. Jemand, der absichtlich jemand anderem wehtun wollte, hatte in ihrem Team nichts zu suchen.

Bevor Abe Alabama in die Arme nehmen konnte, um ihr einen leidenschaftlichen Kuss zu geben, fragte Emily: »Also, Abe, ich habe schon die Geschichten von den anderen gehört, aber was steckt hinter deinem Spitznamen?«

Normalerweise überließen die Jungs es jedem selbst, ihren Namen zu erklären, aber Dude sprang ein, bevor Abe etwas sagen konnte.

»Abe, wie der ehrliche Abe Lincoln«, erklärte er. »Während der Militärausbildung war so ein Verlierertyp der Meinung, er hätte keine Lust, seinen Kram zu reinigen, und hat seine Ausrüstung mit Abes getauscht. Der Idiot wusste offenbar nicht, dass alles mit Seriennummern versehen war. Als Abe am nächsten Morgen seine Sachen inspizierte, stellte er fest, dass seine Ausrüstung ausgetauscht worden war. Er machte sich auf die Suche nach dem Übeltäter, was nicht lange dauerte. Abe hat ihm eine ordentliche Lektion erteilt. Das Arschloch hat noch am gleichen Morgen die Segel gestrichen.«

Es gab eine Menge an der Geschichte, die Alabama nicht wirklich verstand, aber sie nickte trotzdem zustimmend.

Dude fuhr mit der Erklärung fort. »Seither stellt Abe jeden zur Rede, der versucht, mit Lügen oder Diebstahl davonzukommen. Der Name ist jedenfalls hängen geblieben.«

Abe ergänzte noch: »Ich kann es nicht ertragen, wenn Leute lügen oder stehlen. Es ist einfach nicht nötig. Wir haben einige verrückte Missionen erlebt. Menschen, die in armen Ländern Nahrungsmittel von Frauen und Kindern stehlen. Leute, die für etwas Wasser oder Brot über Leichen gehen. Einerseits weiß ich, dass Verzweiflung die Menschen dazu treibt, Dinge zu tun, die sie sonst vielleicht nicht tun würden, aber es ärgert mich trotzdem jedes Mal maßlos. Ich hasse es. Ich möchte lieber, dass die Leute einfach offen und ehrlich sagen, was sie brauchen, anstatt zu lügen und zu stehlen.«

Benny mischte sich zustimmend in das Gespräch ein. »Ja, kannst du dich noch an diese Braut erinnern, mit der du dich ... äh ... getroffen hast, die mit diesem heißen Kleid? Als du sie nach Hause gebracht hast, hast du festgestellt, dass das Kleid immer noch das Etikett dran hatte. Sie wollte es in den Laden zurückbringen, um ihr Geld zurückzubekommen, obwohl sie es getragen hatte ...«

Er hielt inne, weil Caroline ihm heftig auf den Arm geschlagen hatte. »Herrgott, Kason, besitz doch etwas Anstand. Es ist nicht angebracht, über äh ... seine Verflossenen zu reden, wenn seine neue Freundin direkt neben ihm sitzt.«

Benny sah verwirrt aus und fing an zu stottern. »Was?«

Alabama kicherte wieder und sah Christopher an. Er schüttelte nur den Kopf und murmelte: »Meine Güte, das war wohl eine ganz schlechte Idee.« Alabama lachte ihn wieder an und legte ihm die Hand auf den Oberschenkel.

Abe mochte das Gefühl von Alabamas Hand auf seinem Bein, legte seine Hand auf ihre und verschränkte ihre Finger miteinander. Dann begann er zu erklären, was seine Freunde auszudrücken versuchten. »Meine sogenannten ›Freunde‹ wollen damit sagen, dass ich Lügner und Diebe nicht ausstehen kann. Ein Kleid zu kaufen und zu tragen, obwohl man die Absicht hat, es wieder zurückzubringen, ist auch eine Art Diebstahl. Es ist nicht in Ordnung und es ist auch nicht cool.«

Alabama verstand, was er sagte, und packte seinen Oberschenkel fester, um ihn dazu zu bringen, sie anzusehen. »Ich lüge nicht und ich stehle auch nicht.«

Abe lächelte. »Ich weiß, Süße. Du bist viel zu nett dafür.«

Der Abend nahm seinen Lauf und Alabama entspannte sich. Sie hatte wirklich viel Spaß und niemanden schien es zu kümmern, dass sie nicht viel redete. Als sie aufgestanden war, um zur Toilette zu gehen, hatte sich Caroline ihr angeschlossen. »Du weißt doch, dass Frauen nicht allein gehen können. Wir sind gleich zurück«, hatte sie der Gruppe mitgeteilt.

Dann hatte sie Alabamas Hand genommen und sie zur Toilette begleitet. Während sie sich die Hände wuschen, erwähnte Caroline, was ihr offensichtlich schon den ganzen Abend auf dem Herzen lag.

»Christopher ist ein guter Mann. Er war mit Matthew, Sam und mir in diesem Flugzeug, als die Terroristen versucht haben, es zu entführen. Er war derjenige, der mir meinen Spitznamen gegeben hat. Er war derjenige, der Matthew überzeugt hat, um mich zu kämpfen. Ich würde alles für ihn tun. *Alles*.«

Alabama zuckte zusammen. Jetzt kam es also heraus. Caroline glaubte offensichtlich nicht, dass sie gut genug für Christopher war.

»Davon abgesehen mag ich dich. Du bist genau das, was er braucht. Ich habe Christopher noch nie so entspannt gesehen. So wie er dich ansieht, schaut Matthew mich an. Wenn du ihn aus irgendeinem Grund nur benutzt, dann lasse ihn jetzt besser gehen. Aber wenn du ihn wirklich magst und ich denke, das tust du, dann pass bitte auf sein Herz auf. Diese Jungs sind hart im Nehmen. Sie sind starke Machos, aber im Inneren sind sie weich wie Butter. Du könntest ihn leicht verletzen. Ich bitte dich nur, es nicht zu tun.«

Alabama schaute sich flüchtig in der leeren Toilette um und zwang sich zu einer Antwort, um die andere Frau zu beruhigen. »Ich werde Christopher nicht verletzen. Ich mag ihn. Ich weiß, dass ich nicht gut genug für ihn bin, aber solange bis er das herausgefunden hat, bleibe ich bei ihm.«

Das Lächeln auf Carolines Gesicht war blendend. Sie streckte die Hand aus und zog Alabama in eine Umarmung. Alabama war überrascht und legte unbeholfen ihre Arme um die andere Frau.

»Willkommen in der Familie, Alabama«, sagte Caroline freudig. »Ich bin so froh, dass Christopher endlich jemanden gefunden hat, der ihn verdient hat. Keine Prostituierte, die ihm nur in die Hose will.«

Dann tat Alabama etwas, das sie noch nie zuvor in

ihrem Leben getan hatte. Ohne nachzudenken, ohne sich umzusehen, um sicherzugehen, dass Mama nicht in der Nähe war, platzte es aus ihr heraus: »Oh, ich will ihm aber schon in die Hose!«

Caroline machte vor Schreck einen Schritt rückwärts, lehnte sich zurück und lachte, als hätte Alabama gerade das Lustigste gesagt, was sie jemals gehört hatte. »Oh Mann, habt ihr es noch nicht getan?«

Jetzt war Alabama verlegen und schüttelte nur den Kopf.

»Jetzt weiß ich, dass er dich *wirklich* mag. Na, warte nur ab, meine Liebe, und mach dich bereit für den Ritt deines Lebens. Wenn du mal einen Rat brauchst, zögere nicht, mich zu kontaktieren. Wir Weiber müssen doch zusammenhalten.«

Alabama nickte nur, als Caroline sie wieder bei der Hand nahm und sie zurück zum Tisch gingen.

Bei ihrer Rückkehr schenkte Caroline ihr ein geheimnisvolles Lächeln und setzte sich neben ihren Freund. Alabama beobachtete, wie Matthew sich zu Caroline hinüberbeugte und sie küsste. Es war nicht einfach nur ein gesitteter Kuss in Gesellschaft, sondern es handelte sich um einen langen, leidenschaftlichen Kuss. Es war Alabama fast peinlich, dabei zuzusehen. Andererseits fand sie es erstaunlich. Es war die Art Kuss, den ein Mann seiner Frau gab. Ein Kuss, der ihr zeigte, wie sehr er sie liebte, wie sehr er sich danach sehnte, mit ihr allein zu sein. Es war wunderschön.

Alabama sah weg und bemerkte, wie Christopher sie anstarrte. Oha. Sein Blick durchbohrte sie förmlich. »War alles in Ordnung auf der Toilette? Sie hat dir hoffentlich keine Angst eingejagt?«

Alabama schüttelte den Kopf. »Nein, sie ist großartig. Du hast tolle Freunde.«

»Das habe ich wirklich.« Er machte eine Pause. »Bist du bereit zu gehen?«

»Gehen? Aber es ist noch früh ...«

»Ich möchte mit dir allein sein. Ich will dich, Alabama.«

Alabama drehte sich vor Aufregung der Magen. Wollte sie das? Wenn sie jetzt gingen, wusste sie, dass sie zusammen im Bett landen würden. Sie wollte es nicht weiter analysieren. »Ich will dich auch.«

Bei ihren Worten beschleunigte sich Abes Atmung. Er legte seine Hand auf ihren Ellbogen und stand sofort auf. »Es war echt toll mit euch, Leute. Wir machen uns jetzt auf den Weg. Bis bald.«

Er gab ihr kaum mehr die Gelegenheit, noch etwas zu sagen, warf ein paar Scheine auf den Tisch, um ihre Getränke zu bezahlen, und ging zur Tür.

Alabama schaute noch einmal zurück zum Tisch und sah, wie Caroline ihr zuzwinkerte. Sie lächelte zurück.

Während der Rückfahrt zu Alabamas Wohnung unterhielten sie sich kaum. Alabama versicherte Christopher, dass sie sich gefreut hätte, seine Freunde kennenzulernen. Als Antwort grunzte er nur. Alabama musste fast lachen. Es schien, als hätten sie die Rollen vertauscht. Er war jetzt derjenige, der sich kaum verbal äußern konnte.

Er fuhr schnell, aber sicher zurück zu ihrer kleinen Wohnung. Alabama wusste, was jetzt passieren würde, und war nervös und aufgeregt. Es war an der Zeit. Sie war bereit, mit Christopher zu schlafen.

Christopher parkte den Wagen, stieg schweigend aus und sie trafen sich vor der Kühlerhaube. Alabama war zu ungeduldig, um darauf zu warten, dass er ihr die Tür öffnete. Hand in Hand gingen sie die Treppe zu ihrer Wohnung hinauf. Alabama gab ihm ihren Schlüssel, als sie die Tür erreichten, und er schloss für sie auf. Christopher legte den Schlüssel in den Korb neben der Tür und nahm ihr die Handtasche ab. Dann nahm er ihr Gesicht in seine Hände und beugte sich vor, um sie zu küssen.

Abe musste sich sehr beherrschen. Alabama war verdammt sexy und er konnte es kaum erwarten, endlich in sie einzudringen. Sie war alles, was er jemals von einer Frau gewollt hatte. Sie war süß und nett und wunderschön. Er küsste Alabama leidenschaftlich, während er sie rückwärts durchs Zimmer führte. Bisher hatte er es nicht gewagt, ihrem kleinen

Bett in der Ecke Beachtung zu schenken. Er wusste, dass er sie dort haben wollte, aber er hatte es langsam angehen lassen. Jetzt war sie endlich bereit.

Er schob sie langsam bis zum Bett, bis ihre Beine die Matratze berührten. Abe wollte nichts dringlicher, als sie aufs Bett zu werfen und nackt auszuziehen, aber er musste sich vergewissern, dass sie es genauso wollte wie er. »Du willst es auch, oder, Süße? Nicht nur ich?«

»Nimm mich, Christopher. Ich gehöre dir.«

Abe zögerte nicht länger. Alabamas Worte waren die Bestätigung, auf die er so sehnlich gehofft hatte. Er packte ihr Hemd am Saum und zog es nach oben, ohne den Augenkontakt mit ihr zu unterbrechen. Er wollte, dass Alabama wusste, dass er *sie* wollte. Dass er nicht nur den Körper irgendeiner Frau ansah, sondern den Körper *seiner* Frau.

Alabamas Herz setzte einen Schlag aus, als sie bemerkte, wie Christopher ihr in die Augen schaute, während er ihr das Hemd auszog. Erst als er es hinter sich auf den Boden warf, wanderte sein Blick von ihrem Gesicht hinunter über ihren Körper. Natürlich hatte er sie schon so gesehen, wenn sie miteinander herumgemacht hatten, aber jetzt war es anders, intimer, persönlicher. Mehr von allem.

»Gott, Süße. Du. Bist. Wunderschön.«

Abe nahm Alabamas Hände in seine und hielt sie fest. Sie war wunderschön. Ihr BH war schlicht und aus schwarzer Baumwolle. Er passte zu ihrer Persönlichkeit. Der dunkle Stoff auf ihrer hellen Haut sorgte für einen wunderbaren Kontrast. »Zieh mich aus«, hauchte er und ließ ihre Hände los, damit sie ihm gehorchen konnte.

Alabama errötete, tat aber, worum er sie gebeten hatte. Sie würde tun, was immer er wollte. Sie griff hinter sich und löste den Verschluss ihres BHs. Als sie die Arme senkte, rutschten die Träger über ihre Schultern und dann ihre Arme hinunter. Sie nahm den BH mit der Hand und ließ ihn auf den Boden fallen.

Abe musste tief Luft holen. Das würde er nicht lange aushalten. Sie war einfach perfekt. Er sah, wie sich ihre Brustwarzen aufrichteten, als er sie in die Arme nahm. Sie atmete schwer, aber er merkte, dass sie keine Angst hatte. Alabama wollte ihn so sehr, wie er sie wollte.

Er nahm ihre Hände wieder in seine und streckte sie nach oben. »Wunderschön«, murmelte er, während er sich vorbeugte und einen ihrer geschwollenen Nippel zwischen seine Lippen nahm.

Alabama stöhnte. Abe wusste noch vom letzten Mal auf der Couch, wie empfindlich ihre Brüste waren. Sie versuchte, ihre Hände aus seinem Griff zu lösen, um ihn zu berühren. Sie wollte, dass er sich genauso gut fühlte wie sie. Abe ließ nicht los, sondern verstärkte stattdessen seinen Griff. Sie würde tun, was Abe wollte. Wenn er sie tun ließe, was *sie* wollte, würde er das nicht lange überleben.

Abe konnte es kaum noch aushalten. Die erste Runde würde nicht lange dauern, aber er tröstete sich mit dem Gedanken, dass sie die ganze Nacht Zeit hatten.

Er ließ schließlich ihre Hände los und griff nach seinem eigenen Hemd. »Zieh dich aus und leg dich aufs Bett. Ich kann es kaum noch erwarten.« Seine Stimme war leise, aber bestimmend und wahnsinnig sexy.

Alabama beobachtete Christopher, wie er sein Hemd auszog und sich bückte, um seine Stiefel zu öffnen. Sie knöpfte schnell ihre eigene Jeans auf, zog Hose und Unterwäsche aus und schlüpfte unter die Decke.

Sie sah, wie Christopher aufstand und sich die Stiefel auszog. Er öffnete die Knöpfe seiner Cargohose und entledigte sich ihrer rasch. Er sah ihr zum ersten Mal wieder in die Augen, seit sie angefangen hatten, sich auszuziehen, und fragte: »Bist du bereit für mich?«

Gott ja, sie war mehr als bereit für ihn. »Ja, ich will dich so sehr. Bitte.«

Alabama hielt den Atem an, als Christopher seine Boxershorts auszog. Er war wunderschön. Er war größer als der einzige andere Mann, mit dem sie zuvor geschlafen hatte. Sie wusste, dass sie nicht viel zum Vergleichen hatte, aber er war lang und offensichtlich hart ... für sie. Es fiel ihr schwer zu begreifen, was sich endlich zwischen ihnen abspielte.

Noch bevor sie sich an ihm sattsehen konnte, warf Christopher die Decke zurück und legte sich zu ihr.

»Versteck dich nicht vor mir. Ich möchte jeden Zentimeter deines wahnsinnigen Körpers sehen.«

Er drückte sie an sich und stöhnte. Er wollte sich Zeit nehmen, um Alabamas Körper kennenlernen, konnte es aber nicht, nicht beim ersten Mal.

Während Abe sie küsste, strich er mit seiner Hand über ihren Körper. Alabama stöhnte unter seiner Berührung und spreizte die Beine. Sie war genauso aufgeregt wie er, als Abe ihre Schamlippen ein wenig öffnete und murmelte: »Du bist offenbar schon bereit für mich. Ich liebe es, wie feucht du bist, und alles nur für mich, nicht wahr?«

Alabama nickte und schob ihre Hüften gegen seine Hand, als er sie streichelte. »Ich bin bereit. Bitte, Christopher.«

Plötzlich durchschoss ihn das Verlangen, sie zu besitzen. Er war sonst nie besitzergreifend gegenüber den Frauen gewesen, mit denen er in der Vergangenheit zusammen gewesen war. Er vermutete, dass er sie nur benutzt hatte, um sich abzureagieren, so wie sie auch ihn nur benutzt hatten. Bei Alabama war das anders. Sie gehörte ihm.

»Ich befürchte, das wird schneller gehen als geplant. Ich wollte es eigentlich langsam angehen lassen, um sicherzugehen, dass ich mir jeden Zentimeter deines Körpers eingeprägt habe, bevor ich mit dir schlafe, aber ich halte es nicht mehr aus. Ich werde es später wiedergutmachen. Ich kann es nicht mehr erwarten. Du gehörst mir.«

Alabama nickte nur und packte ihn fest am Bizeps.

»Sag es, Alabama. Sag, dass du mir gehörst.«

Alabama schnappte nach Luft. »Ich gehöre dir, Christopher. Bitte, komm!«

»Verhütest du, Süße? Ich bin gesund. Ich werde regelmäßig von der Marine getestet.« Alabama versuchte, ihre Gedanken zu sortieren. Sie hätten dieses Gespräch viel früher führen sollen, aber keiner von ihnen hatte noch länger warten können und vorher war es ihr zu peinlich gewesen, es anzusprechen.

»Ich nehme die Pille. Ich musste meine ... ähm ... du weißt schon, regulieren.«

Abe fand es süß, dass es ihr peinlich war, über ihre Periode zu sprechen, obwohl sie zusammen im Bett waren, um das Intimste zu tun, was zwei Leute miteinander tun konnten. Einfach hinreißend.

Alabama fuhr verlegen fort: »Und ... ähm ... ich bin auch gesund ... ich war vorher nur mit einem anderen Kerl zusammen, und das ist schon eine ganze Weile her ... also ... ähm ...«

»Schhhh, ich weiß, dass du es bist. Ich hätte nie etwas anderes von dir gedacht. Ich möchte gern ohne Schutz in dir kommen. Aber du hast die Wahl. Was immer dir lieber ist, es ist deine Entscheidung.«

»Du, ich will *dich*, Christopher, bitte«, flehte Alabama. Sie hatte sich noch nie so gefühlt. Das letzte Mal, als sie mit einem Kerl geschlafen hatte, war sie kaum feucht gewesen, als er in sie eingedrungen war. Es hatte wehgetan, das schien ihn aber nicht gekümmert zu haben. Er hatte nur gegrunzt und sie gerammelt, bis er gekommen war. Dann hatte er auch noch die Nerven gehabt zu fragen, ob es für sie genauso gut gewesen war wie für ihn. Gott sei Dank hatte sie ihn dazu überreden können, ein Kondom zu tragen.

Sie hatte nicht gewusst, wie schön Sex wirklich sein konnte. Zur Hölle, sie und Christopher hatten auch kein langes Vorspiel gehabt, aber sie war bereit für ihn. Mehr als bereit. Sie war nicht nur feucht, sondern nass. Ein Kuss war alles, was sie brauchte, um ihn mehr zu wollen als ihren nächsten Atemzug.

Und dann war er da. Christopher ging auf die Knie und sah auf Alabama hinunter. Sie lag nackt vor ihm und ihre Haut schimmerte vom Schweiß, der über ihren Körper lief. Er streichelte sie von ihren Schultern bis zu ihrem Bauch und dann wieder hoch. Streicheln und Massieren. Auf und ab. »Du bist so schön«, stöhnte er atemlos. »Und du gehörst mir.«

Alabama konnte nur nicken. Er spreizte ihre Beine weiter auseinander und rückte näher an sie heran. Er hob sie hoch und zog sie mit dem Hintern an seine Knie. Mit der einen Hand nahm er seinen Schaft und die andere legte er auf ihr Schambein, genau dorthin, wo sie ihn am meisten wollte. Er hielt sie ganz still, als er langsam die Spitze seines Schwanzes in ihren engen, feuchten Kanal drückte.

Beide stöhnten vor Erregung.

»Mehr, Christopher, bitte.«

Abe schob sich tiefer in sie hinein, bis seine Hüften auf ihre trafen. Er legte die Hände an ihre Hüften und zog sie höher auf seine Schenkel, bis sie so tief wie möglich miteinander verschmolzen waren. Abe beugte sich über sie und stützte die Hände auf die Matratze neben ihre Schultern. »Halt dich an mir fest«, befahl er heiser.

Alabama griff wieder nach seinem Bizeps und umklammerte ihn. Sie liebte es, wie sich seine Muskeln bewegten und anspannten. Sie konnte nicht vollständig um sie herumgreifen und fühlte sich winzig und klein unter ihm. Sie schlang die Beine um seine Hüften und drängte ihn weiter. »Bitte«, war alles, was sie herausbringen konnte.

Abe erhöhte das Tempo. Gott, sie war heiß und feucht und sie gehörte ihm. Er schaute nach unten und sah, dass Alabama den Kopf in den Nacken gelegt und die Augen geschlossen hatte. »Sieh mich an«, forderte er. »Mach die Augen auf und schau mich an, während ich dich befriedige.«

Alabama öffnete die Augen auf seine Bitte. Christopher sah sie intensiv an. Sie stöhnte, als er stärker in sie hineinstieß.

»Ja, genau so. Schau mich an und werde dir darüber klar, dass *ich* hier bei dir bin. Du gehörst mir und ich lasse dich nicht mehr gehen.«

Alabama sagte das Erste, was ihr in den Sinn kam. »Versprochen?«

»Ich verspreche es. Ich lasse dich nirgendwo hingehen. Zur Hölle, ich werde nirgendwo hingehen.«

Alabama sah Christopher weiter an, während sie sich liebten. Die Zeit schien gleichzeitig stillzustehen und zu verfliegen.

Abe sah, wie Alabama ihrem Höhepunkt immer näher kam. Er schob eine Hand zwischen sie und drückte fest auf ihre Klitoris. Das war genau das, was sie gebraucht hatte, um ihren Höhepunkt zu erreichen. Auf sein Bitten hin schaute sie ihm bis zur letzten Sekunde in die Augen, bevor sie sich in Ekstase unter ihm krümmte, ihre Hüften härter nach oben stieß und seinen Namen stöhnte.

Das reichte aus, um Abe ebenfalls zum Orgasmus zu bringen. Er stieß ein letztes Mal tief in sie hinein, hielt sie fest und ergoss sich in sie.

Nach etwa einer Minute holte Abe tief Luft und ließ sich neben Alabama nieder, ohne ihre Verbindung zu trennen. Er liebte das Gefühl der Nachbeben, die seinen Körper durchfuhren, und wollte mit Alabama vereint bleiben, solange er konnte.

Alabama lag ausgestreckt unter ihm, als wäre sie eine Puppe. Er hatte sie hart genommen, aber sie hatte jeden Moment zutiefst genossen. Er konnte ihr nicht länger verschweigen, wovon sein Leben abzuhängen schien, und sagte: »Ich liebe dich.«

Alabama öffnete die Augen. Wenn sie sich nicht in der Situation befunden hätten, in der sie sich gerade befanden, wäre es vielleicht ein Witz gewesen. Alabama konnte nicht glauben, was sie gerade gehört hatte. Sie musste ihn falsch verstanden haben.

Sie schloss die Augen und genoss das Gefühl, noch immer eng mit Christopher verbunden zu sein. Sie seufzte glücklich. Sie hatte ja keine Ahnung gehabt. Kein Wunder, dass Sex in Büchern und Filmen so beliebt war, wenn er sich so gut anfühlte.

»Hast du mich gehört, Süße? Ich liebe dich.« Abe sagte es noch einmal und merkte, wie sie bei seinen Worten innerlich die Muskeln anspannte.

Alabama öffnete wieder die Augen und sah den hinreißenden Mann an, der über ihr schwebte. Er fuhr mit einem Finger über ihre Augenbraue. »Du bist alles, wonach ich mich jemals bei einer Frau gesehnt habe. Ich weiß, dass alles sehr schnell passiert, aber es ist real. Ich weiß es. Ich werde dich nicht gehen lassen. Du gehörst mir. Du hast es selbst zugegeben. Ich lasse nicht zu, dass du es abstreitest.«

»Du liebst mich?« Alabama konnte nicht begreifen, was er sagte.

Abe lächelte. Er würde es immer und immer

wieder sagen, bis sie es verstand. »Ja, Süße. Ich liebe dich.«

Alabama hatte das Gefühl, dass der Orgasmus, den sie gerade erlebt hatte, ihr alle Gehirnzellen aus dem Kopf geschossen hatte, denn sonst hätte sie niemals das gesagt, was sie als Nächstes sagte. »Ich wurde noch niemals geliebt.«

Abe stöhnte und ließ sich neben sie fallen. Er rollte sich auf den Rücken und zog Alabama an seine Seite. Als er dabei ihre Verbindung auflöste, stöhnten beide über den Verlust. »Ich liebe dich, Alabama Ford Smith. Vielleicht wurdest du noch nie zuvor geliebt, aber jetzt wirst du es. Du wirst dich daran gewöhnen müssen.«

»Du bist ganz schön rechthaberisch«, murmelte Alabama im Halbschlaf. Sie hatte sich noch nie in ihrem Leben so gut gefühlt, so sicher, so beschützt, so ... geliebt.

Abe drückte sie fest an sich. Hier gehörte sie hin. In seine Arme.

Kurz bevor er einschlief, hörte er, wie sie leise murmelte: »Ich liebe dich auch.«

Er lächelte und schlief so gut wie schon seit Wochen nicht mehr.

KAPITEL ELF

Alabama putzte und musste lächeln. Vor drei Wochen hatte Christopher ihr gestanden, dass er sie liebte, und Alabama konnte es immer noch kaum glauben. In der kurzen Zeit, seit sie Christopher getroffen hatte, hatte sich ihr Leben so sehr verändert. Sie kam immer öfter aus ihrem Schneckenhäuschen und sie verbrachten viel Zeit mit seinen Teamkollegen.

Es schien, als würden Faulkner, Kason, Hunter und Sam jedes Mal eine neue Freundin haben, aber sie war sehr froh, Caroline kennengelernt zu haben. Sie war lustig und so klug. Alabama hatte sich in ihrer Gegenwart zuerst unbehaglich gefühlt. Caroline war Chemikerin, um Himmels willen, und Alabama war nur eine Putzfrau. Caroline hat sie deswegen aber nie abwertend behandelt.

Alabama hatte Christopher anfänglich nicht

erzählen wollen, was sie beruflich machte, obwohl es absurd schien, es nicht zu tun. Sie hatte sich eine Woche lang deswegen verrückt gemacht, bevor es schließlich aus ihr herausgeplatzt war, nachdem sie eines Abends miteinander geschlafen hatten. Er hatte nur gelacht und sie gefragt, wie lange sie schon versucht hatte, den Mut zu finden, es ihm zu erzählen. Sie war rot geworden. Er kannte sie einfach zu gut.

Er hatte nur gesagt: »Ich liebe dich, Süße. Es ist mir egal, wie du deinen Lebensunterhalt verdienst, solange es dir Spaß macht. Ich wette, du bist die beste Putzfrau, die die Wolfes jemals hatten.« Sie hatte gelacht und zugegeben, dass Greg und Stacey Wolfe sie gebeten hatten, nach dem Brand weiter bei ihnen zu arbeiten, und ihr sogar die eine Woche Arbeitsausfall bezahlt hatten.

Caroline hatte ähnlich reagiert. Sie machte sich nichts daraus, was Alabama beruflich machte. Sie war darüber hinweggegangen, als wäre es keine große Sache, und hatte stattdessen gefragt, was sie von Hunters neuer Freundin hielt. Nachdem er mit Michele Schluss gemacht hatte, schien er noch unsteter zu sein. Alabama hatte nur die Achseln gezuckt und Caroline hatte daraufhin begonnen, ihr den neusten Klatsch und Tratsch über die Jungs im Team zu erzählen.

Alabama hatte Adelaide schon seit ein paar Wochen nicht mehr gesehen, nachdem sie im Büro aneinandergeraten waren. Daran war nichts Ungewöhnliches, zumal Alabama die Büros nach Ende der regulären Geschäftszeiten sauber machte. Sie hatte aber ein paar andere Makler getroffen und sie waren nett gewesen. Insgesamt war ihre Arbeit nicht besonders schwer. Es war nicht unbedingt das, was Alabama für den Rest ihres Lebens tun wollte, aber im Moment war es genau das Richtige. Außerdem hatte Christopher recht. Sie war gut darin. Sie war stolz auf ihre Arbeit und stellte jeden Abend sicher, dass die Büros makellos waren, bevor sie ging.

Alabama verließ das Büro in beschwingtem Schritt. Ihre Nächte waren jetzt besser, da sie Christopher in ihrem Leben hatte. Sie dankte jeden Tag ihren Glückssternen, dass sie ihn gefunden hatte.

Christopher hatte ihr Leben in vielerlei Hinsicht verbessert. Er hatte die Schlösser an ihrer Tür gewechselt und dafür gesorgt, dass sie sich sicher fühlte, wenn er nicht da sein konnte. Er brachte ihr immer Blumen und andere kleine Geschenke mit. Wenn sie versuchte zu protestieren, küsste er sie nur, bis sie aufhörte, sich zu beschweren.

Alabama kümmerte sich im Gegenzug auch um ihn. Sie begann, sich auf dem Stützpunkt etwas wohler zu fühlen, und er hatte ihr einen Gästeausweis besorgt. Somit konnte sie kommen und gehen, wie sie wollte, und sie nutzte das dazu, seinen Kühlschrank mit seinen Lieblingsspeisen und -getränken zu füllen, während er unterwegs war.

Der Moment, als er sie gebeten hatte, ihre Hand auszustrecken, um ihr einen Schlüssel für seine Wohnung zu geben, war einer der schönsten Augenblicke in ihrem Leben gewesen. Christopher hatte erklärt, dass es ein Schlüssel zu seiner Wohnung wäre und dass er möchte, dass Alabama sich dort genauso wohlfühlt wie bei sich zu Hause. Es bedeutete ihr viel. Sie hatte ihm umgehend einen Schlüssel für ihr Apartment anfertigen lassen. Alabama hatte natürlich keine Ahnung, dass Abe bereits einen Schlüssel hatte. Er hatte einen Schlüssel behalten, als er das Schloss ausgewechselt hatte, es ihr allerdings nicht gesagt.

Abe liebte die kleinen Aufmerksamkeiten, mit denen Alabama ihn regelmäßig überraschte. Er glaubte nicht, dass Alabama überhaupt begriff, wie viel sie ihm bedeuteten. Er hatte einmal versucht, es ihr zu sagen, aber sie war sofort rot und nervös geworden. Abe hatte das Thema dann fallen gelassen.

Einmal kam er aus seinem Büro auf dem Stützpunkt wieder und fand seinen Wagen von innen und außen gereinigt vor. Sie hatte den Ersatzschlüssel genommen und den ganzen Morgen damit verbracht, es für ihn zu putzen. Wenn er nach der Arbeit zu Alabamas Wohnung fuhr, hatte sie meistens etwas für ihn gekocht. Sie hatte nicht gelogen, als sie ihm bei ihrem ersten Treffen gebeichtet hatte, dass sie nicht wirklich kochen konnte, aber das machte die einfachen Mahlzeiten, die sie für ihn zubereitete, umso spezieller.

Alabama hatte noch unzählige andere Dinge getan, an die andere Frauen, mit denen er ausgegangen war, im Lebtag nicht gedacht hätten. Damals hatte Abe es nicht vermisst, aber er wusste alles sehr zu schätzen, was Alabama für ihn machte. Sie kümmerte sich darum, seine Sachen in die Reinigung zu bringen, und sie hatte gelernt, wie man Stiefel poliert. Sie hatte sich sogar Carolines Fahrrad ausgeliehen, um hinter ihm herzufahren, wenn er joggen ging. In den nächsten Tagen hatte sie einen verdammten Muskelkater gehabt und sie hatten im Schlafzimmer kreativ werden müssen, aber das war es wert gewesen. Sie hatte ihm gesagt, dass sie mit ihm zusammen sein wollte, und wenn das bedeutete, dass sie mit ihm trainieren musste, dann sollte es so sein.

Abe hatte Alabama klargemacht, dass sie ihm gehörte. Sie hatte den Spieß aber umgedreht und wollte, dass Abe genauso wusste, dass er ihr gehörte. Er liebte es. Er liebte sie.

Abe wartete in ihrer Wohnung auf sie, als sie von der Arbeit nach Hause kam. Er hatte ihr ein schmackhaftes Abendessen mit Steak und Kartoffelpüree zubereitet. Sie hatte ihm einmal gesagt, dass sie keine Ahnung hatte, wie man Steak grillt oder Fleisch zubereitet und dass sie wegen der hohen Preise sowieso nie Fleisch kaufte.

Alabama war begeistert, Christopher zu sehen, als sie die Wohnung betrat. Sie versuchten, sich jeden Abend zu sehen, aber manchmal war es aufgrund seiner Arbeit nicht möglich.

Sie ging direkt auf ihn zu und legte ihre Arme um ihn, als er vor ihrem Herd stand. »Hallo. Hattest du einen schönen Tag?«

Abe war so stolz darauf, wie sie sich ihm gegenüber geöffnet hatte. Sie sah sich nur noch sehr selten im Zimmer nach ihrer bösen Mutter um, bevor sie etwas sagte. Selbst bei ihm zu Hause zögerte sie nicht mehr und redete die ganze Zeit. Abe gefiel es, dass er Alabama dieses Gefühl der Sicherheit geben konnte.

»Ja, Süße. Und du? War es ein guter Abend?«

»Ja. Die Büros waren alle leer. Keine Probleme.«

»Gut. Ich habe uns heute Abend Steak gemacht. Nimm Platz und ich werde es servieren.«

»Du verwöhnst mich viel zu sehr, Christopher.«

»Es ist auch höchste Zeit, dass jemand das tut.«

Gott, Alabama liebte diesen Mann.

Sie aßen zu Abend und unterhielten sich. Als Alabama das Geschirr zum Spülen abräumte, nahm Christopher ihre Hand. »Das kann warten. Ich muss mit dir reden.«

Alabama war sofort angespannt. Das klang nicht

gut. Kein Wunder, dass Männer es hassten, wenn Frauen ihnen sagten: »Wir müssen reden.«

»Es ist nicht so schlimm, wie du vielleicht denkst. Komm schon, setz dich zu mir.«

Abe führte sie zur Couch, setzte sich in seine übliche Ecke und zog sie gleichzeitig in seine Arme.

»Ich möchte, dass du meine Familie kennenlernst.«

Alabama zuckte zusammen. Oh Mann, das war das Letzte, mit dem sie gerechnet hatte. »Deine Familie?«

»Ja, meine Mutter und meine Schwestern. Ich habe ihnen alles über dich erzählt und sie möchten dich unbedingt kennenlernen. Und ich möchte, dass du sie kennenlernst. Du hattest keine gute Mutter und das macht mich trauriger, als du dir jemals vorstellen kannst. Also möchte ich meine Mutter mit dir teilen.«

Seine Worte begannen sofort, sie innerlich zu zerreißen. Es waren nicht die romantischsten Worte, aber sie hatten eine große Bedeutung für sie. Er wusste, was sie in ihrer Jugend durchgemacht hatte, und auf seine Art wollte Christopher es wiedergutmachen.

»Was ist, wenn sie mich nicht mögen?«, fragte Alabama.

»Süße, sie werden dich lieben. Du bist das Beste, was mir je passiert ist. Das werden sie sehen und dich allein deswegen gernhaben.«

Alabama legte den Kopf auf Christophers Brust, machte es sich gemütlich und schob die Hände unter ihre Wange. Sie konnte fühlen, wie er seinen Arm um sie legte. Er setzte sie nicht unter Druck und wartete, dass sie seinen Vorschlag überdachte.

Sie wollte sie kennenlernen. Sie hatte so viel über seine Schwestern Susie und Alicia und natürlich seine Mutter gehört. Sie hatte nie eine Familie gehabt und würde fast alles tun, um Teil einer Familie sein zu können.

»Okay.«

»Okay?«

»Ja, okay.«

Abe lächelte und drückte Alabama fester an sich. »Ich bin stolz auf dich, Süße. Du machst mich so glücklich. Ich hoffe, das weißt du.«

Als sie nicht antwortete, lächelte er nur. »Ich werde sie anrufen und sehen, was ich einrichten kann.«

Alabama nickte.

»Komm schon. Zeit, ins Bett zu gehen. Ich brauche dich.«

Alabama löste sich schnell aus seinen Armen, stand auf und ging zum Bett. Sie brauchte ihn auch. Sie ignorierte sein Lachen und zog auf dem Weg zum Bett ihr Hemd aus. Sein Lachen verstummte. Sie kicherte, als er sie hochhob und mit dem Rücken aufs Bett legte.

Ihre Angst davor, seine Familie zu treffen, war schnell vergessen, als Christopher ihr zeigte, wie sehr er sie liebte.

KAPITEL ZWÖLF

Abe sah zu, wie Alabama versuchte, das Zittern ihrer Hände unter Kontrolle zu bekommen, als sie zu dem kleinen Haus seiner Mutter gingen. Abe hatte seine Mutter beim Kauf des Hauses unterstützt, nachdem er eine Weile bei der Marine gewesen war. Sie hatte sich nie etwas Größeres leisten können, als er und seine Schwestern noch klein waren, also wollte Christopher sicherstellen, dass es ihr jetzt gut ging. Er wollte sich für die Liebe, die sie ihm und seinen Schwestern ihr ganzes Leben geschenkt hatte, erkenntlich zeigen.

Abe klingelte nicht, sondern öffnete einfach die Haustür und ging hinein. Alabama folgte ihm und klammerte sich nervös an den Blumenstrauß, den sie auf dem Weg besorgt hatten. Sie hatte darauf bestanden.

Sie hörte weibliche Stimmen, als sie ins Haus traten.

»Mom? Wir sind da!«, rief Abe, ohne zu zögern.

Alabama musste an ihre eigene Kindheit zurückdenken. Wenn sie jemals so geschrien hätte, wäre sie sofort verprügelt worden. Sie schauderte und versuchte, sich wieder auf die Gegenwart zu konzentrieren.

Zwei Frauen kamen vom hinteren Teil des Hauses auf sie zugestürmt. Die eine war klein und schlank und hatte braune, schulterlange Haare. Sie trug eine kurze Hose, ein Henley T-Shirt und Turnschuhe. Die andere Frau war etwas größer und trug Jeans mit einem dünnen Pullover. Sie hatte einen Kurzhaarschnitt, der ihr sehr gut stand.

Die kleinere Frau sprang Abe in die Arme und er wirbelte sie herum.

»Es ist so schön, dich zu sehen!«

»Dich auch, Winzling!«

Abe setzte sie ab und drehte sich um, um die andere Frau zu begrüßen. »Hey Leesh, es ist auch schön, dich zu sehen!«

Die größere Frau umarmte Abe fest und sagte: »Dich ebenfalls, Bruderherz.«

»Es wird auch Zeit, dass ihr endlich da seid«, hörten sie jemanden hinter sich sagen. Alle drehten sich um, als Christophers Mutter erschien. Alabama dachte, dass sie genauso aussah, wie eine »Mutter«

aussehen sollte. Sie war durchschnittlich groß und etwas fülliger, als es ihr Idealgewicht zuließ. Sie sah gesund und glücklich aus.

»Mom!« Abe machte einen Schritt nach vorne und nahm seine Mutter in die Arme. Er küsste sie auf die Wange und hielt sie weiter fest. »Du siehst großartig aus, wie immer.«

»Ach, du. Stell uns lieber deine Freundin vor.« Sie verschwendete keine Zeit mit überflüssigen Höflichkeitsfloskeln. Es war offensichtlich, dass sie bereits auf sie gewartet hatte.

Abe trat einen Schritt von seiner Mutter zurück und drehte sich zu Alabama um, die ein paar Schritte entfernt gewartet hatte. Er nahm sie bei der Hand und zog sie zu sich heran.

Alabama hatte nicht damit gerechnet und geriet uns Stolpern, aber Abe stützte sie und zog sie an seine Seite.

»Mom, Suse, Leesh, das ist Alabama.«

»Wir freuen uns sehr, dich endlich kennenzulernen«, sagte Susie, die kleinere Frau.

»Ja, es ist höchste Zeit, dass Chris dich endlich unter dem Stein hervorholt, unter dem er dich versteckt hat«, scherzte Alicia lachend.

Alabama lächelte schüchtern zurück. Seine beiden Schwestern waren lustig. Ihr gefiel die Leichtigkeit, mit der sie Christopher begegneten.

Mrs. Powers trat vor und streckte Alabama die Hände entgegen.

Alabama sah zu Christopher auf, der ihr ermutigend zunickte. Sie drehte sich zu Bev Powers um und gab ihr ihre freie Hand.

Christophers Mutter ergriff sie mit beiden Händen und drückte sie. »Du hast ja keine Ahnung, wie glücklich ich bin, dich kennenzulernen, Alabama.«

Alabama errötete und wusste nicht, was sie sagen sollte. Sie konnte nicht anders, als sich umzusehen, bevor sie antwortete. Sie fühlte sich unwohl und verfiel in ihre alten Verhaltensmuster zurück. »Danke, Mrs. Powers. Ich freue mich auch, Sie kennenzulernen.«

»Ich bin Bev. Du kannst mich Bev nennen.«

»In Ordnung, Bev.«

Sie strahlte.

Alabama wusste nicht, was sie jetzt tun sollte. Sie fühlte sich unbehaglich und Christophers Mutter hielt immer noch ihre Hand fest. Christopher kam ihr wie immer zu Hilfe, nahm die Blumen, die sie in der anderen Hand hielt, und gab sie seiner Mutter.

»Die haben wir dir mitgebracht, Mom.«

Schließlich ließ sie Alabamas Hand los und nahm die Blumen. »Die sind sehr schön. Danke. Jetzt lasst uns nicht länger hier im Flur rumstehen. Lasst uns reingehen und hinsetzen, damit wir uns besser kennenlernen können.«

Abe ergriff Alabamas Hand und hielt sie fest. Er

ließ seine Schwestern und seine Mutter vorausgehen, damit sie einen Moment Privatsphäre hatten, bevor sie den anderen folgten.

»Geht es dir soweit gut, Süße?«

Alabama sah zu ihm auf und antwortete: »Überraschenderweise ja. Ich bin immer noch sehr nervös, aber sie sind wirklich nett. Du hast großes Glück, Christopher.«

Abe lächelte zurück. Er wusste, dass sie seine Familie eines Tages genauso lieben würde wie er. Sie hatte ein weiches Herz und er wusste, es brauchte nur ein bisschen Freundlichkeit, und sie würde sich öffnen.

Sie gingen ins Wohnzimmer und gesellten sich zu seinen Schwestern und seiner Mutter.

Alabama saß auf der Couch neben Susie und musste lachen, als sie ihr Bilder von Christophers Kindheit zeigte. Sie blätterten durch das Fotoalbum, das seine Mutter nach dem Abendessen herausgeholt hatte.

Seine Schwestern alberten herum. Sie hatten kein Problem damit, auch über sich selbst zu lachen. Es war ihnen offensichtlich ein Vergnügen, peinliche Momente aus Christophers Kindheit vorzuführen. Sie holten sogar Nacktbilder von Christopher und sich selbst als Kinder heraus.

Die Geschichten, die sie den ganzen Abend lang erzählten, waren auch für Alabama sehr wertvoll. Sie hatte keine solchen Erinnerungen an ihre Kindheit und es gefiel ihr sehr, Christophers Erinnerungen zu teilen.

»Hey, Chris, erinnerst du dich noch an deinen Besuch zu Hause, als ich eine Verabredung hatte und du dem Kerl tatsächlich gedroht hast?«, fragte Alicia.

»Hey, ich habe ihm nicht gedroht«, erwiderte Abe lachend. »Ich habe ihm nur gesagt, dass er es bereuen würde, wenn er dich nicht pünktlich und sicher wieder nach Hause bringt.«

»Ja, und als wir nach Hause gekommen sind, hast du auf der Veranda gesessen und deine Waffe geputzt. Er hat mir nicht mal einen Gutenachtkuss gegeben, sondern mir tatsächlich nur die Hand geschüttelt. *Die Hand geschüttelt!* Gott, das war so peinlich!«

Alle lachten. Alabama konnte es sich gut vorstellen. Christopher hatte sich seinen Beschützerinstinkt offensichtlich schon in jungen Jahren zugelegt. Ihr gefiel das. Sie hatte so etwas in ihrem ganzen Leben nicht gehabt und sie hätte alles dafür gegeben, es während ihrer Kindheit nur ein Mal zu erleben. Bevor sie weiter darüber nachdachte, platzte es aus ihr heraus: »Ihr hattet so viel Glück, einen großen Bruder zu haben, der euch beschützt.«

»Oh, ich glaube, das haben sie damals anders gesehen«, sagte Bev lachend, »aber du hast recht, Alabama.

Wir haben alle großes Glück gehabt. Ich weiß nicht, wie ich es angestellt habe, aber aus Chris ist ein anständiger Junge geworden.«

Alabama konnte Christophers Blicke auf sich spüren. Sie hob den Kopf und sah, wie intensiv er sie anschaute. Er *wusste*, was sie dachte. Er *wusste*, wie sie aufgewachsen war und dass sie alles getan hätte, um einen Bruder wie ihn zu haben.

»Mom, Suse, Leesh, ich denke, es ist Zeit, nach Hause zu fahren«, sagte er, ohne den Blick von Alabama abzuwenden.

Sie wurde rot. Es war ihr peinlich, aber sie war bereit. Der Abend war stressig gewesen. Schön, aber stressig. Alabama war bereit zu gehen. Sie wollte jedoch gern wiederkommen.

Alle standen auf und Alabama beobachtete, wie Christopher seine Schwestern und seine Mutter umarmte, bevor er zu ihr zurückkam.

»Es war schön, dich kennenzulernen, Alabama. Ich hoffe, du kommst bald wieder. Wir freuen uns, dass du dich erbarmt hast, mit unserem Bruder auszugehen«, sagte Alicia und lachte wieder.

Bev ergänzte noch: »Ja, bitte komm bald wieder. Ich hatte gehofft, heute Abend auch mal allein mit dir reden zu können, aber Chris wollte nicht von deiner Seite weichen. Ich hoffe, du weißt, wie sehr mein Sohn dich mag. Er hat bisher nur eine einzige Frau mit nach Hause gebracht, und sie war nicht sehr nett.«

Alabama blinzelte.

»Du bist sehr nett. Wir mögen dich. Er hätte dich nicht hierher mitgebracht, wenn du nur eine vorübergehende Affäre für ihn wärst. Ich freue mich auf viele weitere gemeinsame Abendessen, Mittagessen und Treffen. Wenn mein Sohn weiß, was gut für ihn ist, wird er dir besser früher als später einen Ring an den Finger stecken.«

»Mom!«, ermahnte Abe seine Mutter. Jesus. Jetzt war *er* verlegen.

»Was?«, fragte Bev nicht ganz unschuldig. »Ich wollte nur sichergehen, dass Alabama auch weiß, dass das nicht alltäglich für dich ist.«

»Meine Güte, Mom, denkst du, ich habe ihr das noch nicht gesagt?«

Alabama versuchte, ein Lachen zu unterdrücken. Ausnahmsweise war es schön zu sehen, dass Christopher sich schämte. Sie drückte seine Hand. »Es ist okay, Christopher«, versuchte sie ihn zu beruhigen.

Alle lachten und die Spannung löste sich.

»Okay, wir gehen jetzt. Ich rufe euch an, sobald ich kann. Bis bald!«

Alle umarmten sich, einschließlich Alabama, was ihr komisch vorkam, aber sie erwiderte die Umarmungen, als würden sie ihr zustehen.

Abe half Alabama auf den Beifahrersitz seines Wagens, ging herum und stieg auf der Fahrerseite ein. Bevor er den Motor startete, drehte er sich zu Alabama um, legte seinen Arm um ihren Nacken und zog sie zu sich. Er legte seine Stirn an ihre und flüsterte: »Danke, Süße.«

Alabama ergriff sein Handgelenk und fragte: »Wofür?«

»Danke, dass du heute mitgekommen bist. Es bedeutet mir mehr, als ich in Worte fassen kann, dass du meine Familie magst.«

»Sie sind alle sehr nett, Christopher. Ich bin einfach froh, dass sie mich nicht hassen.«

»Es ist absolut ausgeschlossen, dass sie dich hassen könnten, Baby. Sie lieben dich. Sie hätten dich noch heute einziehen lassen, wenn du ihnen die Chance dazu gegeben hättest.«

Sie lachte. »Da bin ich mir nicht sicher, aber ich fand es toll, euch zusammen zu sehen. Du hast keine Ahnung, wie viel Glück du hast.«

»Das weiß ich, Alabama. Glaub mir, das weiß ich. Ich habe zu viel Zeit in beschissenen Ländern verbracht und zu viele Beispiele dafür gesehen, was für schreckliche Dinge Menschen einander antun können, um meine Familie als selbstverständlich zu betrachten ... oder dich.«

Alabama streichelte ihm mit der Hand über den Nacken. »Ich weiß, Christopher. Du hast deine Familie verdient.«

»Du verdienst meine Familie auch, Süße.«

Sie saßen noch einen Moment im Wagen, bevor

Abe die Augen schloss und seine Lippen auf ihre legte. Es war ein leichter und süßer Kuss, aber nicht zu kurz.

Sie zogen sich voneinander zurück, saßen einige Sekunden nur da und sahen sich in die Augen.

»Bist du bereit, nach Hause zu fahren?«, fragte Abe mit einem intensiven Ausdruck in den Augen.

Alabama wusste genau, woran er dachte, und sie hatte denselben Gedanken. Sie nickte.

Abe küsste sie noch einmal und drehte dann den Schlüssel in der Zündung. »Na, dann lass uns nach Hause fahren, Süße, und ich werde dir zeigen, wie sehr ich dich mag.« Er grinste.

Alabama konnte es kaum erwarten.

KAPITEL DREIZEHN

Am nächsten Abend ging Alabama nach der Arbeit zu Christophers Quartier auf dem Stützpunkt. Er hatte sie gebeten, zu ihm zu kommen, weil er sie zum Abendessen einladen wollte. Sie bevorzugte es, wenn er das Abendessen kochte, weil sie so schlecht darin war. Sie konnte Nudeln aus der Packung oder einen Eintopf zubereiten, aber das war auch schon alles, was ihre kulinarischen Fähigkeiten hergaben.

In dem Moment, in dem sie seine Tür öffnete, roch sie den köstlichen Duft von Knoblauch und anderen Gewürzen. Er machte Spaghetti und es roch himmlisch.

Abe konnte es kaum erwarten, dass Alabama von der Arbeit nach Hause kam. Er hatte angefangen, den Ort, an dem sie jede Nacht schliefen, als »Zuhause« zu bezeichnen. Er wollte sie heute Abend noch einmal verwöhnen, weil er eine Nachricht erhalten hatte, vor der er sich schon eine Weile gefürchtet hatte. Er hatte gewusst, dass es früher oder später so kommen musste. Sein befehlshabender Offizier hatte ihm heute mitgeteilt, dass er für eine Mission eingeteilt wurde.

Sie würden am nächsten Morgen aufbrechen müssen, was nicht ungewöhnlich war. Wenn sie zu einem Einsatz einberufen wurden, gab es nur selten eine längere Vorwarnung.

Jetzt musste Abe Alabama beibringen, dass er abreisen musste. Er war nervös. Es war das erste Mal, dass das Team zu einer Mission abberufen wurde, seit er mit Alabama zusammengekommen war.

Abe war nicht dumm. Er kannte die Beziehungsstatistiken unter den Navy SEALs. Sie hatten eine miserable Bilanz. Aber wenn Caroline und Wolf es schafften, dann hoffte Abe, dass er und Alabama es auch schaffen würden.

Er wusste, dass es schwer werden würde, Alabama zum ersten Mal zu verlassen. Zum ersten Mal seit langer Zeit freute sich Abe nicht auf seinen nächsten Auftrag. Normalerweise war er der Erste im Flugzeug und begeistert, eine neue Mission anzutreten.

Es würde das erste Mal sein, dass Abe an dem Abend, bevor sie aufbrachen, nicht die Unterlagen studieren würde. Er wollte jede Sekunde, die ihnen noch blieb, mit Alabama verbringen und nicht an die Arbeit denken. Abe wollte Alabama alle Fragen beantworten, die er beantworten durfte, und seine letzten Stunden mit ihr in seinen Armen verbringen.

»Hey, Süße, hattest du einen guten Tag?« Abe ging Alabama entgegen, als sie den Raum betrat.

»Ja, wie immer. Alles beim Alten. Und du?«

»Ich habe dich vermisst.«

»Das hoffe ich doch«, erwiderte Alabama mit einem Grinsen.

Abe lachte und packte sie. Er beugte sie über seinen Arm und lehnte sie nach hinten, bis ihr Kopf nach unten hing.

Alabama quietschte vor Lachen und klammerte sich an seinen Bizeps. Abe legte seinen Mund auf ihren Hals und knabberte daran. »Hast du mich auch vermisst?«, fragte er zwischen zwei Bissen.

»Ja, ja, du weißt, dass ich dich vermisst habe! Lass mich hoch!«

Abe lachte und zog sie hoch, ohne sie loszulassen.

Alabama konnte spüren, wie glücklich er war, sie zu sehen. Er drückte seine harte Erektion gegen sie, als er sie festhielt.

»Küss mich, Süße. Es ist fast acht Stunden her, seit ich dich geküsst habe.«

»Mit Vergnügen.«

Ein paar Augenblicke später zog Abe sich widerwillig zurück. »Wenn ich jetzt nicht aufhöre, wird das Essen kalt.«

»Das stört mich nicht wirklich«, murmelte

Alabama, bevor sie anfing, an seinem Ohrläppchen zu saugen.

Abe lief ein Schauer über den Rücken und er dachte, das Abendessen könnte sich zum Teufel scheren, bevor er sich daran erinnerte, dass er ihr sagen musste, er würde am nächsten Morgen aufbrechen müssen.

Er schob Alabama fest zur Seite und lachte, als sie anfing zu schmollen. »Komm schon, du brauchst etwas zu essen, Frau.«

Das Abendessen war wie immer sehr lecker. Christopher war ein sehr guter Koch und Alabama schmeckte immer, was er zubereitete. Die Soße zu den Nudeln war etwas scharf, aber nicht überwürzt.

Als sie fertig waren, räumten sie zusammen den Tisch ab und Christopher spülte das Geschirr, während Alabama abtrocknete.

»Möchtest du etwas fernsehen?«, fragte Abe mit der Erwartung, dass sie ablehnen würde.

»Nein, ich will dich.«

Alabama hatte endlich ihre Zurückhaltung abgelegt und Abe gefiel das sehr. Sie schien nicht mehr schüchtern zu sein und war selbstbewusst im Bett. Er liebte es, dass sie ihn so dominant sein ließ, wie er wollte. Sie tat, was er sagte, ohne Fragen zu stellen. Eines Abends hatte er ihr versichert, dass sie es ihm ruhig erzählten könnte, sollte er im Schlafzimmer jemals etwas von ihr verlangen, das ihr unangenehm war. Dann würde er sich zurückziehen. Abe war von ihrer Antwort überrascht gewesen. Alabama hatte erwidert, dass sie ihm vertraute. Dass es ihr gefiel, wenn er das Kommando übernahm, und dass sie alles mochte, was sie gemeinsam taten. Abe wusste, dass sie zusammengehörten.

Abe packte Alabama und warf sie sich wie ein Feuerwehrmann über die Schulter. Bei ihrem überraschten Aufschrei musste er lachen.

»Lass mich runter, Christopher, ich bin zu schwer für dich.«

»Willst du mich veräppeln? Baby, du weißt schon, dass ich ein SEAL bin, oder? Allein die Ausrüstung, die ich tragen muss, wiegt mehr als du.«

Sie lachte ebenfalls. Er hörte auf zu lachen, als er spürte, wie sie mit ihren Händen seinen Hintern packte. Er brachte sie schnell zu seinem Bett hinüber. Er wollte mit ihr vereint sein. Sofort.

Er trug Alabama in sein Schlafzimmer und warf sie aufs Bett. Abe mochte den Klang ihres Lachens und es gefiel ihm, dass er es war, der sie zum Lachen brachte. Er wusste, dass sie in ihrem Leben nicht oft Grund zum Lachen gehabt hatte.

»Ich liebe es, dich hier zu sehen.«

»Wo?«

»In meinem Bett.«

Alabama lächelte Christopher an und setzte sich auf. Wortlos hob sie beide Arme über den Kopf.

Abe griff nach Alabamas Hemd und zog es ihr langsam über den Kopf. Ohne sich darum zu kümmern, wo es landete, warf er es hinter sich. Er griff nach ihren Brüsten und streichelte sie. »Mein Gott, Alabama, du bist so verdammt sexy.«

Alabama lächelte Christopher nur an. Sie konnte den Beweis dafür sehen, wie sexy er sie fand, in Form des harten Schwanzes in seiner Hose. Sie legte sich zurück, löste seine Hände, lehnte sich mit den Ellbogen aufs Bett und sagte spielerisch: »Diese Hose ist furchtbar unbequem. Möchtest du mir vielleicht behilflich sein?«

Abe gefiel es, wenn Alabama ihre spielerische Seite zeigte. »Natürlich, Süße. Ich möchte nicht, dass du dich unwohl fühlst ...« Er fuhr ihr mit den Händen über den Bauch und nahm sich Zeit, den Knopf an ihrer Jeans zu öffnen. Dann zog er langsam den Reißverschluss herunter. »Heb deinen Po an«, befahl er heiser und schluckte schwer, als Alabama ihm ihre Hüften entgegenstreckte.

Abe legte seine Hände auf ihre Hüften, zog die Jeans herunter und achtete sorgsam darauf, gleichzeitig ihre Unterwäsche mitzunehmen. »Hoppla, es sieht so aus, als wäre dein Höschen versehentlich zusammen mit der Jeans heruntergerutscht.«

Alabama lachte nur, griff auf ihren Rücken und öffnete ihren BH. Sie zog ihn schnell aus, lehnte sich zurück, legte die Hände über den Kopf und drückte ihren Rücken durch. »Einer von uns hat definitiv zu viel an.«

Ohne ein Wort zu verlieren, zog Abe Alabama an den Hüften bis zur Bettkante. Sie kreischte überrascht, aber er ließ sich nicht beirren. Er schaute ihr in die Augen und senkte den Kopf.

»Christopher«, stöhnte Alabama in Ekstase.

Schließlich löste Abe den Blick und schaute herunter auf die Perfektion zwischen Alabamas Beinen. »Du bist so feucht.« Er nahm eine Hand von ihrer Hüfte und fuhr mit seinem Finger leicht über ihre feuchten Lippen bis zu ihrer Klitoris, dann senkte er den Kopf. Während er mit dem Finger weiter über dieses Nervenknötchen streichelte, erkundete er mit seiner Zunge jeden Zentimeter ihrer Schamlippen.

Alabama stöhnte. Sie hätte nie gedacht, dass sich Oralsex so gut anfühlen könnte. Sie und Christopher hatten gespielt und sich gegenseitig erkundet, aber dies war irgendwie anders. Er war immer noch komplett angezogen und sie mochte das. Sie fühlte sich willig und sexy, und sie liebte das Gefühl seiner Lippen auf ihr. »Gott, das fühlt sich so gut an.«

Abe bewegte seinen Mund zu ihrer Klitoris und lutschte vorsichtig daran. Gleichzeitig ließ er seinen Finger langsam tiefer sinken, drang vorsichtig in sie ein und suchte nach ihrer empfindlichsten Stelle. Als Alabama begann, sich unter seiner Berührung zu winden, wusste er, er hatte die Stelle gefunden. Er nahm einen weiteren Finger hinzu, während er mit der anderen Hand fest ihre Hüfte umklammerte. Abe hob den Kopf und murmelte: »Lass dich gehen, Süße. Ich möchte fühlen, wie du an meiner Hand kommst. Gib mir alles, was du hast, halte dich nicht zurück.« Er senkte den Kopf und arbeitete weiter daran, sie zum Höhepunkt zu bringen.

Alabama wand sich in Christophers Griff. Sie legte eine Hand auf seinen Hinterkopf und packte seine Haare. Mit der anderen Hand umklammerte sie das Laken an ihrer Seite. Sie hatte schon zuvor einen Orgasmus gehabt, während Christopher in ihr war, aber diesmal war es irgendwie anders. Es schien intimer, intensiver ... einfach überwältigender.

Abe konnte fühlen, wie erregt Alabama war. Er streichelte sie von innen und saugte gleichzeitig fest an ihrer Klitoris. Mit einem letzten Griff und einem leichten Summen kam Alabama zum Höhepunkt.

Er ließ nicht nach, als er spürte, wie sie kam, sondern machte weiter, bis sie erneut einen Orgasmus hatte. Als sie schließlich stöhnte: »Gott, bitte, Christopher«, entspannte er sich. Er leckte sie noch einmal und zog langsam seine Finger zurück. Er wartete, bis sie ihn anblickte, führte die Finger zu seinem Mund und leckte langsam ihren Saft ab. »Wunderschön und lecker«, sagte er mit einem Schimmer in den Augen.

»Ich will dich.«

»Ich gehöre dir, Süße.«

»Ich will dich in mir. Jetzt.«

Abe stand langsam von der Seite des Bettes auf, wo er gekniet hatte. »Rutsch zurück, Süße. Gib mir etwas Platz.«

Alabama tat, was er verlangte, und rutschte in die Mitte des Bettes, ohne Christopher aus den Augen zu lassen. Als sie sich bewegte, zog er mit einem Schwung Hemd, Hose und Unterwäsche aus, ohne den Blick von ihr abzuwenden. Eine Sekunde später lag er auf ihr im Bett.

Sie sah ihn an, als er zu ihr kam. Sein Blick war intensiv und lusterfüllt. Wortlos unterbrach er schließlich den Augenkontakt, beugte sich herunter und nahm eine ihrer Brüste in die Hand und die andere in den Mund. Er saugte und kniff abwechselnd ihre Brustwarzen. Als Alabama schließlich fast bereit war, ihn anzugreifen, sagte er: »Ich kann nicht länger warten.«

»Jesus, Christopher. Dann nimm mich endlich.«

»Führe mich ein.«

Alabama stöhnte. Alles, was aus seinem Mund kam, war wahnsinnig sexy und machte sie noch mehr an. Sie griff nach unten und streichelte Christophers beeindruckende Härte. Als er sie anknurrte, lächelte sie nur.

»Tu es.«

Alabama hätte ihn noch weiter geärgert, aber sie wollte ihn in sich spüren, genauso sehr wie er sie anscheinend wollte. Sie führte seinen Schwanz an ihre Öffnung und beide bewegten sich im gleichen Rhythmus. Sie schob ihre Hüften nach oben, während er sich mit einem festen Stoß in sie drückte.

»Oh ja«, stöhnte er, während Alabama gleichzeitig: »Gott, ja!«, stöhnte.

Abe hielt für einen Moment über Alabama inne. Sie fühlte sich großartig. Jedes Mal wenn sie sich liebten, fühlte es sich an wie beim ersten Mal. Sie packte ihn fester und sie war tropfnass. Er zog seinen harten Schwanz bis zur Spitze heraus und stieß dann umso fester zu. Er wollte sich in ihr verlieren, sich mit ihr vereinen. Langsam zog er ihn wieder heraus und stieß erneut zu.

»Ja, Christopher. Noch mal. Fester.«

Abe tat, was Alabama verlangte, und wiederholte seine Bewegung. Immer wieder zog er sich langsam zurück und stieß dann wieder in sie hinein. Als ihre Hüften anfingen, nach oben zu stoßen, um bei jeder Bewegung auf seine zu treffen, drehte er sich um und zog sie auf sich. Alabama stockte bei dem Positionswechsel der Atem. Sie beugte sich vor und schaute auf ihn herab. Ihre Hände ruhten auf seiner Brust und er konnte fühlen, wie sich ihre Fingernägel in ihn bohrten.

»Reite mich, Alabama. Nimm mich.«

Wortlos bewegte sie sich. Sie hob ihren Körper hoch und senkte ihn wieder. Es dauerte einen

Moment, bis sie einen Rhythmus fand, aber als es so weit war, stöhnten beide.

»Du bist so schön. Schau dich nur an.« Abe konnte nicht glauben, wie viel Glück er hatte. Alabama war wunderschön. Ihre Brüste bebten bei jeder Bewegung und sie warf den Kopf zurück. Er fuhr mit den Händen über ihre Brüste und packte sie fest an den Hüften. »Fester, Alabama. Ich gehöre dir. Nimm mich.«

Als Abe merkte, dass er kurz vorm Höhepunkt war, griff er nach unten und fuhr mit seinem Daumen über Alabamas Klitoris, während sie ihn ritt. Es dauerte nur drei weitere Stöße, bis sie explodierte. Er übernahm, hielt ihre Hüften fest, während sie zitterte, und stieß noch fester in sie hinein. Weitere fünf Stöße und er kam ebenfalls. Abe zog Alabama fest an sich und ergoss sich in sie. Schließlich brach Alabama auf ihm zusammen.

»Ich bin zu schwer«, murmelte Alabama und versuchte, von seinem Körper herunterzurutschen.

»Nein, du bist perfekt. Bleib, wo du bist. Ich möchte dich noch nicht verlieren.« Das war auch für Abe eine neue Erfahrung. In der Vergangenheit hatte er es kaum erwarten können, sich aus dem Bett der Frau zurückzuziehen und sich zu säubern. Er konnte nie schnell genug aufstehen und duschen. Aber bei Alabama genoss er es, in ihrem Geruch zu verweilen, in ihrer Berührung, dem Gefühl, in ihr zu erschlaffen.

Er würde das vermissen. Er würde sie vermissen. Scheiße, er wollte sie nicht verlassen.

Sie lagen miteinander verschlungen und befriedigt im Bett. Jedes Mal wenn sie sich liebten, schien es besser und besser zu werden. Alabama rutschte schließlich an seine Seite und legte den Kopf auf seine Schulter. Ein Bein warf sie über seine. Ihr Arm war fest um seinen Bauch gelegt und sie kuschelte sich an seine Seite.

Abe wusste, dass es Zeit war. Er konnte die Nachricht über seinen Abschied nicht länger aufschieben. Er hasste es, es tun zu müssen, während sie beide so entspannt waren, aber er musste es hinter sich bringen.

»Süße, mein Offizier hat heute das Team über Neuigkeiten informiert. Ich muss morgen zu einer Mission aufbrechen. Ich kann dir nicht sagen, wohin wir fahren oder wie lange wir weg sein werden, aber ich schwöre dir, ich werde so bald wie möglich zurück sein.«

Sofort stiegen Alabama Tränen in die Augen. Sie hatte gewusst, dass dieser Tag kommen würde. Sie hatten bisher Glück gehabt. Das Team war lange nicht mehr einberufen worden. Sie ließ Christopher nicht los, legte aber den Kopf zurück, damit sie sein Gesicht betrachten konnte.

»Weine nicht, Süße, ich bin bald zurück«, sagte Abe.

»Das ist nicht der Grund, warum ich traurig bin«, würgte Alabama hervor.

»Rede mit mir.«

»Du wirst vorsichtig sein, oder?«

»Oh, Baby.« Abe wusste sofort, wovor sie Angst hatte. »Na sicher. Du weißt, mein Team ist das beste der besten. Außerdem habe ich *dich*, zu der ich nach Hause zurückkehre. Ich werde kein Risiko eingehen. Ich will zu dir nach Hause kommen.«

»Versprochen?«

Abe lächelte. Sie hatte ihn alle möglichen Dinge versprechen lassen, seit sie angefangen hatten, miteinander auszugehen, und er hatte nicht gezögert, ihr alles zu versprechen, was sie verlangte. Er würde ihr den Mond vom Himmel holen, wenn er es müsste.

»Ich verspreche es, Süße.«

Sie schniefte laut und versuchte, sich unter Kontrolle zu bekommen. »Vielleicht rufe ich Caroline an und treffe mich mit ihr, während ihr weg seid.«

Abe hob ihr Kinn und küsste sie leidenschaftlich. Es gefiel ihm, wie sensibel Alabama war. Sie beruhigte sich und dachte an ihre Freundin, die auch Unterstützung brauchen würde.

»Das ist eine großartige Idee. Ich weiß, dass sie bestimmt gern Gesellschaft haben wird, während wir weg sind. Du kannst auch Susie oder Alicia anrufen. Ich bin mir sicher, dass sie dich gern besser kennenlernen würden.«

Alabama nickte und kuschelte sich tiefer in Christophers Arme. Sie war noch nicht bereit dafür, sich ohne ihn mit seinen Schwestern zu treffen. Sie wusste, dass sie noch ein paar Besuche zusammen mit Christopher brauchte, bevor sie bereit wäre, allein mit ihnen auszugehen.

Sie schwiegen eine Weile und verloren sich in ihren Gedanken. Schließlich lehnte sich Abe zu Alabama und drehte sie auf den Rücken, sodass er sie von oben ansah. Er lächelte. Ja, er wollte nicht abreisen, aber je früher er ging, desto eher konnte er zurückkehren und großartigen Wiedersehenssex haben. Bis dahin wollte er seine Frau so befriedigt wie möglich zurücklassen, damit sie die Trennung überstehen würde.

KAPITEL VIERZEHN

Alabama saß an ihrem kleinen Küchentisch und drehte eine Gabel zwischen den Fingern, während sie darauf wartete, dass ihr Mikrowellengericht fertig wurde. Christopher war nun schon seit zehn Tagen weg und sie fühlte sich allein. Sie hatte sich mehrere Abende mit Caroline getroffen und sie hatten viel geredet. Alabama hatte jetzt eine bessere Vorstellung davon, was es bedeutete, mit einem SEAL zusammen zu sein. Das SEAL-Team musste sehr oft kurzfristig aufbrechen. Caroline wusste nie, wo Matthew gerade war oder wann er zurückkäme.

Aber während Caroline ihr erklärte, dass es schwer war, sehr schwer sogar, wusste sie auch, dass es das war, was Matthew tun musste. Aufgrund ihrer Erfahrungen mit dem Team wusste sie, dass sie einfach die Besten waren. Caroline hatte Alabama die ganze

Geschichte erzählt, wie sie zuerst entführt und dann über Bord geworfen worden war. Das SEAL-Team hatte ihr das Leben gerettet und gleichzeitig die Terroristen ausgeschaltet.

Alabama war entsetzt darüber, was Caroline hatte durchmachen müssen, verstand aber sehr gut, was Caroline ihr zu sagen versuchte. Caroline vertraute darauf, dass die Jungs im Team gegenseitig auf sich aufpassten. Sie hatte sie mit eigenen Augen gesehen.

Caroline liebte die anderen Männer im Team wie Brüder. Es gab niemanden, den sie sich lieber in Matthews Team gewünscht hätte. Alabama dachte, wenn Caroline darauf vertraute, dass sie auf Matthew aufpassten, dann konnte sie das auch in Bezug auf Christopher tun.

Alabama kehrte in die Gegenwart zurück. Die Arbeit an diesem Abend war komisch gewesen. Sie war wie üblich im Maklerbüro aufgetaucht, aber Adelaide war mit Joni, einer Kollegin, dort gewesen. Alabama kannte Joni nicht so gut. Sie hatte erst nach dem Brand angefangen, für die Firma zu arbeiten. Alabama hatte schnell festgestellt, dass Joni gut mit Adelaide auskam, also hatte sie sich nicht die Mühe gemacht, sie weiter kennenzulernen. Sie ging davon aus, dass Joni ohnehin nichts mit ihr zu tun haben wollte, wenn sie mit Adelaide befreundet war. Vielleicht war das nicht fair, aber es war, was es war.

Alabama bereitete gerade ihren Wagen für die

abendliche Reinigung vor, als Joni hinter ihr auftauchte. Sie erschreckte Alabama fast zu Tode, aber sie versuchte, es zu überspielen.

»Hey, Alabama. Wie geht es dir heute Abend?«

Alabama war überrascht, dass Joni mit ihr sprach, noch überraschter, als sie nach Büroschluss hier anzutreffen.

»Mir geht es gut. Wie geht es dir?« Sie hatte große Fortschritte im Small Talk gemacht, seit sie mit Christopher zusammen war und angefangen hatte, Zeit mit seinen Teamkameraden zu verbringen.

»Gut. Wie lange arbeitest du abends normalerweise? Es muss doch ätzend sein, so spät noch hier sein zu müssen, oder nicht?«

»Es ist nicht so schlimm. Normalerweise bin ich nach ein oder zwei Stunden fertig.«

»Ah, ja, das ist nicht schlecht. Okay, na dann, ich bin fertig für heute. Gute Nacht.«

Alabama beobachtete, wie Joni den Flur zurückging. Kurze Zeit später sah sie, wie Adelaide und Joni zusammen gingen. Sie zuckte die Achseln und setzte ihre Arbeit fort. Sie dachte nicht weiter über die beiden nach. Sie hatte gelernt, worauf es im Leben wirklich ankam. Christopher. Er war unterwegs, um ihr Land zu schützen. Sie hatte nicht den Nerv, sich Gedanken um Aufschneiderinnen wie Adelaide zu machen.

SCHUTZ FÜR ALABAMA

Alabama zog ihren Flanellpyjama an und kuschelte sich in ihr Bett. Sie hatte gestern die Bettwäsche gewaschen und fühlte sich jetzt verlassen in ihrem Bett. Es roch frisch und sauber und sie vermisste Christophers Geruch, der sonst in den Kissenbezügen und Laken hing. Aber heute Abend konnte sie ihn nicht riechen.

Es war nicht nur das Fehlen seines Geruchs, das sie melancholisch werden ließ. Sie hatten so viele wundervolle Dinge in ihrem Bett getan. Alabama hatte sich daran gewöhnt, mit Christopher zusammen zu schlafen, es fiel ihr schwer, sich wieder daran zu gewöhnen, allein schlafen zu müssen.

Alabama wurde wach, als sie hörte, wie sich ein Schlüssel in ihrem Schloss drehte. Sie richtete sich im Bett auf und sah, wie die Tür geöffnet wurde. Sie kreischte wie ein kleines Mädchen, als sie sah, dass es Christopher war. Er war zu Hause!

Abe machte sich bereit, sie aufzufangen, als Alabama durch das kleine Zimmer gesprungen kam und sich in seine Arme warf. Er brummte vor Freude, als ihre Körper sich trafen, ließ seinen Seesack fallen und schloss sie fest in seine Arme. Gott, er hatte sie so sehr vermisst. Sie roch so gut. Er war müde. Als sie auf dem Stützpunkt angekommen waren, hatte er kurz darüber nachgedacht, in sein Quartier zu gehen und den dringend benötigten Schlaf nachzuholen, bevor er am nächsten Morgen zu ihr ging, aber er hatte einfach nicht länger warten können, bevor er sie wiedersah. Er hatte nicht einmal geduscht, bevor er zu ihrer Wohnung gefahren war.

Er musste sie sehen. Er musste sie in seinen Armen halten. Die Mission war nicht besonders schwierig gewesen, aber sie war ihm diesmal doppelt so lang vorgekommen. Jetzt, wo Alabama zu Hause auf ihn wartete, schien das die Missionen schwieriger zu machen. Er hatte mit Wolf darüber gesprochen, was es bedeutete, jemanden zu haben, der zu Hause auf einen wartete. Wolf hatte dasselbe durchgemacht.

Alles, was sie auf ihren Einsätzen für ihr Land taten, hatte jetzt eine tiefere Bedeutung, da sie jemanden hatten, der auf sie wartete. Es war nicht so, dass sie zuvor nachlässig gewesen wären, aber jetzt konnte eine einzige Fehlentscheidung bedeuten, dass ihre Frau sie nie wiedersehen würde. Es war hart. Wolf half Abe dabei, es zu verarbeiten.

Alabama zögerte nicht, ihre Arme und Beine um Christopher zu legen. Gott sei Dank war er zu Hause. Sie vergrub ihre Nase an seinem Hals ... zog sie dann aber schnell wieder zurück. Oh Mann, er stank entsetzlich. Er roch nicht nach dem Mann, den sie kannte und liebte. Sie sah, wie Christopher grinste.

»Ich brauche eine Dusche, Süße.«

»Ja, das kann ich sehen und riechen.«

»Ich musste dich sehen. Ich konnte nicht länger warten.«

Okay, das war süß. Sie lächelte, ließ ihre Beine sinken und stellte sich hin, ließ ihn aber nicht los. »Ich bin froh, dass du es nicht getan hast. Ich liebe dich.«

»Jesus. Ich liebe dich auch.« Abe zog sie wieder an sich und sie standen für einen Moment da und genossen das Gefühl, wieder zusammen zu sein.

»Okay, ab in die Dusche mit dir. Schmeiß deine Sachen in die Wäsche. Willst du etwas zu essen oder zu trinken?«

»Nein, Süße. Danke. Das kann bis morgen warten. Ich will nur sauber sein und dann in dir versinken.« Er sah, wie sie rot wurde. Es gefiel ihm, dass sie immer noch rot wurde, wenn er offen sprach. »Los, leg dich ins Bett und zieh dich aus, ich bin in einer Sekunde da.«

Alabama nickte und trat zurück. Sie würde sich nie an seine schmutzigen Worte gewöhnen, aber insgeheim liebte sie es, wenn er so redete. Langsam begann sie, die Knöpfe an ihrem Pyjamaoberteil zu öffnen. »Beeil dich, Christopher. Ich warte auf dich.«

Sie lachte, als er auf dem Weg zu dem kleinen Badezimmer in ihrer Wohnung stolperte. Sie liebte es, ihn zu überraschen. Es kam nicht sehr oft vor, also war es fantastisch, wenn es funktionierte.

Abe duschte, so schnell er konnte, und versuchte

trotzdem, den Gestank und den Dreck von seinem Körper zu bekommen. Der Verband an seiner Schulter löste sich durch das Wasser, aber er glaubte nicht, dass er einen neuen brauchte, wenn er fertig war. Er trocknete sich mit einem Handtuch ab und rasierte schnell die Stoppeln an seinem Kinn. So sehr er den Gedanken mochte, seine Spuren auf Alabama zu hinterlassen, er wollte sie nicht verletzen. Er kam mit dem Handtuch um die Taille gewickelt aus dem Badezimmer und blieb stehen, als er Alabama auf dem Bett sah.

Sie war nackt und lag auf der Decke. Sie lehnte sich gegen das Kopfteil und auf ein paar Kissen. Sie hatte die Knie angewinkelt und die Beine gespreizt. Sie fuhr sich mit den Händen über die Brust, an ihrem Körper herunter und über die Innenseite ihrer Oberschenkel. »Das wird aber auch Zeit.«

Abe ging schnell zum Bett und verlor unterwegs das Handtuch. Es fiel auf den Boden und war sofort vergessen. »Verdammt, du bist unglaublich.«

Alabama war bereit, ihren Freund zu verführen. Sie fühlte sich etwas unbeholfen, als sie sich selbst berührte, aber seine Reaktion war es wert gewesen. Gerade als er zum Bett kam und sich auf die Matratze kniete, um zu ihr zu kriechen, sah sie die Wunde an seiner Schulter.

Alabama schnappte nach Luft, schloss sofort ihre Beine und hörte auf, sich selbst zu berühren. »Oh mein Gott! Christopher, du bist verletzt!«

»Nein, Süße, das ist nichts. Jetzt komm her.«

»Nein! Du bist verletzt. Lass mich sehen.«

Abe seufzte. Er brauchte sie wirklich, aber es sah nicht so aus, als würde sie sich darauf einlassen, zumindest noch nicht. Er hätte ihr befehlen können, sich wieder hinzulegen, aber es fühlte sich im Moment nicht richtig an. Eigentlich fühlte es sich ganz gut an, wenn sie sich etwas um ihn sorgte.

Alabama beugte sich vor und knipste die Lampe neben dem Bett an. Sie schien keine Ahnung zu haben, wie sexy sie war, wenn sie splitternackt vor ihm lag. Abe versuchte zu ignorieren, wie ihr Körper bebte und zitterte, aber es half nichts. Er hatte die letzten anderthalb Wochen in einem Dreckloch auf der anderen Seite der Welt verbracht und sie vermisst. Er würde es nicht viel länger aushalten können.

Alabama inspizierte Christophers Schulter. Er hatte recht, es sah nicht so schlimm aus, aber die Wunde schien tief zu sein. »Was ist passiert?«, fragte sie leise und fuhr mit ihren Fingern leicht über die Stiche auf seiner Schulter.

»Ein Bösewicht mit einem Messer ist mir etwas zu nahe gekommen.«

Alabama ignorierte jede Schlussfolgerung in dem, was er gesagt hatte, und versuchte, ihre Neugier zu unterdrücken. Höchstwahrscheinlich wollte sie gar nicht wissen, was wirklich passiert war. Sie würde wohl eher Albträume bekommen, wenn sie es wüsste.

»Habt ihr gewonnen?«

Abe lachte. Er hatte sich schon darauf vorbereitet, sie von ihren Fragen über die Mission abzulenken. Er durfte nicht darüber reden, nicht einmal mit ihr. Aber sie hatte ihn wieder überrascht. Er sollte nicht überrascht sein, aber es schien, als hätte sie verstanden.

»Ja, Süße, wir haben gewonnen.« Es war nicht so, als wäre es ein Wettkampf gewesen, er machte sich aber nicht die Mühe, das näher zu erläutern. Er nahm an, dass sie es ohnehin wusste und sich nur falsch ausgedrückt hatte.

Abe biss die Zähne zusammen, als Alabama sich zu ihm beugte und die zehn Stiche auf seiner Schulter küsste. Er hatte den Mann getötet, der ihm mit dem Messer in die Schulter gestochen hatte. Er hatte ihn genau dort getroffen, wo die Schutzweste ihn nicht bedeckt hatte. Es war ein Glückstreffer gewesen. Der Mann hatte allerdings nicht dasselbe Glück gehabt, denn er war bereits tot gewesen, bevor er noch auf dem Boden zusammengebrochen war.

Das Gefühl von Alabamas Zunge auf seiner Haut gab ihm den Rest. Abe drehte sie um und glitt in sie hinein. Sie lächelte ihn an.

»Ich habe dich vermisst, Christopher«, sagte sie mit süßer Stimme. »Ich bin froh, dass du wieder zu Hause bist.«

»Ich auch, Süße. Ich auch.«

Sie verbrachten die nächsten Stunden damit, sich

gegenseitig zu zeigen, wie sehr sie sich vermisst hatten. Die Sonne erschien gerade am Horizont, als sie schließlich in einen erschöpften Schlaf fielen, beide in dem beruhigenden Wissen, dass der andere nahe und in Sicherheit war.

KAPITEL FÜNFZEHN

Alabama saß zitternd auf dem harten Stuhl. Auf der Tischplatte aus Edelstahl vor ihr war kein einziger Fingerabdruck zu sehen. Sie fragte sich, wie jemand sie so sauber bekommen hatten. Vage überlegte sie, welche Art von Reiniger wohl dafür verwendet worden war. Sie versuchte, nicht darüber nachzudenken, wie lange es her war, seit ihr mitgeteilt worden war, dass Christopher verständigt worden wäre. Der Polizist hatte ihr nicht gestattet, ihn selbst anzurufen, ihr jedoch versprochen, dass ihm die Nachricht übermittelt würde, dass sie hier wäre und sie ihn sehen wollte. Er würde bald kommen, Alabama musste sich das einfach nur immer wieder sagen.

Sie fror. Die Temperatur hier drinnen musste unnatürlich niedrig sein, damit die Leute ihre Verbrechen gestanden. Sie hatte keine Ahnung, sie wusste nur, dass ihr kalt war und dass sie es kaum erwarten konnte, dass Christopher kam und ihr dabei half, sich einen Reim aus dem zu machen, was hier vor sich ging. Er hatte ihr immer wieder versichert, dass er für sie da sein würde. Sie brauchte ihn definitiv jetzt, um für sie da zu sein.

Dieser Morgen war einer der besten ihres Lebens gewesen. Sie war nach ihrer langen, leidenschaftlichen Nacht viel später als gewöhnlich in Christophers Armen aufgewacht. Er hatte sie verschlafen geküsst und ihr gesagt, dass er sie liebte. Er war erschöpft gewesen. Sie hatte angenommen, dass es an der Mission lag, ganz zu schweigen von ihrer durchgemachten Nacht im Bett.

Sie war aufgestanden und hatte ihm Frühstück zubereitet. Da sie erst spät wiedergekommen waren, musste er nicht so früh auf den Stützpunkt. Er hatte ihr allerdings erzählt, dass er am Nachmittag an einer Nachbesprechung teilnehmen musste. Sie hatten Pläne gemacht, sich später nach ihrer Arbeit zu treffen.

Als sie bei Wolfe Immobilien angekommen war, war dort die Hölle los gewesen. Sie war sich nicht sicher, was genau passiert war, aber im nächsten Moment waren ihr Handschellen angelegt und sie war aufs Polizeirevier gebracht worden.

Alabama hatte Angst. So etwas war ihr noch nie

passiert. Ihre Erfahrung mit der Polizei war nicht die beste und sie hatte Angst. Sie hatte darum gebeten, Christopher anrufen zu dürfen, aber es war ihr nicht erlaubt worden. Als die Beamten schließlich bemerkten, dass sie begann, die Fassung zu verlieren, wurde ihr gesagt, dass sie ihn anrufen und ihm die Dinge erklären würden. Es gefiel ihr zwar nicht, aber sie nahm an, dass es im Moment das beste Angebot war, das sie bekommen würde.

Alabama wusste, dass etwas nicht stimmte, als der Beamte, der Christopher anrufen sollte, den Raum ohne ihn betrat.

»Kommt er?«, fragte Alabama nervös. Er würde kommen. Er würde da sein. Er hatte versprochen, auf sie aufzupassen.

»Äh, er ist auf dem Weg, aber zuerst muss er ein paar Fragen beantworten.«

»Das können Sie nicht machen!«, rief Alabama sofort aus. »Er hat nichts damit zu tun. Lassen Sie ihn in Ruhe! Er ist ein Held für unser Land, er ist gerade von einer Mission zurückgekehrt. Das können Sie nicht tun!«

Der Beamte war offensichtlich überrascht von ihrem emotionalen Ausbruch. Sie wusste, dass er nicht mit so einer leidenschaftlichen Verteidigung von Christopher gerechnet hatte.

»Beruhigen Sie sich, Lady. Er wollte selbst zuerst mit meinem Chef sprechen, bevor er reinkommt, um mit Ihnen zu reden.«

Seine Worte beruhigten Alabama. Okay, sie hatte es verstanden. Christopher versuchte herauszufinden, wie er sie am besten hier rausholen konnte. Er würde wissen, dass alles ein großes Missverständnis war, und er würde sie hier herausholen. Heute Abend würden sie schon darüber lachen.

Als sich die Tür ein zweites Mal öffnete, blickte Alabama auf und seufzte erleichtert. Endlich.

Alabama sah, wie Christopher die Tür aufmachte, mit der Hand den Knauf festhielt und an der Tür stehen blieb. Sie stand nervös auf. Sie sah ihn an und verkrampfte sich. Er war sauer. Sie wusste nicht warum, aber es war offensichtlich, dass er Mühe hatte, seinen Ärger unter Kontrolle zu halten.

Alabama machte einen Schritt auf ihn zu. »Christopher?«

Er sah von ihr weg und zu dem Beamten, der immer noch im Raum stand. »Kann ich eine Minute mit ihr allein haben?«

»Sicher, aber Sie kennen das Protokoll.« Er deutete auf die kleine Kamera in der Ecke des Raumes. Offensichtlich wurde das Gespräch mit Christopher aufgezeichnet.

Abe nickte verkrampft und trat zur Seite, damit der Beamte den Raum verlassen konnte.

»Gott sei Dank, du bist hier!«, rief Alabama erleichtert aus und machte einen weiteren Schritt in Christophers Richtung. Sie war fassungslos zu sehen, dass er vor ihr zurückwich. Sie blieb gut einen Meter vor ihm stehen. Was zur Hölle? Ihr Herz fing an zu rasen. Was war passiert?

»Warum hast du das getan, Alabama?«, fragte Abe angespannt. »Warum hast du diesen Mist gestohlen? Du weißt, dass ich dir alles geben würde, was du willst. Du hattest keinen Grund dazu.«

Alabama stand fassungslos da. Dachte er tatsächlich, dass sie *getan* hatte, weswegen sie beschuldigt wurde? Sie war sich nicht sicher, was sie sagen sollte, aber es war Christopher offensichtlich egal, er redete weiter.

»Ich habe dir gesagt, wie ich dazu stehe, wenn jemand stiehlt. Du weißt, woher ich meinen Spitznamen habe. Wir haben darüber gesprochen. Du *wusstest* es und hast es trotzdem getan. Es fühlt sich an, als wolltest du absichtlich unsere Beziehung sabotieren. Was war das letzte Nacht? Ein letzter Fick? Kannst du mir erklären, warum zum Teufel du unsere Beziehung einfach wegwirfst? Kannst du das?«

»Uns wegwerfen?«, fragte Alabama ungläubig mit zitternder Stimme. Was hatte er gerade gesagt? Sie konnte ihre Gedanken nicht fassen. Wenn sie vorher geglaubt hatte, sie hätte Angst, dann hatte sie jetzt regelrecht Panik. Christopher sollte hier sein, um ihr zu helfen herauszufinden, was zum Teufel passiert war. Er sollte sie fest in seinen Armen halten. Seit sie zusammen waren, hatte er ihr immer versprochen, sie vor solchen Dingen zu beschützen. Er würde niemals zulassen, dass jemand seine Stimme gegen sie erhob, wie er es gerade tat. Was war in der Zwischenzeit geschehen, seit sie sich das letzte Mal an diesem Nachmittag gesehen hatten?

»Christopher, ich ...«

»*Halt die Klappe, Alabama,* ich will deine Ausreden jetzt wirklich nicht hören.«

Alabama konnte buchstäblich fühlen, wie ihr bei seinen Worten das Herz gefror und in tausend Stücke zerbrach. Sie trat einen Schritt zurück, als hätte er sie geschlagen. Sie wollte sich übergeben. Er *wusste*, was seine Worte ihr antun würden. Er wusste es. Er hatte recht, sie *hatten* darüber gesprochen. Sie hatte ihren ganzen Mut zusammengenommen und ihm ihr Herz über ihre Mutter und die Dinge, die sie zu ihr gesagt hatte, ausgeschüttet. Christopher wusste genau, dass sie nicht damit umgehen konnte, wenn ihr jemand sagte, sie solle die Klappe halten. Er wusste es und hatte es trotzdem gesagt und sie zutiefst damit erschüttert.

»Alles, was ich jemals von dir wollte, war eine ehrliche Beziehung. Ich war bereit, dir alles zu geben, was ich habe. Du hättest alles haben können. Ich hätte es dir zu Füßen gelegt. Meinen Schutz, meine Liebe, meine Familie. Aber stattdessen *musstest* du dieses Geld haben. Ich hoffe, es hat sich gelohnt.«

Alabama hatte wirklich nichts mehr zu sagen. Nach allem, was sie durchgemacht hatten. Sie hatte ihm gestanden, dass sie ihn liebte. Er hatte behauptet, sie ebenfalls zu lieben, aber es war offensichtlich nur ein Trick gewesen, um sie ins Bett zu bekommen. Dass er bereit war zu glauben, was andere über sie sagten, sie selbst aber nicht einmal zu Wort kommen ließ, brachte sie um. Aber ihr zu sagen, sie solle die Klappe halten, schmerzte am meisten.

»Du hast es versprochen.« Ihre Worte kamen leise und gequält heraus. Sie schaute ihm in die Augen und wiederholte: »Du hast es versprochen, Christopher.«

Sie sah, wie er bei ihren Worten leicht zusammenzuckte. Aber es war ihr egal. Sie war fertig. Sie war innerlich leer. Sie hatte gedacht, sie hätte endlich jemanden gefunden, der für sie da sein würde. Jemanden, der sie liebte, so wie sie war. Der ihr zur Seite stehen und ihr helfen würde, ihren Weg im Leben zu finden, und eine Zuflucht für sie wäre. *Halt die Klappe, Alabama. Halt die Klappe, Alabama. Halt die Klappe, Alabama.* Seine Worte hallten immer wieder durch ihren Kopf und fügten ihr jedes Mal einen weiteren Stich zu, als wäre es das erste Mal, dass sie sie hört.

Alabama drehte sich um und setzte sich auf den Stuhl, den sie so erwartungsvoll verlassen hatte, als er den Raum betreten hatte. Sie schob den Stuhl ruhig an den Tisch, verschränkte die Hände im Schoß und starrte ausdruckslos an die Wand auf der anderen

Seite des Raumes. Christophers Stimme verwandelte sich in ihrem Kopf in die ihrer Mutter. *Halt die Klappe. Halt die Klappe. Halt die Klappe.* Sie zuckte zusammen und erinnerte sich an das Gefühl von Mamas Fäusten und Füßen, als sie sie immer und immer wieder schlug.

Alabama konnte nicht mehr klar denken. Sie musste es nur durch die nächsten fünf Minuten schaffen. Dann die nächsten. Und dann die nächsten. So hatte sie es durch diese schreckliche Zeit geschafft, wenn Mama sie in die Kammer gesperrt hatte. So hatte sie es den größten Teil ihres Lebens geschafft, bevor Christopher sich in ihr Leben gestürzt hatte. Sie zählte ihre Atemzüge. Eins. Zwei. Drei. Sie musste weiter atmen.

Sie hörte vage, wie Christopher etwas sagte, aber sie blockierte ihn. Nichts, was er sagte, war mehr von Bedeutung. Alabama spürte, wie ihr Herz unnatürlich schnell schlug, saß aber still und sagte nichts.

Endlich hörte sie, wie sich die Tür schloss. Sie war allein im Raum. Sie war so allein, wie sie hätte immer sein sollen und immer sein würde. Es war sie allein gegen die Welt. Egal, was andere sagten. Egal, was andere sie glauben machen wollten. Das hatte sie für eine Weile vergessen. Sie hatte die Lektionen vergessen, die Mama ihr beigebracht hatte. Die Lektion, die der Footballspieler an der Highschool ihr beigebracht hatte, der sie vor so langer Zeit gedemütigt hatte.

Abe schlug die Tür des Polizeireviers kräftig hinter sich zu, als er das Gebäude verließ. Verdammt, zur Hölle mit Alabama. Er war heute Morgen glücklicher aufgewacht als jemals zuvor in seinem Leben. Die Nachbesprechung der Mission war schwierig gewesen. Sie hatten alle ihre Handlungen noch einmal durchleben und sich vergewissern müssen, dass sie alles richtig gemacht hatten. Während der Nachbesprechung hatten sie einige Dinge entdeckt, die besser hätten laufen können, und Abe wusste, dass es *seine* Schuld gewesen war. Seine Gedanken waren nicht hundertprozentig beim Einsatz gewesen. Er hatte es vermasselt.

Dann erhielt er einen Anruf von Cookie, der von seiner alten Freundin Michele erfahren hatte, dass Alabama bei ihrer Arbeit festgenommen worden war. Anscheinend hatte Michele die ganze schmutzige Geschichte von Adelaide erfahren. Alabama stahl den Maklern offenbar seit einiger Zeit Geld. Wenn sie abends die Büros putzte, nahm sie unbefugt Sachen von ihren Schreibtischen. Zuerst waren es Kleinigkeiten, Bonbons aus Zuckerdosen, Stifte und dergleichen gewesen. Dann verschwand das erste Geld. Dann Schmuck.

Einige der fehlenden Gegenstände wurden in ihrem Reinigungswagen gefunden. In die Seite des Wagens war eine Geheimtasche eingenäht. Sie hatten sie auf frischer Tat ertappt.

Seine Alabama war eine Diebin. Es brach ihm das Herz und er fühlte sich krank. Wie konnte sie so etwas machen? Warum tat sie so etwas? Wolf wollte gerade mit ihm sprechen, als sein Telefon klingelte. Es war ein Beamter vom Polizeirevier, der ihm mitteilte, dass Alabama darum gebeten hatte, ihn zu sehen.

Er war direkt zum Revier gefahren, ohne Wolf und den anderen Teamkollegen zu erzählen, was passiert war. Er war zu sauer und es war ihm peinlich gewesen, dass seine Freundin anscheinend eine Diebin war.

Gleich nach seinem Eintreffen auf dem Revier hatte er mit dem Polizeichef gesprochen. Dieser hatte die Vorwürfe gegen Alabama und die Beweise dafür dargelegt. Im Moment wurden noch einige der Zeugen befragt, dann sollte Alabama verhört werden.

Jesus. Sie sollte *verhört* werden!

Abe hatte rotgesehen. Alles war eine Lüge gewesen. Worüber hatte sie ihn noch belogen? War ihre erbärmliche Geschichte über ihre Kindheit überhaupt wahr? *Kannte* er sie überhaupt? Er war in den Raum gestürmt, in dem sie festgehalten wurde, und hatte sie konfrontiert.

Abe saß mit dem Kopf auf dem Lenkrad auf dem Vordersitz seines Wagens. Sein Herz schmerzte. Was war gerade passiert?

Er war so *sauer* gewesen. Er war in diesen Raum gegangen, ohne zu wissen, was er ihr sagen würde, und jedes Mal, wenn sie den Mund öffnete, um zu versuchen, es zu erklären, hatte er sie unterbrochen. Er hatte ihre Lügen nicht hören wollen.

Abe erinnerte sich an den Ausdruck auf Alabamas Gesicht, als er ihr sagte, sie solle die Klappe halten. Er hatte gesehen, wie sie sich direkt vor ihm verschlossen hatte. In einer Minute war sie noch da gewesen und hatte versucht, mit ihm zu reden, in der nächsten war sie weg. Ein Schleier hatte sich über ihre Augen gelegt. Sie hatte nur noch einen Satz zu ihm gesagt, *du hast es versprochen*, und dann war die Alabama, die er in den letzten Monaten gekannt hatte, verschwunden. Er wusste, dass sie ihn danach nicht mehr gehört hatte. Sie war gegangen, hatte sich wieder an den Tisch gesetzt und sich geweigert, ihn anzusehen. Das musste ein Schuldeingeständnis gewesen sein. Sie hatte ihn ignoriert, weil alles, was er gesagt hatte, der Wahrheit entsprach.

Er fuhr sich ein paarmal mit der Hand über die Augen und dann über den Kopf. Gott, er war müde. Er hatte den Schlaf, der ihm durch die Mission fehlte, noch nicht nachgeholt und die leidenschaftliche Nacht mit Alabama hatte auch nicht geholfen. Er konnte nicht klar denken. Er wollte nicht mehr nachdenken.

Abe verließ den Parkplatz und fuhr zum Stützpunkt. Er würde morgen weiterdenken. Heute Nacht musste er nur schlafen.

Alabama hatte kein Wort mehr gesagt, seit Christopher gegangen war. Es gab keinen Grund dafür. Sie hatte nichts mehr. Niemanden. Die Polizisten versuchten, sie zum Reden zu bringen, aber sie saß wie versteinert vor ihnen und starrte ins Leere. Sie hatten ihr die Beweise gegen sie gezeigt, darunter Bilder der geheimen Tasche, die in den Reinigungswagen eingenäht war.

Als sie keine Reaktion gezeigt hatte, hatten sie versucht, sie zu einem Geständnis zu bringen. Sie saß trotzdem nur still wie eine Statue und sagte kein Wort. Schließlich hatten sie keine andere Wahl mehr, als sie ins Gefängnis zu stecken.

Während Abe in seinem Zimmer auf dem Stützpunkt in einen unruhigen Schlaf fiel, wurden Alabamas Fingerabdrücke genommen und eine Akte angelegt. Sie musste die orangefarbene Gefängnisuniform anziehen. Sie wurde unsanft in den dritten Stock des Bezirksgefängnisses in Riverton geführt und in einen kleinen feuchten Raum gesperrt, in dem es nach Körpergeruch stank. Ihre Mitinsassin versuchte, mit ihr zu sprechen, bekam aber keine Antwort, zuckte die Achseln und lehnte sich wieder zurück auf ihre Matratze.

Alabama lag oben auf dem Etagenbett in der Gefängniszelle und fragte sich, wie ihr Tag innerhalb weniger Stunden vom schönsten Tag ihres Lebens zum schlimmsten hatte werden können. Eine einzelne

Träne lief ihr über die Schläfe, bevor sie sich endgültig verschloss. *Halt die Klappe. Halt die Klappe. Halt die Klappe.* Sie kniff die Augen zusammen und versuchte, die Worte auszublenden. Sie zählte ihre Atemzüge. Eins. Zwei. Drei ...

KAPITEL SECHZEHN

Abe hatte Zeit gehabt, über alles nachzudenken, was in den letzten Tagen passiert war, und wusste, dass er einen Fehler gemacht hatte. Er *wusste*, dass er den größten Fehler seines Lebens gemacht hatte. Das Problem war nur, er hatte keine Ahnung, wie er ihn wiedergutmachen sollte. Er hätte seinen Mund halten sollen. Er hätte Alabama ausreden lassen sollen. Er würde selbst in hundert Jahren nicht den Blick in ihren Augen vergessen, als er sie angeschrien hatte, die Klappe zu halten. In dem Moment, als er es gesagt hatte, wusste er genau, was er tat, was ihn noch mehr zu einem Mistkerl machte. Abe wusste, dass er Alabama zutiefst verletzt hatte, als er sah, wie sich der Schleier über ihre Augen legte. Es war, als wäre sie in einem Moment noch dort gewesen und kurz darauf verschwunden.

Er hatte nicht klar denken können, als er das Polizeirevier verlassen hatte. Erst ein paar Tage später fragte er sich, was wohl mit Alabama passiert war. Er dachte, sie hätte versucht, ihn anzurufen. Jetzt, wo er etwas geschlafen hatte, konnte er wieder klar denken. Die letzten Tage hatte er in einer Dunstglocke verbracht. Cookie hatte angerufen und ihn gefragt, was in ihn gefahren wäre, und Abe hatte ihm die ganze erbärmliche Geschichte erzählt.

»Ich war stocksauer, als ich zum Polizeirevier gefahren bin. Sauer auf mich selbst, sauer auf meinen Vater, sauer auf sie. Nach allem, was sie in ihrem Leben durchgemacht hatte, habe ich sie nicht einmal ausreden lassen, um mir die Situation zu erklären. Ich habe ihr das Wort abgeschnitten und ihr gesagt, sie solle die Klappe halten.«

Abe hörte, wie Cookie tief Luft holte, und verteidigte sich schnell. »Die Worte meines Vaters klingelten in meinen Ohren. Seine Ausreden. Ich habe es nicht so gemeint.«

»Du hast es nicht so gemeint, aber du hast es trotzdem gesagt. So etwas kann man nicht einfach so zurücknehmen. Wenn es erst mal gesagt ist, ist es gesagt. Das solltest du am besten wissen, Abe!«, war Cookies Antwort, bevor er auflegte. Das war jetzt zwei Tagen her und Abe hatte seitdem nichts mehr von seinem Team gehört.

Tief in seinem Inneren wusste Abe jetzt, dass

Alabama unschuldig war und dass Adelaide hinter all dem steckte, was geschehen war. Er wusste nicht woher, aber das musste der Grund sein, warum Alabama verhaftet worden war. Adelaide war sauer auf Alabama, weil sie ihn ihr angeblich ausgespannt hatte. Das war zwar nicht der Fall gewesen, aber mit einer eifersüchtigen Frau konnte man nicht argumentieren.

Sobald Abe realisiert hatte, dass Alabama unschuldig war, hatte er entsetzt darüber nachdenken müssen, was sie wohl durchmachte. Was war mit ihr geschehen, nachdem er gegangen war? War sie verhaftet worden? War sie nach Hause geschickt worden? Was, wenn sie tatsächlich verhaftet worden wäre? Panik stieg in ihm auf. Cookie hatte recht, er war ein dummer Idiot.

Abe versuchte, seinen Fehler wiedergutzumachen, und rief Cookie an. Der nahm nicht ab. Er versuchte es der Reihe nach bei seinen anderen Teamkollegen, aber niemand ging ans Telefon. Er rief sogar auf dem Polizeirevier an und erfuhr, dass Miss Smith gegen Kaution freigelassen worden war. Abe musste sich beinahe übergeben. Gegen Kaution freigelassen. Scheiße. Das heißt, sie war zunächst verhaftet worden. Er hoffte, dass sie die Kaution hatte schnell bezahlen können, aber der Beamte teilte ihm mit, dass Alabama insgesamt drei Nächte und zwei Tage in Haft gewesen war.

Scheiße. Verdammte Scheiße. Das war seine Schuld. Er musste das wieder in Ordnung bringen.

Du hast es versprochen.

Ihre Worte dröhnten in seinem Kopf. Sie wiederholten sich immer und immer wieder. Er *hatte* es versprochen und beim ersten Anzeichen von Ärger hatte er sie verraten und fallen gelassen. Ein schöner Held war er. Er fühlte sich schrecklich. Er musste es wieder gerade biegen.

Er fuhr zu ihrer Wohnung. Er würde sie dort vorfinden und dann könnten sie sich unterhalten. Ein Nein würde er nicht akzeptieren. Er würde sich entschuldigen und dann daran arbeiten, alles wieder in Ordnung zu bringen, was er zwischen ihnen zerstört hatte. Abe konnte sich kein anderes Szenario vorstellen. Er liebte sie. Sie musste ihm vergeben.

Abe stand in Alabamas Wohnung und sah sich erschrocken um. Sie war leer. Alle ihre Sachen waren weg. Die Couch war noch da. Das Bett auch. Aber die kleine Vase, die auf dem Küchentisch gestanden hatte, in der immer die Blumen steckten, die er ihr mitgebracht hatte, war verschwunden. Die helle Decke, die auf ihrem Bett gelegen hatte, war weg. Die Filme, die sie gemeinsam gesehen hatten, die auf dem Fernsehtisch gestapelt gewesen waren, waren verschwunden.

Du hast es versprochen.

Abe ging zum Kühlschrank und öffnete ihn. Leer. Plötzlich riss er ruckartig die Küchenschränke auf in der verzweifelten Hoffnung, ein Zeichen von Alabama zu finden. Doch er fand nichts.

Er sackte auf dem Boden zusammen. Jesus. Wo war sie hingegangen?

Abe erschrak, als er eine Stimme durch die offene Tür hörte. Es war die alte Frau, der er mehrmals zugezwinkert hatte, sobald sie durch den Türspalt gespäht hatte, wenn er und Alabama an ihrer Wohnung vorbeigegangen waren.

»Sie ist nicht mehr hier, Junge«, sagte sie missbilligend und hielt sich an einem Stock fest, der offenbar das Einzige war, das sie aufrecht hielt.

»Wie meinen Sie das?«

»Ich meine, dass sie nicht mehr hier wohnt. Sie ist weg. Der alte Bob ist an ihre Tür gekommen und hat ihr gesagt, sie hätte vier Stunden Zeit, um auszuziehen. Er meinte, er würde nicht an Kriminelle vermieten.«

Abe wurde blass. Scheiße. Noch eine Sache, die auf seine Rechnung ging. »Wissen Sie, wohin sie gegangen ist?«

»Keine Ahnung. Wir haben versucht, mit ihr zu reden, aber sie hat nicht mehr als drei Worte von sich gegeben, seit sie verhaftet worden ist. Alle Nachbarn wissen, dass sie nicht getan hat, was diese Schlampen ihr vorwerfen, aber es scheint, als würde das niemanden interessieren.« Sie funkelte Abe an. »Außerdem bin ich mir nicht einmal sicher, ob ich

Ihnen sagen würde, wo sie ist, selbst wenn ich es wüsste.«

Abe zuckte zusammen, wusste aber, dass er ihren Zorn verdient hatte. »Ich muss sie finden.«

»Wenn Sie meinen.« Die Dame drehte sich um und humpelte zurück in den Flur.

Er war entschlossener denn je, seine Liebe wiederzufinden, und wusste, dass er sich nur noch auf seine SEAL-Kontakte verlassen konnte, um Hilfe zu bekommen. Es mag unethisch oder sogar illegal sein, aber er musste sie finden. Er musste es einfach. Er schwor es sich. Tex hatte ihm schon ein Mal geholfen, sie zu finden, er würde es wieder tun.

Du hast es versprochen.

Er konnte Alabamas gequälte Worte nicht aus dem Kopf bekommen. Sie verfolgten ihn.

»Du musst mir helfen, Cookie«, flehte Abe seinen Teamkollegen an.

»Einen Scheiß muss ich.«

Abe zuckte zusammen, wohlwissend, dass er diese Reaktion und alles andere, was Cookie ihm an den Kopf warf, verdient hatte. Er ging auf und ab, während Caroline, Cookie und Wolf am Tisch saßen und ihn anstarrten. Abe hatte Cookie und Wolf angerufen und sie gebeten, sich mit ihm zu treffen. Sie hatten endlich zugestimmt. Caroline war auch da.

Abe wusste, dass er es verdient hatte, die kalte Schulter gezeigt zu bekommen, aber es war ihm egal. Er würde alles tun, um Alabama wiederzufinden und wiedergutzumachen, was er ihr angetan hatte.

Nachdem Cookie mit Abe gesprochen und gehört hatte, was passiert war, hatte er sofort einen Anwalt angerufen und die Kaution bezahlt, damit Alabama aus dem Gefängnis entlassen werden konnte. Er war aufs Polizeirevier gefahren, um sie abzuholen, und war entsetzt gewesen, in welchem Zustand er sie vorgefunden hatte.

Er hatte Alabama gefunden, aber nicht die Alabama, die er als seine Freundin gekannt hatte. Sie war am Boden zerstört. Sie sagte nicht mehr als ein paar Worte zu Cookie oder Caroline. Drei lange Tage war sie hinter Gittern gewesen. Cookie konnte sich kaum vorstellen, was sie durchgemacht hatte. Nein, das stimmte nicht. Er konnte sich nur allzu gut vorstellen, was sie durchgemacht hatte. Das Gefängnis war kein Ort für eine Frau wie sie, auch wenn es nur das Bezirksgefängnis war. Er konnte sich nicht vorstellen, dass die schüchterne und süße Alabama an so einem Ort eingesperrt gewesen war, und doch war sie es gewesen. Drei lange Tage. Hätte Abe ihn früher angerufen, hätte Cookie sie längst rausholen können und sie hätte nicht so lange hinter Gittern verbringen müssen. Abe hatte aber ein paar Tage gewartet, bevor er endlich den Arsch hochbekommen hatte.

»Wir haben versucht, sie dazu zu überreden, mit zu uns nach Hause zu kommen«, sagte Caroline zu Christopher. »Aber sie hat nur traurig den Kopf geschüttelt. Sie wollte uns nicht einmal mit in ihre Wohnung kommen lassen. Mein Gott, Christopher. Ich habe noch nie jemanden so tief am Boden gesehen. Ich wollte sie umarmen, aber sie ließ sich von keinem von uns berühren. Als wir am nächsten Tag wiederkamen, um mit ihr zu reden und herauszufinden, was passiert war, war sie weg. Ihre Sachen waren noch da, aber sie war weg. Eine Nachbarin sagte uns, dass ihr Vermieter ihre Sachen entsorgen würde, da er sie rausgeschmissen und sie nichts mitgenommen hatte. Also haben wir alles zusammengepackt und für sie eingelagert. Was für ein Arschloch.«

Mit jedem Wort, das Caroline sagte, schmerzte Abes Herz mehr. Wolf fuhr fort, wo Caroline stehen geblieben war.

»Ich habe meinen Kontaktmann bei der Polizei angerufen und mich lange mit ihm unterhalten. Alles inoffiziell natürlich. Er hat mir erzählt, er glaubt nicht, dass Alabama es getan hat. Die sogenannten Zeugen schienen zu eifrig zu sein und wussten genau, wo sie in diesem verdammten Reinigungswagen nach der versteckten Tasche suchen mussten. Es war alles viel zu einfach. Die Sache wird weiter untersucht. Derzeit sichtet er die Aufnahmen der Überwachungskamera bei Wolfe Immobilien, um zu sehen, ob er etwas herausfinden kann. Ich würde wetten, dass wir Adelaide und ihre Komplizin darauf sehen, wie sie die vermeintlichen Beweise platzieren.«

»Verdammt noch mal!«, brüllte Abe und schlug so fest er konnte gegen die Wand. Er spürte kaum den Schmerz in seinen Knöcheln. Er drehte sich um, lehnte sich mit dem Rücken gegen die Wand und rutschte nach unten auf den Boden. Er ignorierte das Blut, das über seine Finger lief, und presste die Fäuste in seine Augenhöhlen.

Caroline sah zu Wolf, der die Stirn runzelte. Sie war immer noch sauer auf Christopher, aber sie konnte es nicht ertragen, Zeuge seiner Selbstverstümmelung zu werden. Sie ging zu ihm und hockte sich vor ihn.

»Wir werden sie finden, Christopher.«

Als er zu ihr aufsah, war Caroline überrascht, Tränen in seinen Augen zu sehen. Sie hatte nie zuvor einen SEAL weinen sehen, nicht einmal ihren Mann. Sie konnte sich kaum vorstellen, welche Schmerzen Christopher empfinden musste.

»Ich habe sie verloren. Ich verdiene sie nicht. Mein Gott, du hast keine Ahnung, wie schlimm das ist.«

Caroline setzte sich zu ihrem Freund auf den Boden. »Wir werden sie finden.«

Abe holte tief Luft und versuchte, sich unter

Kontrolle zu bringen. »Ich werde sie finden. Sie will mich nicht mehr, aber ich muss sicherstellen, dass es ihr gut geht. Ich habe es versprochen.« Seine Stimme brach und er sah Caroline an. Er erinnerte sich daran, wie sie im Krankenhausbett gelegen hatte. Er erinnerte sich an alles, was sie durchgemacht hatte. Und trotzdem war sie jetzt mit seinem Freund und Teamkollegen hier. Gequält flüsterte er erneut: »Ich habe es versprochen, Ice. Ich habe es *versprochen*.«

Caroline streckte die Hände aus und legte die Arme um den großen SEAL. Sie konnte im Moment nichts anderes tun, als ihn festzuhalten, während er in ihren Armen schluchzte. Sie konnte nicht mehr wütend auf ihn sein. Christopher machte sich mehr Vorwürfe, als man äußerlich wahrnehmen konnte. Sie hatte keine Ahnung, wo Alabama war, aber sie wusste, dass Christopher alles in seiner Macht Stehende tun würde, damit sie in Sicherheit war und Adelaide und ihre Komplizin dafür bezahlen würden.

KAPITEL SIEBZEHN

Alabama kauerte auf dem Bett im Obdachlosenheim. Sie war pleite. Das ganze Geld, das sie im Laufe der Jahre gespart hatte, war weg. Einen Teil davon hatte sie für die Kaution ausgeben müssen, um aus dem Gefängnis freizukommen. Hunter hatte es zuerst für sie ausgelegt, aber sobald sie in der Lage gewesen war, an ihr eigenes Geld zu kommen, hatte sie ihr Sparkonto geleert und ihm das meiste zurückgezahlt.

Er hatte es nicht annehmen wollen, aber sie hatte sich geweigert, es als Almosen anzunehmen. Das war jetzt acht Tage her. Acht der längsten Tage ihres Lebens.

Sie konnte nirgendwohin. Sie hatte keine Arbeit und kein Geld. Keinen Christopher. *Nein*. Sie weigerte sich, weiterhin an ihn zu denken. Sie musste etwas tun. Es war Zeit, die Westküste zu verlassen. Vielleicht würde sie nach Texas gehen ... na ja, sobald sie genügend Geld für ein Busticket verdient hätte.

Das Einzige, was sie noch besaß, war das, was sie in ihren Koffer gepackt hatte. Die kleine Vase hatte sie nicht mitnehmen können. Sie hatte überhaupt keine Dinge aus ihrer Wohnung mitnehmen können, die sie an bessere Zeiten erinnerten. Zur Hölle, als sie es gekonnt hätte, hatte sie nichts davon mitnehmen wollen, aber jetzt ... jetzt würde sie für eines der Kissen töten, das nach *ihm* roch.

Es war schwieriger, ihn loszulassen, als sie es sich jemals vorgestellt hätte. Obwohl Christopher sie zutiefst verletzt hatte, liebte sie ihn immer noch.

Alabama schaute auf die eintausendzweihundertdreiundzwanzig Dollar in ihren Händen. Das war alles, was von ihrem Geld noch übrig war. Sie konnte es aber nicht behalten. Sie steckte es in den Umschlag, der auf dem Bett lag, und griff nach Block und Stift, die in der Nähe lagen.

Sie schrieb eine Notiz und brachte darin alle ihre bitteren Gefühle zu Papier. Es hätte nicht so weit kommen sollen, aber sie wusste nicht, was sie getan hatte, dass Christopher sie so brutal fallen ließ. Mama hatte vor all den Jahren doch recht gehabt. Alabama war es einfach nicht wert, geliebt zu werden. Wenn ihre eigene Mutter sie nicht lieben konnte, konnte es niemand.

Sie beendete die Notiz und faltete sie sorgfältig

zusammen. Es fühlte sich an, als würde ihr Herz erneut brechen. Sie steckte den Zettel zusammen mit dem Geld in den Umschlag und schrieb etwas auf die Vorderseite.

Für Christopher Powers, Navy SEAL.

Sie kannte seine Anschrift nicht. Sie würde den Brief ihrem Anwalt geben, mit dem sie sich später treffen wollte. Hunter hatte dieses Gespräch für sie arrangiert. Sobald das erledigt war, würde sie sich besser fühlen.

Sie hatte keine Ahnung, wie der Stand der Ermittlungen war. Sie wusste nur, dass sie nichts gestohlen hatte. Alabama hatte aber keine Ahnung, ob jemand ihr glauben würde. Es wäre das Wort der Putzfrau gegen das von Adelaide, einer angesehenen, stadtbekannten Maklerin. Es war aussichtslos.

Alabama wusste, dass sie eher weglaufen würde, bevor sie wieder ins Gefängnis ging. Es war schrecklich gewesen. Es war nicht so, dass sie verprügelt oder vergewaltigt worden wäre, aber es war ein schrecklicher Ort. Sie war ständig unter Beobachtung gewesen. Die Wachen waren gebrochene Seelen, die keinem der Insassen gegenüber Mitgefühl zeigten. Und die Leute, mit denen sie inhaftiert gewesen war, waren einfach unheimlich.

Alabama hatte versucht, sich von allen fernzuhalten, was nicht schwer war, wenn man bedachte, dass es sich nur um das Bezirksgefängnis handelte. Sie hatte in ihrer Zelle gegessen und versucht herauszufinden, was sie tun könnte. Sie hatte keine Ahnung davon, wie das Justizsystem funktionierte, also konnte sie nur abwarten.

Sie war in ihrem ganzen Leben noch nie so froh gewesen, Hunter zu sehen. Sie wollte weinen und fühlte sich innerlich abgestumpft. Sie war niemand. Caroline hatte versucht, mit ihr zu reden, aber Alabama hatte sich vor ihr ebenfalls verschlossen. Sie konnte es nicht. Sie konnte es einfach nicht. Sie waren Christophers Freunde. Sie wusste nicht, warum sie ihr halfen. Hatte Christopher ihnen nicht erzählt, was sie getan hatte? Sie hatte sie nicht gefragt. Sie hatte ihnen nur zugenickt, nachdem sie sie an ihrer Wohnung abgesetzt hatten, und war, ohne sich noch einmal umzublicken, hineingegangen.

Natürlich hatte Bob nur darauf gewartet, sie rauszuwerfen. Sie wusste, dass er Freude daran hatte. Er hatte in ihrer Tür gestanden und zugesehen, wie sie ihre paar Habseligkeiten zusammenpackte, und hatte den Schlüssel verlangt, nachdem sie fertig gewesen war. Sie hatte nicht mehr zurückgeschaut, sondern war einfach nur aus dem Gebäude hinaus in die Nacht verschwunden.

Alabama stand auf und nahm den Griff ihres Koffers. Sie konnte ihre Sachen nicht im Obdachlosenheim lassen, während sie sich mit dem Anwalt traf. Sie würde die paar Dinge, die ihr noch geblieben waren, sonst vielleicht nie wiedersehen. Ein Obdachlosenheim war kein Ort, an dem man etwas unbeaufsichtigt lassen konnte, wenn man es bei seiner Rückkehr wiederfinden wollte. Mit dem Umschlag in der einen und dem Koffer in der anderen Hand verließ sie das Zimmer, um sich unten im Gemeinschaftsraum mit ihrem Anwalt zu treffen. So oder so hoffte Alabama, dass dieser Albtraum bald vorbei sein würde.

Abe sah auf den Zettel und bemerkte, dass seine Hand zitterte. Sie zitterte tatsächlich. Sein befehlshabender Offizier hatte ihn zu sich gerufen. Er war mit Wolf hinuntergegangen, um sich bei ihm zu melden, und war schockiert, als er einen dicken Umschlag überreicht bekam, der von Alabamas Anwalt abgegeben worden war. Er hatte sich bei seinem Kommandanten bedankt und war mit Wolf zurück ins Büro gegangen.

Jetzt saß er da und starrte auf den Umschlag. Er wusste, dass ihm nicht gefallen würde, was sich darin befand.

»Soll ich ihn für dich öffnen?«, fragte Wolf ernst.

Abe schüttelte den Kopf und riss das Siegel auf. Geldscheine fielen auf seinen Schoß und auf den Boden. Er sah zu Wolf auf und dann wieder zu dem gefürchteten Umschlag. Er ignorierte die Geldscheine und nahm das einfache Stück Papier heraus. Es war eine Notiz von Alabama.

Abe las ihre Worte ein Mal, dann noch einmal und schließlich ein drittes Mal. Er konnte den Schmerz fast spüren, der von den Worten auf dem Blatt Papier ausging.

Christopher,

anbei erhältst du 1.223 Dollar. Ich habe keine Ahnung, ob das genau der Betrag ist, den ich dir schulde, aber es ist alles, was ich aufbringen kann. Ich möchte nicht, dass du denkst, ich hätte dir etwas gestohlen. Sieh es also als Rückerstattung für die meisten Dinge, die du für mich gekauft hast, als wir... zusammen waren. In den 1.223 Dollar sind enthalten: drei Pizzalieferungen, vier alkoholische Getränke, zwei Abendessen, Benzingeld für die Male, bei denen du mich von der Arbeit abgeholt hast, und für deine Fahrten von und zu meiner Wohnung, 157 Dollar für die Blumen, die du mir geschenkt hast, und ungefähr 400 Dollar für die Lebensmittel, die du gekauft hast, um Abendessen und Mittagessen zuzubereiten. Der Restbetrag ist für die Zeit, die du investiert hast, denn Zeit ist Geld, wie es so schön heißt. Die Zeit, die du aufgebracht hast, um mich zur Arbeit zu fahren, mir die Tür zu öffnen und meine Hand zu halten, und die Zeit, die du mich mit deinen Freunden und deiner Familie hast verbringen lassen.

Du denkst jetzt vielleicht, dass ich sehr viel Zeit damit

verschwendet habe, mich an alles zu erinnern, was du für mich getan hast, und du hast recht. Ich erinnere mich daran, weil du der erste Mann warst, der so etwas für mich getan hat. Alles, was du getan hast, hat seine Spuren an mir hinterlassen. Ich wünschte nur, ich hätte schon früher bemerkt, dass alles nur die Bezahlung für die Erbringung einer Dienstleistung war. Ich wünschte, ich hätte schon eher verstanden, dass du nur dafür bezahlst, dass ich mit dir schlafe. Ich hätte Nein gesagt. Nein danke.

Es tut mir leid, dass ich es falsch verstanden habe. Mein Fehler. Ich hoffe, ich habe dir alles zurückerstattet. Ich möchte nicht von dir beschuldigt werden, dir etwas gestohlen zu haben.

Alabama

Abe merkte, dass er sich die ganze Zeit die Brust gerieben hatte, während er ihren Brief gelesen hatte. Er wusste, dass er wütend auf sie sein sollte. Der Alphamann in ihm wollte sie dafür büßen lassen, dass sie ihm alle seine Gesten zurückgepfeffert hatte. Oberflächlich gesehen schien es eine Kleinigkeit zu sein, ihm das Geld zu senden, wie sie es ausgedrückt hatte. Abe kannte Alabama aber gut genug, um zu wissen, wie sehr er sie verletzt hatte. Sie versuchte nur, sich selbst zu schützen.

Er beugte sich vor, sammelte das Geld ein und steckte es in den Umschlag zurück. Er würde es ihr zurückgeben, sobald er konnte. Bis dahin musste er aber herausfinden, wie er seiner Frau überhaupt helfen könnte.

»Hilf mir, Wolf. Hilf mir, sie zu finden.«

»Natürlich, Abe.«

KAPITEL ACHTZEHN

Sie hatten zwei Tage lang erfolglos nach Alabama gesucht. Es war erstaunlich, wie jemand einfach so verschwinden konnte. Wenn er sich nicht solche Sorgen um sie gemacht hätte, wäre Abe beeindruckt gewesen. Sogar Tex hatte keine verlässlichen Informationen dazu beigetragen, um sie zu finden. Sie war wie vom Erdboden verschluckt.

Das Team hatte sich über die gesamte Stadt verteilt und jeder nahm sich ein anderes Gebiet vor. Sie hatten sie zwar noch nicht gefunden, aber sie hatten Geschichten gehört. Als Abe zum ersten Mal jemanden über Alabama hatte sprechen hören, war er aufgeregt und dachte, dass sie nahe dran wären, aber leider war das nicht der Fall gewesen.

Sie gingen in einen kleinen Tante-Emma-Laden, zeigten den Mitarbeitern und dem Eigentümer ein

Bild von Alabama und fragten, ob sie sie gesehen hätten. Das hatten sie. Der Kassierer erzählte ihnen, dass sie fünf Päckchen dieser billigen abgepackten Nudeln gekauft hatte, die sonst nur Studenten kauften. Fünf. Die Summe belief sich auf einen Dollar und zweiundvierzig Cent. Sie hatte den Betrag mit kleinen Münzen aus ihrer Tasche bezahlt. Der Kassierer erzählte weiter, wie er gesehen hatte, dass sie nach dem Bezahlen auf die andere Straßenseite zu einem Obdachlosen gegangen war und ihm eines der Nudelpäckchen sowie das restliche Wechselgeld gegeben hatte.

Also verließen sie den Laden und versuchten, den Obdachlosen zu finden. Sie fanden nicht genau dieselbe Person, aber sie sprachen mit zwei anderen obdachlosen Frauen, die erzählten, dass sie Alabama getroffen hatten. Sie erzählten Abe, wie süß sie zu ihnen gewesen war und dass sie eine Nacht bei ihnen auf der Straße verbracht hatte.

Abe war außer sich. Er hatte über tausend Dollar ihres Geldes in der Tasche und sie musste auf der Straße schlafen und gefriergetrocknete Nudeln essen. Er war frustriert. Seine Frau sollte nicht so leben müssen. Sie sollte in seinem Bett neben ihm liegen. In Sicherheit. Aber er hatte sie auf die Straße getrieben. Er.

Nach einem weiteren Tag erfolgloser Suche hatte Wolf die Nase voll. »Jesus, wir haben mehr Glück dabei, Terroristen in Ländern der Dritten Welt aufzuspüren! Es ist an der Zeit, mit den Spielereien aufzuhören. Wir müssen ihr eine Falle stellen.«

»Auf keinen Fall«, protestierte Abe sofort. Er mochte den Gedanken nicht, Alabama auf irgendeine Weise zu täuschen.

Wolf konterte sofort: »Willst du sie finden, Abe, oder willst du, dass sie eine weitere Nacht auf der Straße verbringt und wer weiß was isst und wer weiß was für Leute trifft?«

Zur Hölle, wenn er es so krass ausdrückte, würde Abe alles tun, was Wolf von ihm verlangte, wenn er Alabama dadurch finden würde. »Was schlägst du vor?«

»Wir müssen sie dazu bringen, sich mit ihrem Anwalt zu treffen. Alabama vertraut ihm. Wir müssen ihn überreden, ein Treffen mit ihr zu vereinbaren. Verdammt, er muss sich sowieso mit Alabama treffen. Er muss ihr die Papiere zur Unterschrift vorlegen, dass sie frei ist und dass das Verfahren gegen sie eingestellt wurde. Wir haben keine Ahnung, ob Alabama überhaupt weiß, dass Adelaide und Joni wegen Falschaussage verhaftet worden sind. Diese Sicherheitsaufnahmen haben bewiesen, dass Alabama nichts gestohlen hat und dass die ganze Sache von Anfang an von Adelaide und Joni arrangiert war.«

»Gute Idee.«

»Ich bin mir nur nicht sicher, ob du dabei sein solltest, wenn wir uns mit ihr treffen, Abe«, sagte Benny.

»Oh, doch!«, widersprach Abe vehement. »Ich muss dabei sein. Meinetwegen hat das alles angefangen, ich muss dabei sein, wenn es ein Ende hat. Ich brauche sie.«

Bei dem gequälten Tonfall in der Stimme seines Freundes gab Benny nach. »Lass uns aber wenigstens sicherstellen, dass sie sich nicht wieder total verschließt, bevor du mit ihr sprichst.«

Widerwillig nickte Abe. Er wusste genauso gut wie die anderen, dass genau das passieren würde, wenn Alabama ihn zuerst sah. Er hatte es verdient, aber er hoffte, dass sie ihm eine Chance geben würde, sich zu entschuldigen. »Also gut, dann lasst uns alles arrangieren. An die Arbeit.«

Es dauerte zwei Tage, bis der Anwalt Alabama aufgespürt hatte, und einen weiteren Tag, bevor das Treffen zustande kam. So sehr sie es auch hassten, es sich eingestehen zu müssen, die SEALs waren von dem Anwalt beeindruckt. Er hatte Alabama innerhalb von achtundvierzig Stunden gefunden.

Es war Abe egal, wie er das angestellt hatte, es war ihm nur wichtig, Alabama endlich wiederzusehen. Er hatte kaum eine Nacht geschlafen, seit ihm klar geworden war, was für ein Arsch er gewesen war. Jeden Abend lag er wach im Bett und fragte sich, ob es ihr gut ging. Jeden Morgen wachte er mit derselben Frage im Kopf wieder auf. Sein befehlshabender Offizier hatte langsam die Nase voll von ihm *und* seinem Team. Sie waren mit den Gedanken nicht bei der Arbeit und sie wussten, dass das noch Konsequenzen haben würde. Abe kümmerte sich allerdings nicht darum. Alabama stand jetzt an erster Stelle in seinem Leben. Vor der Arbeit, vor seinem Land, vor allem.

Abe ging im Obdachlosenheim auf und ab und wartete darauf, dass Wolf ihm das Zeichen gab, dass er kommen durfte. Alabama sollte sich in zehn Minuten mit ihrem Anwalt treffen. Alle hielten den Atem an und hofften, dass sie wirklich auftauchen würde.

Der Plan sah vor, dass zunächst der Anwalt mit Alabama sprach, um die gute Nachricht zu überbringen, dass die Anklage fallen gelassen wurde. Danach sollten Wolf und Dude den Raum betreten und Alabama wissen lassen, dass sie da waren, um mit ihr zu sprechen. Sobald sie sich davon erholt hätte, würde Abe dazukommen. Sie hatten alles durchgeplant, aber niemand wusste, wie sie darauf reagieren würde.

Alabama war müde. Sie war schmutzig, wund, hungrig und verängstigt. Das Leben auf der Straße war furchterregend. Es war nicht wie im Film, wo jeder nett und besorgt um ihr Wohlergehen war, dem sie begegnete. Die Leute nahmen Drogen, waren verzweifelt und würden jederzeit alles tun, um das zu bekommen, was sie haben wollten. Es war ganz und gar nicht wie in *Pretty Woman*. Alabama hatte die letzten zwei Nächten damit verbracht, einem Zuhälter aus der Gegend aus dem Weg zu gehen. Sie wusste, wenn er wollte, würde er in kürzester Zeit dafür sorgen können, dass sie für ihn anschaffen musste.

Sie hatte so viele Nächte wie möglich hier im Obdachlosenheim verbracht, aber als sie davon hörte, dass Abe sie suchte, war sie durchgedreht. Sie wollte nicht von ihm gefunden werden. Er würde ihr nur wieder wehtun. Sie versuchte herauszufinden, wohin sie fliehen konnte und wie sie dort am schnellsten hinkäme.

Dann hörte sie, dass ihr Anwalt mit ihr sprechen musste, und hatte sich bereit erklärt, sich heute mit ihm zu treffen. Alabama konnte es kaum erwarten, Riverton zu verlassen, aber sie wollte sichergehen, dass es ihr freistand, hingehen zu können, wohin sie wollte. So sehr sie auch die Stadt verlassen wollte, sie wusste, dass sie nicht weit kommen würde, wenn sie ihre Kautionsauflagen dadurch verletzen würde, die Grenzen des Bundesstaates zu übertreten. Also war sie geblieben.

Als Alabama das letzte Mal mit ihrem Anwalt

gesprochen hatte, war er überzeugt gewesen, dass die Anklage bald fallen gelassen werden würde. Er hatte Alabama erzählt, dass es eine Überwachungskamera im Immobilienbüro gab. Er hatte Alabama gefragt, ob sie etwas gestohlen hätte. Bei Alabamas entschlossenem Kopfschütteln hatte er nur genickt und entgegnet: »Das habe ich auch nicht vermutet.«

Alabama fand es ziemlich traurig, dass ein unbekannter Anwalt ihr, ohne viele Fragen zu stellen, geglaubt hatte, und Christopher, der Mann, der ihr seine Liebe gestanden hatte, hatte ihr nicht einmal die Gelegenheit geben wollen, ihm alles zu erklären. Alabama weigerte sich, wieder darüber nachzudenken. Dieser Teil ihres Lebens war vorbei. Es musste weitergehen. Natürlich war das leichter gesagt als getan, aber sie versuchte es.

Alabama saß auf dem Stuhl am Tisch vor ihrem Anwalt. Sie hatte beim Eintreten ihren Koffer an der Tür stehen gelassen. Sie fühlte sich dreckig. Verdammt, sie *war* dreckig. Sie hatte seit Tagen nicht richtig geduscht und ihre Haare mussten dringend gewaschen werden. Sie wollte nur hören, dass sie frei war, und dann würde sie von hier verschwinden.

»Alabama, ich habe großartige Neuigkeiten«, schwärmte ihr Anwalt und ließ sie nicht lange zappeln. »Diese Aufnahmen der Überwachungskamera zeigen genau das, was wir erwartet haben. Adelaide und Joni haben das Geld in Ihrem Putzwagen versteckt. Es ist alles auf Band. Ich komme gerade von der Staatsanwaltschaft und die Anklage gegen Sie wurde fallen gelassen.«

Er machte eine Pause, als würde er darauf warten, dass Alabama vor Freude aufspringt.

Alabama saß einfach da. Super. Sie war unschuldig. Großartig. Sie war die ganze Zeit unschuldig gewesen. Sie war aber froh über die Entscheidung, denn das bedeutete, dass sie gehen konnte. Sie neigte den Kopf zu ihrem Anwalt, als wollte sie fragen: »*Sind Sie fertig?*«

»Ich bin noch nicht fertig.« Er hatte Alabamas Kopfbewegung offenbar richtig interpretiert. »Ein paar Freunde von Ihnen haben nach Ihnen gesucht. Ich habe zugestimmt, sie heute zu unserem Treffen mitzubringen.«

Bei diesen Worten sprang Alabama auf die Füße. *Nein!* Sie wollte niemanden sehen. Sie konnte nicht.

Gerade als der Anwalt die Bombe hatte platzen lassen, betraten Matthew und Faulkner den Raum. Sie brauchten nur einen Blick, um alles aufzunehmen. Sie sahen ihren ramponierten Koffer an der Tür und ihr müdes, hageres Äußeres. Sie bemerkten die Panik in ihren Augen.

»Setz dich, Alabama«, sagte Wolf streng. »Wir wollen mit dir reden.«

Alabama wollte sich nicht setzen. Sie wollte gehen. Sie starrte ihren Anwalt an. Warum hatte er ihr das angetan? Alabama hatte gedacht, dass er sie mochte. Zum Teufel noch mal.

Faulkner ging zu ihr hinüber, nahm sie fest am Arm und führte sie zurück zu dem Stuhl, von dem sie gerade aufgesprungen war. Er setzte sich auf die eine Seite neben ihr, während Matthew auf der anderen Seite Platz nahm. Faulkner schlang einen Arm über ihre Stuhllehne und legte den anderen auf sein Knie. Matthew drehte seinen Stuhl zu ihr um, stützte sich mit den Ellbogen auf seine Knie und beugte sich zu ihr vor.

»Geht es dir gut, Schätzchen?«, fragte Matthew leise. Er wollte diese gebrochene Frau vor sich berühren, wusste aber, dass es nicht angebracht war. Sie war Abes Frau. Er musste versuchen, die Wunden, die Abe ihr zugefügt hatte, etwas zu heilen. Zugegebenermaßen hatte Abe ihnen nicht genau erzählt, was auf dem Polizeirevier zwischen ihm und Alabama vorgefallen war, aber offensichtlich hatte es in Alabama etwas kaputt gemacht. Als sie ihm nicht antwortete, schaute Wolf einen Moment zu Dude und versuchte es dann erneut.

»Okay, das war eine dumme Frage. Natürlich geht es dir nicht gut. Hör mir zu, okay?« Er gab ihr keine Gelegenheit, zuzustimmen oder abzulehnen, und fuhr fort: »Ich kenne Abe schon sehr lange. Wir haben zusammen die Militärausbildung gemacht. Im Bootcamp haben wir gelernt, was es bedeutet, ein SEAL zu sein. Ich habe ihm mehrmals das Leben gerettet und er meines. Er hat mich dazu gebracht, meinen Kopf aus dem Sand zu ziehen und den Arsch hochzubekommen, als ich kurz davor war, Caroline zu verlassen. Er hat mich dazu gebracht einzusehen, dass ich dumm war und lieber auf mein Herz hören sollte.«

Er hielt inne, um Alabamas Hand zu nehmen. Er bemerkte den Schmutz unter ihren Fingernägeln und zuckte innerlich zusammen. Jesus. Das war nicht fair.

»Er hat es versaut, Alabama.«

Dabei hob Alabama den Kopf und sah Matthew zum ersten Mal an. Sie hatte erwartet, dass er sie bitten würde, Christopher zu vergeben. Dass er ihr versichern würde, was für ein großartiger Mann er war, sich auf seine Seite schlagen und eine ergreifende Geschichte darüber erzählen würde, was er durchgemacht hatte. Dafür war sie bereit gewesen. Dem hätte sie widerstehen können. Sie war nicht darauf vorbereitet, dass Matthew seinem Freund so unverblümt die Schuld geben würde.

»Ich weiß, du hast erwartet, ich komme hier rein und erzähle dir, was für ein großartiger Kerl er ist und dass du ihn zurücknehmen solltest. Verdammt, ich denke wirklich, du *solltest* ihn zurücknehmen, aber ich würde es auch gut verstehen, wenn du es nicht tust. Er hat einen großen Fehler gemacht, Alabama. Er weiß es. Du weißt es. Wir alle wissen es. Du weißt aber nicht, wie sehr er es bereut.«

Als Alabama anfing, den Kopf zu schütteln, drückte er ihre Hand.

»Ich weiß. Es zu bereuen ändert nichts an dem, was du durchmachen musstest. Es ändert nichts an der Tatsache, dass du dein Zuhause verloren und dass du drei Tage im Gefängnis gesessen hast. Es ändert nichts an der Tatsache, dass du im Moment obdachlos bist und ohne Geld dastehst. Es ändert nichts an dem Schmerz, den du durch seine Worte fühlst. Aber es *könnte* etwas an deiner Zukunft ändern. Abe hat dir nicht die *ganze* Geschichte darüber erzählt, wie er zu seinem Spitznamen kam. Ich werde es dir erzählen, wenn du mich lässt ...«

Alabama wollte nicht. Sie wollte es wirklich nicht. Sie wollte Christopher hassen. Sie wollte ihn verachten, konnte es aber nicht. Sie liebte ihn. Immer noch. Selbst nach dem, was er zu ihr gesagt hatte, liebte sie ihn immer noch. Sie erinnerte sich an jede Sekunde, die sie zusammen verbracht hatten. Sie erinnerte sich an all die Nächte, in denen sie sich geliebt hatten.

Ihr Herz schlug wild in ihrer Brust. Sie hatte schreckliche Angst, dass Christopher sie wieder verletzen könnte. Er *hatte* sie bereits verletzt. Aber wenn es auch nur eine hauchdünne Chance gäbe, ihn zurückzubekommen, musste sie danach greifen. Sie nickte Matthew kurz zu, fortzufahren.

»Braves Mädchen. Ich bin so stolz auf dich. Du bist die mutigste Frau, die ich je getroffen habe ... also, bis auf meine Ice.« Er lächelte, damit sie verstand, dass er sie aufzog. Dann wurde er wieder ernst und fuhr fort.

»Als Abe ein Kind war, kannte er seinen Vater kaum. Der Mann kam manchmal zu ihnen nach Hause und verschwand dann monatelang wieder. Abe verstand nicht, was los war. So etwas wäre für jedes Kind verwirrend. Als er elf war, verschwand sein Vater und kam nie wieder zurück. Seine Mutter erzählte ihm, er wäre gestorben. Es tat Abe damals nicht wirklich weh, weil er seinen Vater ja kaum gekannt hatte. Erst als Teenager fand er heraus, dass seine Mutter ihm nicht die Wahrheit gesagt hatte. Sie hatte gelogen, um ihn zu beschützen. Trotzdem hat das etwas in ihm grundlegend verändert.

Sein Vater hatte eine zweite Familie. Ja, eine komplette zweite Familie. Offensichtlich hatte er die meiste Zeit mit dieser anderen Familie verbracht und nicht mit Abes. Ab und zu war er nach Hause gekommen, um so zu tun, als wäre er Teil der Familie, nur um dann wieder zu verschwinden. Als er schließlich Kinder mit einer *dritten* Frau hatte, wurde er von ihrem Bruder getötet, nachdem dieser über sein Doppel- beziehungsweise Dreifachleben erfahren hatte. Abe war nicht wütend auf seine Mutter. Wie du weißt, stehen sie sich heute noch sehr nahe. Aber die Tatsache, dass sein Vater sie angelogen hatte, verdammt, drei verschiedene Frauen und insgesamt acht Kinder angelogen hatte, hat etwas in ihm kaputt gemacht.

Abe hat mir die Geschichte an einem Abend erzählt, als er total betrunken war und an dich denken musste. Die Lügen seines Vaters haben einen entscheidenden Beitrag dazu geleistet, den Mann aus ihm zu machen, der er heute ist. Es stimmt, dass er es nicht mag, wenn Leute stehlen, aber eigentlich geht es um die Lügen, die er nicht ertragen kann. Ich will versuchen, dir zu erklären, was an dem Tag passiert ist. Du musst wissen, dass ich sein Verhalten in keiner Weise entschuldigen will, aber vielleicht hilft es dir zu verstehen, was in seinem Kopf los war.«

Alabama wusste nicht, ob sie es hören wollte. Diese ganze Situation war verrückt. Sie sah zu Faulkner hinüber, der die ganze Zeit mit seinem Arm auf ihrer Stuhllehne dagesessen hatte. Er nickte ihr nur zu und ermutigte sie. Faulkners Kinn war angespannt und er sah sauer aus. Alabama glaubte nicht, dass er auf sie sauer war, aber die Anspannung, die aus jeder seiner Poren zu strömen schien, war einschüchternd. Alabama wandte sich wieder Matthew zu.

Er sprach weiter. »Wie du weißt, haben wir gerade zehn Tage lang die Hölle in einem Drecksloch in der Dritten Welt durchgemacht. Ich kann dir nicht sagen, was wir dort gemacht haben oder warum wir dort waren, aber du kannst dir sicher vorstellen, dass es keine diplomatische Mission war. Während wir darauf warteten, wieder nach Hause zu können, haben Abe und ich uns unterhalten. Es war seine erste Mission, seit ihr zusammengekommen seid. Er hat dich vermisst und sich Sorgen um dich gemacht. Es machte ihn verrückt, weil er sich nie zuvor auf einer Mission so gefühlt hatte. Er hat Fehler gemacht. Nichts, was ihn oder uns in Lebensgefahr gebracht hätte, aber dennoch Fehler. Das hat ihn mitgenommen. Wir haben darüber gesprochen, wie er damit umgehen soll. Auf meiner ersten Mission, nachdem ich mit Caroline zusammengekommen war, ging es mir genauso. Er war froh, wieder zu dir nach Hause zu kommen. Wir hatten nicht viel Gelegenheit zu schlafen. Ich glaube, er ist bestimmt vierundvierzig Stunden oder so wach gewesen. Er ist direkt zu dir nach Hause gefahren und wahrscheinlich habt ihr auch in dieser Nacht nicht viel geschlafen.« Wolf lächelte.

Alabama wurde rot. Wolf kommentierte es nicht, drückte aber ihre Hand. »Am nächsten Tag haben wir die Mission noch mal durchgesprochen und die Fehler analysiert, die gemacht worden waren. Er fühlte sich schlecht. Er hatte das Gefühl, er hätte uns alle im Stich gelassen. Dann hörte er, was du angeblich getan hattest. Sein Körper war voller Adrenalin und er hatte in den letzten drei Tagen maximal drei Stunden geschlafen. Er hatte gerade erfahren, wie viele Fehler er gemacht hatte, weil er an dich und nicht an seinen Job gedacht hatte. Er konnte nicht klar denken, es tat ihm weh und er schämte sich. In seinen

Gedanken konnte er das, was sein Vater ihm angetan hatte, nicht von dem trennen, was dir vorgeworfen wurde. Ich weiß, dass das, was er zu dir gesagt hat, unverzeihlich ist, Alabama. Wir sind alle verdammt sauer auf ihn.«

Alabama sah ihn an. Es war ihr peinlich, dass alle Jungs davon wussten, was passiert war, aber plötzlich hatte sie Mitleid mit Christopher. Das waren doch seine Freunde. Sie war die Neue in der Gruppe. Sollten sie nicht auf seiner Seite sein?

»Kannst du ihm vergeben, Alabama?«

Alabama sah hinunter auf ihren Schoß. Wenn es nicht ihr selbst passiert wäre, hätte sie ihm sofort vergeben können. Aber es *war* ihr passiert.

Faulkner drückte wortlos ihre Schulter, stand auf und verließ den Raum. Alabama schaute hinüber und sah, dass auch ihr Anwalt bereits gegangen war. Sie holte tief Luft und sah Matthew an.

»Ich weiß es nicht«, antwortete sie Matthew ehrlich im Flüsterton.

»Versuche es, Alabama. Versuche es. Der wahren Liebe begegnet man nur ein Mal im Leben. Dieser Mann liebt dich. Er würde für dich sterben. Glaub mir. Ich weiß es.« Matthew stand auf, nahm ihre Hände, küsste sie auf den Handrücken und verließ den Raum.

Alabama saß am Tisch und dachte nach. Was sollte sie jetzt tun? Sie hatte keine Ahnung. Sie war eine freie Frau, hatte aber kein Geld. Sie sah zu ihrem Koffer, den sie an der Tür stehen gelassen hatte, und schnappte nach Luft.

Christopher stand an der geschlossenen Tür und beobachtete sie schweigend. Wie lange stand er schon da? Sie sah, wie er langsam auf den Boden rutschte und schließlich mit dem Rücken gegen die Tür gelehnt und mit angezogenen Beinen sitzen blieb. Er sagte nichts, sondern starrte sie nur aufmerksam an.

Alabama stand mit wackeligen Beinen auf und ging zur anderen Seite des Tisches. Es war nicht so, dass sie physisch Angst vor ihm hatte, aber die Distanz zwischen ihnen zu vergrößern war im Moment das Einzige, wodurch sie sich besser fühlte.

Abe zuckte zusammen. Er schloss kurz die Augen und öffnete sie dann wieder. »Ich habe dein Misstrauen verdient. Das weiß ich. Aber es bringt mich um zu sehen, dass du Angst vor mir hast. Auch wenn es mich den Rest meines Lebens kosten wird, ich schwöre dir, dass ich es wiedergutmachen werde.«

Alabama wusste nicht, was sie tun sollte. Ein Teil von ihr wollte zu Christopher hinüberlaufen. Ein anderer Teil, die Sechsjährige, die immer wieder in eine Kammer gesperrt worden war und gelernt hatte, niemandem zu vertrauen, hielt sie schweigend gefesselt an Ort und Stelle.

Abe seufzte. Jesus. Er hatte nicht darüber nachgedacht, was er an diesem Tag im Verhörraum zu ihr gesagt hatte. Sie hatte Todesangst gehabt und war so erleichtert gewesen, ihn zu sehen, und er hatte das Undenkbare getan. Er hatte ihre Liebe zurückgewiesen, als hätte sie ihm nichts bedeutet.

»Wenn es noch irgendeine Bedeutung hat, möchte ich, dass du weißt, dass ich Adelaide dafür bezahlen lasse.«

Als er nichts weiter sagte, hob Alabama eine Augenbraue.

»Sie wird voraussichtlich wegen Falschaussage und Verleumdung angeklagt werden. Darüber hinaus wird sie definitiv noch bitter bereuen, dass sie sich mit dir angelegt hat.«

»Christopher.« Alabamas Stimme zitterte und klang wie eingerostet, weil sie sie so lange nicht benutzt hatte. Sie wollte nicht, dass er so etwas für sie tat. Was, wenn er deswegen in Schwierigkeiten geriet? Sie wusste nicht, *was* er getan hatte, aber offensichtlich hatte er die richtigen Kontakte, um alles Mögliche zu tun.

»Jesus, Süße«, würgte Abe heraus. Er hasste es zu hören, wie wackelig ihre Stimme war. Innerhalb weniger Wochen war sie von freiem Sprechen zu Schweigen übergegangen. Und das war alles seine Schuld.

Alabama unterdrückte ihre Tränen. Sie hatte es vermisst, dass er sie »Süße« nannte, aber sie war noch nicht bereit dazu, ihm wieder zu vertrauen. Sie konnte nicht.

»Ich hasse es, dass du dich in meiner Nähe nicht sicher fühlst, Alabama. Ich weiß, dass ich selbst schuld daran bin. Ich weiß es, aber ich hasse es. Ich möchte, dass du dich sicher fühlst, und ich werde alles tun, damit das wieder so wird. Ich bete zu Gott, dass ich wieder Teil deines Lebens sein kann, wenn das passiert, aber wenn ich es nicht sein kann, werde ich damit fertigwerden. Es ist mir wichtiger zu wissen, dass du sicher, glücklich und beschützt bist.«

Alabama konnte ihre Tränen nicht länger zurückhalten.

Abe fuhr fort und zwang sich, sitzen zu bleiben und nicht zu ihr zu gehen, um sie festzuhalten. Er versuchte, ihre Tränen zu ignorieren. Jede einzelne Träne war wie ein Messerstich. »Es tut mir leid, wenn das noch irgendetwas zu bedeuten hat. Ich habe einen Fehler gemacht. Ich war ein Arschloch. Ich habe dich verletzt und ich hätte dir vertrauen sollen. Es ist unentschuldbar, was ich zu dir gesagt habe, was ich dir damit angetan habe. Du weißt, was ich meine.«

Sie wusste es. Alabama war noch nicht bereit, ihm zu vergeben, aber seine einfache, offene Entschuldigung schien von Herzen zu kommen. Sie kannte nicht viele Leute, die offen zugeben konnten, dass sie etwas falsch gemacht hatten. Ganz zu schweigen davon, sich im selben Satz dafür zu entschuldigen.

»Ich würde alles tun, um es zurücknehmen zu können, und ich meine *alles,* aber das geht leider nicht.

Ich kann nur ehrlich zu dir sein und dir versprechen, dass es nicht wieder vorkommen wird. Ich weiß, dass du das jetzt nicht glauben kannst, aber ich schwöre dir bei allem, was mir heilig ist, dass ich dich nie wieder im Stich lassen werde.«

Abe holte tief Luft. Er wusste, dass Alabama sich ihm nicht in die Arme werfen würde, aber es tat trotzdem weh zu sehen, wie sie sich hinter dem Tisch auf der anderen Seite des Raumes versteckte.

»Caroline ist hier, um dich mit zu ihr zu nehmen. Sie haben die Sachen, die du in deiner Wohnung zurückgelassen hast, eingelagert. Gestern haben sie das Gästezimmer in ihrem Keller für dich vorbereitet. Du kannst so lange dort bleiben, wie du möchtest. Ich habe mit einer der Navy-Therapeutinnen auf dem Stützpunkt gesprochen und ihr ein wenig über dich erzählt. Sie würde wirklich gern mit dir reden ... wenn du willst. Ich habe Caroline ihre Nummer gegeben. Ich werde mich von dir fernhalten. Du musst nicht weglaufen, wenn du nicht mit mir reden willst.«

Er holte noch einmal tief Luft, stand langsam auf und hielt sich am Türknauf fest. »Ich weiß, dass du mich hasst, Süße, und ich mache dir keine Vorwürfe. Aber glaub mir, ich hasse mich mehr. Ich habe dich nicht verdient. Du verdienst jemanden, der besser ist als ich. Du hast jemanden verdient, der dich nicht im Stich lässt. Ich hoffe, du kannst mir trotzdem eines Tages vergeben.«

Abe öffnete die Tür und bedeutete Caroline, dass er fertig war. Wolf hatte sie mitgebracht und sie hatte die ganze Zeit im Flur gewartet. Sie ignorierte ihn völlig und eilte zu ihrer Freundin ins Zimmer.

Wolf blieb im Flur stehen und wartete auf Abe, als der den Raum verließ.

»Und?«

»Sie hat zugehört.«

»Und?«

»Ich weiß es nicht. Es liegt jetzt an euch, sie zum Bleiben zu überreden. Ich bin sicher, sie will weg von hier. Ich kann nicht einmal behaupten, dass ich ihr das vorwerfe. Pass auf sie auf, Mann.«

»Oh, hör auf mit dieser Scheiße, Abe. Du wirst sie nicht aufgeben. Das kannst du nicht. Ich würde Caroline niemals aufgeben. Ich werde nicht zulassen, dass du Alabama aufgibst.«

»Es liegt nicht an mir, Wolf. Jetzt ist sie dran. Es ist nicht dasselbe wie bei dir und Ice. Es würde mich nicht wundern, wenn sie den Rest ihres Lebens kein Wort mehr sagen würde, so schlimm habe ich sie verletzt. Aber ich hoffe, du und Caroline könnt zu ihr durchdringen. Bringt sie dazu, diese Therapeutin aufzusuchen.«

Wolf legte seinem Freund eine Hand auf die Schulter. »Wir werden tun, was wir können. Sie wird darüber hinwegkommen. Sie liebt dich.«

»Und ich liebe sie. Mehr als ich jemals gedacht

hätte, jemanden lieben zu können. Aber ich habe sie verletzt. Nein, ich habe sie zerstört. Ich bin mir nicht sicher, ob ich mir selbst verzeihen würde, wenn ich an ihrer Stelle wäre.«

»Das wird sie, Abe.«

»Das hoffe ich wirklich.«

KAPITEL NEUNZEHN

Alabama schlief achtzehn Stunden durch. Caroline hatte sie mit zu sich nach Hause genommen, sie fest umarmt und dann allein im Gästezimmer in ihrem Keller gelassen. Das war genau das, was Alabama brauchte. Sie brauchte Zeit allein, um alles verarbeiten zu können, was im letzten Monat passiert war. Sie brauchte einen sicheren Ort, an den sie sich zurückziehen und an dem sie ihr Gleichgewicht wiederfinden konnte. Sie war von so vielen Emotionen überwältigt worden, dass sie erschöpft war. Sie war verängstigt, verwirrt, verletzt, traurig, unsicher und einfach nur müde.

Alabama nahm eine lange, heiße Dusche, schrubbte sich den Dreck von der Haut und nahm sich kaum Zeit, sich abzutrocknen, bevor sie in ein frisches T-Shirt schlüpfte und ins Bett fiel.

Sie wachte desorientiert und verwirrt wieder auf, bevor sie sich erinnerte, wo sie war. Ihr Mund fühlte sich fruchtbar trocken an und sie wusste, dass sie mit ihrem schlechten Atem vermutlich jemanden töten könnte.

Alabama stöhnte, rollte sich aus dem Bett und stolperte ins Badezimmer. Nach einer weiteren langen, heißen Dusche fühlte sich Alabama langsam wieder wie sie selbst. Dann fiel ihr ein, dass sie keine saubere Kleidung hatte. Alle ihre Sachen waren in Kisten verstaut gewesen und mussten gewaschen werden. Als sie wieder ins Zimmer kam, sah sie aber zu ihrer Überraschung einen Stapel frischer Kleidung auf einem Stuhl in der Ecke. Caroline hatte ihr offensichtlich ein paar ihrer eigenen Sachen gebracht.

Alabama zog die Trainingshose und das schlichte T-Shirt ohne Unterwäsche an. Sie überlegte, ob sie nach oben gehen sollte oder nicht. Caroline hatte deutlich gemacht, dass sie mehr als willkommen war, aber Alabama war sich nicht sicher, ob sie schon bereit war zu reden. Es hatte nur diesen einen Satz aus Christophers Mund gebraucht, um Alabama wieder dorthin zurückzubringen, wo sie gewesen war, bevor sie ihn getroffen hatte. Ängstlich und zurückhaltend im Umgang mit anderen Menschen. Sie war zu ihrer alten Gewohnheit zurückgekehrt, den Mund zu halten, es sei denn, es war absolut notwendig, etwas zu äußern.

Sie seufzte. Es wäre unhöflich, im Keller zu bleiben, außerdem hatte sie Caroline wirklich vermisst. In der kurzen Zeit, in der sie sich kannten, war sie eine gute Freundin geworden.

Alabama ging die Treppe hinauf, öffnete die Kellertür und betrat die Küche. Der Geruch von gegrillten Steaks ließ ihr das Wasser im Mund zusammenlaufen. Sie hatte plötzlich einen riesigen Hunger.

Alabama sah niemanden, wusste aber, dass Caroline und Matthew irgendwo in der Nähe sein mussten. Anstatt herumzuschnüffeln, zog sie einen Stuhl unter dem Küchentisch hervor und setzte sich.

Nicht viel später kam Caroline aus dem anderen Raum herein.

»Alabama! Du bist ja wach!«

Alabama lächelte schüchtern und nickte.

»Ich bin so froh, dass du hochgekommen bist. Hungrig?«

Diesmal nickte Alabama etwas enthusiastischer.

»Okay, Matthew grillt gerade Steaks. Ich schwöre dir, er bereitet genügend Fleisch für eine ganze Eishockeymannschaft zu. Es gibt mehr als genug für uns alle. Ist das in Ordnung?«

Alabama zwang sich, diesmal mehr zu tun als nur zu nicken. »Ja, das klingt fantastisch.«

Caroline sah für einen Moment traurig aus, dann kam sie auf Alabama zu, kniete sich vor sie auf den Boden und legte die Arme um ihre Taille. Ihr Kopf ruhte in Alabamas Schoß und mit gedämpfter Stimme sagte sie: »Wir waren so besorgt um dich. Gott sei Dank, wir haben dich gefunden und es geht dir gut.«

Alabama war überrascht. Sie hatte keine Ahnung, dass Caroline sich so gefühlt hatte. Bevor sie antworten konnte, hob Caroline den Kopf und redete weiter.

»Tu das nie wieder. Wenn du Angst hast oder verletzt bist oder *irgendetwas*, dann rufst du mich an. Ich werde für dich da sein und gemeinsam werden wir es schaffen, okay?«

Alabama verstand es nicht. »Aber wir kennen uns doch kaum.«

»Quatsch. Natürlich kennen wir uns, Alabama. Ich mag dich. Du bist meine Freundin und ich würde mich glücklich schätzen, wenn du mich ebenfalls als deine Freundin ansehen würdest. Lass es mich so ausdrücken, wenn ich dich anrufe und dir erzähle, dass mein Tank leer ist, würdest du mir dann helfen?«

»Natürlich.« Alabama musste nicht einmal darüber nachdenken. Caroline war freundlicher zu ihr gewesen als fast jeder andere Mensch zuvor in ihrem Leben.

»Siehst du? Wir sind Freundinnen. Das tun Freundinnen füreinander.«

Alabama verstand es jetzt. Zum ersten Mal begriff sie es. Langsam schlang sie ihre Arme um Caroline und erwiderte zögerlich ihre Umarmung.

Caroline lächelte und drückte sie fest, dann ließ sie los, stand auf und streckte ihre Hand aus. »Komm schon, lass uns etwas Gemüse als Beilage für die Steaks dieses Höhlenmenschen holen.«

Alabama lächelte und stand auf, um ihrer Freundin zu helfen.

Später am Abend saß Alabama mit Caroline auf dem Bett im Keller. Nach dem Essen hatte Caroline angekündigt, dass sie eine Pyjamaparty machen würden. Alabama hatte noch nie bei jemandem übernachtet und freute sich seltsamerweise darauf.

Es war wirklich albern. Sie war dreißig Jahre alt, aber sie brauchte jemanden zum Reden. Sie wollte über alles reden, was mit ihr passiert war. Sie brauchte eine andere Meinung. Sie traute ihren eigenen Gefühlen nicht.

Matthew war den ganzen Abend über großartig gewesen. Er hatte nicht ein Mal Christophers Namen erwähnt oder sonst irgendetwas angesprochen, das ihr unangenehm sein könnte. Er hatte mit Caroline Späße gemacht und versucht, den Abend für Alabama so angenehm wie möglich zu gestalten.

Caroline zog sich um und ging etwas später die Treppe hinunter, um sich Alabama anzuschließen. Alabama hatte mit gekreuzten Beinen auf ihrem Bett gesessen und auf sie gewartet. Sie hätte fernsehen können, aber sie hatte keine Lust darauf.

Caroline setzte sich neben Alabama auf das Bett und lächelte.

»Du siehst schon besser aus. Der Schlaf und die Mahlzeit haben dir gutgetan.«

Alabama bemühte sich sichtlich, mit ihrer Freundin zu reden. »Ich fühle mich auch besser. Danke für alles. Ich meine es wirklich.«

Caroline winkte ab. »Erzähl mir, was passiert ist, Alabama. Ich kenne die Geschichte nur von Matthew und habe gesehen, wie elend Christopher aussah, aber ich möchte es aus deinem Mund hören. Was ist vorgefallen?«

»Ich weiß es ehrlich gesagt nicht, Caroline«, entgegnete Alabama. »Ich hatte gerade die beste Nacht meines Lebens hinter mir. Christopher war sicher von dieser fürchterlichen Mission nach Hause gekommen und im nächsten Augenblick fand ich mich in einem Verhörraum wieder und wartete darauf, dass er mich dort wieder heraushol. Aber er tat es nicht. Er hat mich dort allein zurückgelassen.«

Alabama holte tief Luft. Es war schwer genug, über ihre Kindheit zu sprechen, aber es wäre noch schwieriger, Caroline zu erzählen, was Christopher ihr angetan hatte.

»Meine Mutter hat mich misshandelt, als ich klein war. Sie hat mich in eine Kammer gesperrt und sich geweigert, mich herauszulassen. Sie sagte stets zu mir, ich solle die Klappe halten. Wenn ich etwas von mir gab, schlug sie mich. Die Worte ›halt die Klappe‹ kann ich nicht ertragen, ohne dass sie mich an diese schrecklichen Nächte erinnern, die ich auf dem Boden in dieser Kammer verbracht habe. Oder mir kommt ins Gedächtnis zurück, wie ich von ihr verprügelt wurde.«

»Oh, Alabama«, sagte Caroline sichtlich berührt. »Das tut mir so leid.«

Alabama wusste, dass sie den Rest der Geschichte erzählen musste, bevor sie den Mut verlor. »Ich dachte, Christopher wäre gekommen, um für mich da zu sein. Aber er ließ mich nicht einmal erklären, was passiert war. Er schimpfte nur. Als ich dann noch einmal versuchte, mit ihm zu reden, sagte er zu mir, ich solle die Klappe halten.« Alabama ignorierte Carolines entsetzten Atemzug und fuhr fort: »Er hat das gesagt, was mir garantiert das Herz aus dem Leib reißen würde, und ist gegangen. Er hat mich einfach dort *zurückgelassen*. Ich habe drei der furchterregendsten Nächte meines Lebens im Gefängnis verbracht. Glaub mir, das will etwas heißen.«

Caroline griff nach Alabamas Hand. »Ich kenne Christopher schon eine Weile und obwohl ich mir kaum vorstellen kann, wie du dich *fühlen* musst, nachdem du diese Worte aus seinem Mund gehört hast, ist es offensichtlich, dass er leidet.«

Als Alabama sich versteifte, fuhr Caroline schnell fort: »Ich weiß, du leidest auch. Ich will ihn auch nicht verteidigen, aber er liebt dich, Alabama. Er liebt dich so sehr. Er hat vor mir gesessen und geweint, als er gehört hat, dass du die Nacht im Gefängnis verbringen musstest. Die Frage ist, hat der Satz, den er gesagt hat, deine Liebe zu ihm zerstört?«

Alabama nickte sofort. Dann änderte sie ihre Meinung und schüttelte heftig den Kopf. Zuletzt legte sie den Kopf zwischen ihre Hände und murmelte: »Ich weiß nicht.«

»Du weißt es«, sagte Caroline mit Überzeugung in der Stimme.

»Woher weißt du das?«

»Schau dir an, was du anhast, Alabama.«

Bei dieser seltsamen Frage sah Alabama an sich herab. Sie hatte gar nicht bemerkt, was sie angezogen hatte. Sie trug eines von Christophers T-Shirts. Offensichtlich hatte sie es sich geschnappt, als sie nur das Nötigste in ihrer Wohnung zusammengepackt hatte, bevor sie rausgeschmissen worden war. Eines von Christophers Hemden hatte in ihrer Schublade gelegen und sie hatte es mitgenommen.

Alabama wurde klar, dass sie es bei jeder Gelegenheit getragen hatte. Sie fühlte sich ihm nahe, wenn sie es anhatte. Eine Weile hatte es sogar noch nach ihm gerochen.

Caroline verstärkte ihren Standpunkt. »Könntest du dir vorstellen, Riverton heute tatsächlich zu verlassen, quer durchs Land zu ziehen und ihn nie wiederzusehen?«

»Vielleicht wäre es das Beste. Ich weiß nicht, ob ich ihm jemals wieder vertrauen kann, geschweige denn, ob ich ihm vergeben könnte.«

»Lass es mich so ausdrücken: Wie würdest du dich fühlen, wenn er auf eine Mission gehen und niemals zurückkehren würde? Was wäre, wenn er bei einem Einsatz getötet würde?«

Alabama dachte nicht nach. »Sag das nicht, Caroline! Gott, *sag* doch so etwas nicht! Du kannst nicht ... er wird nicht ...« Tränen traten ihr in die Augen.

»Es tut mir leid, Alabama. Ich musste dich zum *Nachdenken* bringen. Er lebt jeden Tag am Rande des Abgrunds. Jedes Mal wenn sie das Haus verlassen, besteht die Möglichkeit, dass sie nicht zurückkommen. Glaubst du nicht, dass ich es ebenfalls hasse? Ich lebe mit dieser Sorge, jedes Mal, wenn Matthew abreist. Aber ich vertraue ihm. Ich vertraue auf sein Team. Ich vertraue auf seine Liebe. Du musst einen Weg finden, ihm zu vergeben. Du liebst ihn. Lass dich von dieser Liebe leiten.«

»Aber ...«

»Kein Aber, Alabama. Ich kann dir garantieren, dass Christopher das *nie* wieder zu dir sagen wird. Er wird auch nicht zulassen, dass es jemand anderes sagt. Er wird nicht einmal zulassen, dass jemand daran *denkt*. Er hat seine Lektion gelernt. Wenn du glaubst, dass er vorher schon beschützend war, dann hast du keine Ahnung, wozu er imstande ist.«

»Was meinst du?«, fragte Alabama. Ihre Gedanken gingen in eine Million verschiedene Richtungen. Sie liebte Christopher. Sie war immer noch zutiefst verletzt von dem, was er getan hatte, aber sie wusste, dass es sie zerstören würde, sollte sie ihn nie wiedersehen können.

»Dieser Mann hat die ganze Stadt durchsucht, um dich zu finden. Immer wenn jemand sagte, dass er dich im Stich gelassen hat, machte ihn das verrückt. Jedes Mal wenn jemand auch nur *andeutete*, dass du schuldig sein könntest, verlor er die Kontrolle. Dein Anwalt? Hunter hat ihn vielleicht ursprünglich angeheuert, aber Christopher hat ihn jeden Tag kontaktiert und um Informationen über dich gebeten, als wir versucht haben, dich zu finden. Er hat dafür gesorgt, dass er sich auf deinen Fall konzentriert, nur deinen Fall. Und ich weiß nicht, ob er es dir erzählt hat, aber Adelaide wird sich noch wünschen, sich niemals mit dir angelegt zu haben, das verspreche ich dir.«

Alabama war fassungslos. Sie hatte keine Ahnung, dass er sich solche Sorgen um sie gemacht hatte. Sie hatte gedacht, er hätte sie fallen gelassen und sich endgültig von ihr getrennt. »Er hat mir gesagt, dass sie sich wünschen wird, sich nicht mit mir angelegt zu haben, aber nicht, was das konkret bedeutet. Was hat er mit Adelaide gemacht?«

»Nun, ich weiß es nicht genau, aber Matthew hat mir etwas davon berichtet. Sie haben einen guten Freund in Virginia namens Tex. Er kennt viele Leute und kann sehr gut mit Computern umgehen. Und ich meine *wirklich* gut. Adelaide ist jetzt pleite. Offensichtlich wurde ihre Identität ›gestohlen‹. Er hat allen ihren Freunden erzählt, was sie getan hat, und er hatte auch ein Gespräch mit den Wolfes. Sie hat keinen Job mehr und ich wäre überrascht, wenn ihr einer ihrer Freunde noch beistehen würde.«

»Aber das ist ... das ist gemein.«

Caroline lachte bitter. »Alabama, das ist nicht gemein. Was diese Schlampe *dir* angetan hat, das war gemein.«

»Aber ... Christopher ist nicht so. Er beschützt die Menschen. Er ist ein Held.«

»Liebes, sie hat dich bedroht. Sie hat dich verletzt. *Sie* hat dir das angetan. Christopher ist ein ausgebildeter Killer, es hätte schlimmer kommen können. Und ich habe das Gefühl, es wäre vielleicht soweit gekommen, wenn Matthew und der Rest des Teams ihn nicht zurückgehalten hätten.«

Bei dem schockierten Ausdruck in Alabamas Augen fuhr Caroline mit leiserer Stimme fort: »Er liebt dich. Er liebt dich so sehr. Er würde alles für dich tun, dir alles geben, was du willst. Er wird dich mit seinem Leben beschützen. Du musst ihm nur vergeben und ihn wieder in dein Leben lassen.«

Eine einzelne Träne lief schließlich über Alabamas Wange. »Ich will ja, aber ...«

»Nein, kein Aber. Gib dir selbst ein paar Tage Zeit. Denk in Ruhe darüber nach. Du bist hier in Sicherheit. Du kannst so lange allein sein, wie es nötig ist. Du kannst so lange hierbleiben, wie du möchtest. Ich habe auch noch den Namen dieser Therapeutin auf dem Stützpunkt, falls du mit ihr sprechen möchtest. Lass es mich einfach wissen, wenn du bereit dazu bist, und ich werde alles Nötige arrangieren, okay?«

»Okay. Caroline?«

»Ja?«

»Ich hatte noch nie eine so gute Freundin. Verdammt, ich hatte überhaupt noch nie eine enge Freundin. Aber ich würde dich gern meine Freundin nennen.«

»Oh Mädchen ... Wenn du das nicht tust, müsste ich dich wohl schlagen.«

Die beiden Frauen lachten und die Anspannung zwischen ihnen verflog. Müde zogen sie schließlich die Decke zurück und schlüpften ins Bett. Nachdem sie die ernste Unterhaltung hinter sich gebracht hatten, kicherten und plauderten sie noch eine Weile, bevor sie schließlich einschliefen.

KAPITEL ZWANZIG

Als Alabama aufwachte, war Caroline nicht mehr da. Alabama machte ihr keinen Vorwurf. Wenn Christopher in der Nähe gewesen wäre, wäre sie wahrscheinlich auch in sein Bett geklettert. Sie musste viel nachdenken. Sie wollte Christopher vergeben, sie liebte ihn immer noch, aber sie hatte keine Ahnung wie.

Auch wenn sie ihn immer noch liebte, war sie sich nicht sicher, ob sie Christopher noch vertraute. Er hatte ihr Vertrauen auf die brutalste Art und Weise missbraucht. Er hatte sie allein unter falschen Anschuldigungen zurückgelassen, ganz zu schweigen davon, dass sie Zeit im Gefängnis hatte verbringen müssen.

Alabama seufzte. So wie Caroline gestern Abend gesagt hatte, wäre es das Beste, ein paar Tage über die

Dinge nachzudenken. Sie hatte sich noch nicht ganz entschieden, ob sie Riverton verlassen oder hierbleiben sollte, aber sie tendierte zum Bleiben. Sie wollte Caroline gern besser kennenlernen und außerdem waren Christopher und sein Team hier in der Nähe stationiert.

Alabama stand auf und duschte. Sie faltete liebevoll Christophers Hemd und legte es unter ihr Kissen für die nächste Nacht. Sie ging die Treppe hinauf und hoffte, Caroline dort oben anzutreffen.

Caroline war nicht da, als sie in die Küche kam, aber Matthew. Er erklärte Alabama, dass Caroline arbeiten müsste, da sie gerade Fortschritte mit einem neuen chemischen Prozess machte. Matthew gab zu, dass er keine Ahnung hatte, worum es dabei tatsächlich ging. Caroline ließ Alabama jedenfalls ausrichten, dass sie zum Abendessen wieder zu Hause sein würde.

»Was ist los, Alabama? Ich kann sehen, dass du über etwas nachdenkst. Spuck es aus.«

»Es ist nur ... ich verstehe nicht, warum ihr mich hierbleiben lasst. Versteh mich nicht falsch, ich bin wirklich dankbar und ich mag Caroline wirklich, aber ich verstehe es nicht.«

»Abe hat mir mehr als einmal das Leben gerettet. Er hat sogar das Leben meiner Frau gerettet. Caroline hat mir ein wenig darüber erzählt, was du als Kind durchgemacht hast, und ich wusste ja bereits, was Abe zu dir gesagt hat. Es war inakzeptabel und verletzend.

Das wissen wir alle und wir sind alle verdammt sauer auf Abe. Aber die Sache ist die, du gehörst immer noch zu ihm. Und wenn du zu ihm gehörst, macht dich das naturgemäß auch zu einem Teil von mir und Mozart und Cookie und Benny und Dude. Wir haben geschworen, uns gegenseitig mit unserem Leben zu beschützen, und das gilt auch für unsere Familien.«

»Aber ...«

»Kein Aber«, unterbrach Matthew sie. »Wir beschützen dich, und das bedeutet auch, dich vor verletzenden Worten zu beschützen, egal von wem sie kommen. Bis du bereit bist, mit Abe zu sprechen, stehst du unter meinem Schutz. Niemand wird in deine Nähe kommen, ohne dass ich es erlaube. Wenn ich nicht hier bin, wird einer vom Team hier sein. Wir geben dir die Zeit, die du brauchst, um über alles nachzudenken, was vorgefallen ist. Wenn du dich am Ende entscheidest, dass du gehen willst, dann werden wir deine Entscheidung respektieren. Aber ich muss dich warnen, wir würden wahrscheinlich trotzdem versuchen, dich umzustimmen.«

Alabama stand nur da und starrte Matthew an. Das konnte er doch nicht ernst meinen. »Aber ihr müsst doch arbeiten.«

»Ja, aber wir haben einen Schichtplan ausgearbeitet und von unserem Kommandanten genehmigen lassen. Egal wo du hinwillst oder was auch immer du tun möchtest, einer von uns wird dir dabei helfen.«

Alabama schüttelte nur den Kopf. »Ihr seid ja verrückt.«

Wolf lächelte. »Daran wirst du dich wohl gewöhnen müssen.«

Die nächsten Tage waren für Alabama sehr seltsam. Jeden Morgen, wenn sie nach oben ging, wartete ein anderes Mitglied von Christophers Team auf sie. Eines Morgens stand Hunter am Herd und machte Pfannkuchen. Er hatte sie ruhig gefragt, was sie trinken möchte. Am nächsten Morgen saß Kason am Tisch und aß gerade einen Donut aus einer riesigen Schachtel. Am dritten Morgen dachte Alabama, dass sie endlich allein war, allerdings saß Faulkner vor dem Haus in seinem Wagen. Als sie das Haus verließ, um einen Spaziergang zu machen, stieg er aus und begleitete sie.

Matthew hatte recht gehabt. Sie waren da und passten auf sie auf, nur weil sie dachten, sie gehörte zu Christopher.

Nachdem eine Woche seit ihrem Einzug in Carolines und Matthews Keller vergangen war, glaubte sie endlich, bereit zu sein. Sie hatte in ihrem Kopf immer wieder durchgespielt, was vorgefallen war. Sie *glaubte* nicht, dass sie schuld an der Situation war, außer vielleicht, dass sie hätte schneller sprechen können, um

Christopher dazu zu bringen, ihr zuzuhören. Das Fazit lautete jedoch, dass sie ihn immer noch liebte. Sie wollte ihn sehen. Sie wollte hören, was er zu sagen hatte.

Es war Samstag. Caroline hatte gestern auf dem Heimweg von der Arbeit ein paar hübsche Klamotten für sie besorgt. Sie entschuldigte sich bei Alabama, dass sie nicht früher daran gedacht hatte, und versprach, dass sie bald einen Tag im Einkaufszentrum verbringen würden, um dafür zu sorgen, dass Alabama alles hatte, was sie brauchte.

Alabama zog sich eine Jeans und ein Trägerhemd über. Das Hemd war an sich nicht besonders sexy, aber es zeigte mehr, als sie gewohnt war. Sie wusste, dass sie in Bezug auf das Treffen mit Christopher überreagierte, aber sie konnte nicht anders.

Als sie die Küche betrat, saßen Caroline und Matthew am Tisch. Caroline saß auf seinem Schoß und sie waren so sehr damit beschäftigt, sich zu küssen, dass sie nicht einmal bemerkten, dass Alabama den Raum betreten hatte, bis sie sich laut räusperte.

Alabama lachte über die Schamröte, die Caroline ins Gesicht schoss. Sie sah, wie Matthew seine Hand unter ihrem Hemd hervorzog und sie an ihre Taille legte. Er wollte sie aber nicht von seinem Schoß springen lassen.

»Guten Morgen, Alabama«, sagte er mit heiserer Stimme. »Hast du gut geschlafen?«

Alabama nickte nur. Sie wollte an diesem Morgen keine Nettigkeiten austauschen. Sie kam gleich zur Sache. »Ich bin bereit.«

Das Paar wusste genau, wovon sie sprach.

»Großartig«, rief Caroline.

»Gott sei Dank«, sagte Matthew inbrünstig. Er beugte sich mit Caroline auf seinem Schoß vor und griff in seine Gesäßtasche, um sein Telefon hervorzuholen. Alabama sah, wie er über das Telefon wischte, um es einzuschalten, einige Tasten drückte und offensichtlich eine SMS sendete. Kurz darauf legte er das Telefon vor sich auf den Tisch und sagte: »Er wird in ein paar Minuten hier sein.«

»Was?« Oh mein Gott. So schnell? Obwohl Alabama gesagt hatte, sie wäre bereit, geriet sie jetzt in Panik. Christopher würde tatsächlich hier auftauchen!

»Ja, er sitzt jeden Abend in der Einfahrt in seinem Wagen.«

Alabama glaubte, ihr Kopf würde gleich explodieren. Sie fühlte sich wie ein Papagei, der alles wiederholte, was sie hörte. »Was? Er hat jeden Abend in der Einfahrt in seinem Wagen gesessen?«

Matthew lachte und zog Caroline fester an seine Brust, bis ihr Kopf unter seinem Kinn steckte. »Ja, er wollte selbst auf dich aufpassen. Wir haben versucht, ihm klarzumachen, dass du in Sicherheit bist und dir bei uns nichts passieren kann, aber er hat darauf bestanden.«

»Das ist doch verrückt.«

»Nein, Schätzchen«, warf Caroline schließlich ein, »das ist Liebe.«

Alabama hatte keine Zeit, etwas zu erwidern, weil die Türklingel durch das ganze Haus dröhnte. Sie sah Matthew und Caroline an. Sie rührten sich nicht.

»Wollt ihr nicht aufmachen?«, fragte sie.

Matthew lachte. »Wir wissen, wer es ist, Alabama. Geh und erlöse ihn aus seinem Elend ... und deinem.«

Alabama holte tief Luft und ging langsam auf die Tür zu. Sie wusste, dass sie gesagt hatte, sie wäre bereit, aber jetzt war sie sich nicht mehr so sicher.

Sie öffnete langsam die Tür. Sie hob eine Hand vor ihre Brust. Christophers bloßer Anblick genügte, um den Schmerz zurückzubringen, den sie empfunden hatte, als er ihr auf dem Polizeirevier gesagt hatte, sie solle die Klappe halten.

Abe stand mit den Händen in den Taschen vor Alabama. Er war höllisch nervös. Er hatte es wirklich schlimm vermasselt. Er erhoffte sich lediglich die Gelegenheit, mit ihr zu reden und sich entschuldigen zu können.

»Hi.«

»Hi.«

»Danke, dass du zugestimmt hast, mich zu sehen.«

Alabama nickte nur. Plötzlich fühlte sie wieder den

Knoten in ihrer Zunge. Sie wusste, dass er sie nicht noch einmal so herabwürdigen würde, aber es war schwer für sie, mit ihm zu sprechen, genau wie es beim ersten Mal gewesen war.

»Wirst du mich heute begleiten? Vertraust du mir genug, dass ich dich für den Tag beschützen werde?«

Alabama nickte fast automatisch. Es war nicht so, dass sie ihm nicht vertraute ... jedenfalls nicht grundsätzlich. Okay, das stimmte nicht ganz. Sie wusste, dass er sie physisch beschützen würde. Es war mehr ihre emotionale Sicherheit, um die sie sich Sorgen machte.

Abe stieß einen erleichterten Atemzug aus, als hätte er auf ihre Antwort gewartet. »Musst du noch etwas holen, bevor wir gehen?«

Alabama nickte. »Wir treffen uns gleich an deinem Wagen.« Sie wusste nicht warum, aber sie wollte noch einmal mit Caroline und Matthew sprechen, bevor sie ging.

»Okay, Süße, ich werde draußen auf dich warten. Nimm dir die Zeit, die du brauchst.« Er trat einen Schritt zurück. Er schien ihre Unsicherheit zu spüren.

Alabama schloss die Tür und ging zurück in die Küche. Ihre Freunde hatten sich nicht gerührt. »Ich werde ausgehen.«

»Gut. Vergiss nicht, worüber wir gesprochen haben, Alabama«, sagte Caroline ernst. »Gib ihm eine Chance.«

»Kann ich ...« Sie machte eine Pause und biss sich auf die Lippe.

»Was ist los, Alabama? Kannst du was?« Wolf setzte sich auf, während er die Frage stellte.

»Kann ich euch anrufen, um mich abzuholen, wenn es sein muss?«

Wolf spürte, dass Caroline antworten wollte, und drückte fest ihre Hüfte. Sie schwieg und er schob sie langsam beiseite, damit er aufstehen konnte. Er gab Caroline einen flüchtigen Kuss und ging dann zu Alabama hinüber.

Wolf streckte die Hand nach ihr aus und wartete, ob sie sich zurückzog. Sie tat es nicht und er schloss sie in eine Umarmung. »Natürlich kannst du das, Alabama. Es spielt keine Rolle, wo oder wann, egal ob heute oder in zehn Jahren. Du brauchst nur mich oder Caroline oder jeden anderen im Team anzurufen und wir kommen zu dir, okay? Du bist nicht allein. Wir alle sind für dich da und wir lassen dich nicht mehr gehen, egal was heute passiert. Ich bin mir sicher, dass es dir gut gehen wird, aber wenn du uns brauchst, dann sind wir da. Ruf uns einfach an und wir kommen. Okay?«

Alabama nickte. Wolf zog sich zurück und küsste sie auf die Stirn. »Jetzt geh los und versuche, den Tag zu genießen. Lass die schwierige Vergangenheit hinter dir, damit du es genießen kannst, wieder mit dem Mann zusammen zu sein, den du liebst. Bring ihn dazu, vor dir auf den Knien zu rutschen, aber nimm ihn am Ende zurück.«

Alabama sammelte alle Kraft zusammen und zog sich zurück. »Okay, danke. Ich wünsche euch auch einen schönen Tag.«

Sie griff nach ihrer kleinen Handtasche und ging zurück zur Tür und hinaus zu Christopher.

Wolf schnappte sich sein Handy und tippte schnell eine Nachricht an Abe, noch bevor Alabama es bis zur Haustür geschafft hatte.

Alabama öffnete die Tür und trat hinaus. Christopher steckte sein Handy in die Hosentasche und ging auf sie zu.

Abe fühlte sich innerlich krank. Er hatte Wolfs SMS gelesen. Jesus. Sie war wieder ins Haus gegangen, um zu fragen, ob sie sie abholen würden, wenn sie darum bat. Er wollte sich gern selbst in den Arsch treten. Er hatte ihr das angetan. Sie vertraute ihm nicht und er konnte ihr keinen Vorwurf daraus machen. Heute war der erste Schritt, um ihr Vertrauen zurückzugewinnen. Abe wusste nicht, was er tun würde, sollte es ihm nicht gelingen, aber er würde den Rest seines Lebens darum kämpfen und es versuchen, wenn sie es zulassen würde.

»Bist du bereit, Süße?« Der gewohnte Kosename rutsche ihm heraus, ohne dass er darüber nachgedacht hätte.

Alabama nickte und erlaubte Christopher, ihr die

Beifahrertür seines Wagens zu öffnen. Er half ihr einzusteigen und hielt ihr den Sicherheitsgurt hin. Sobald sie angeschnallt war, schloss Abe die Tür und ging zur Fahrerseite.

Er ließ den Motor an, drehte sich um und sah Alabama an. Sie war wunderschön. Er hatte sie vermisst, aber es war seine eigene Schuld. Er hatte in seinem Leben eine Menge Dinge getan, die er bereute, aber Alabama zu verletzen war das Schlimmste.

»Ich dachte, wir gehen in die Stadt, essen etwas zu Mittag und gehen dann vielleicht am Strand spazieren. Ist das in Ordnung?« Er wollte nichts tun, wobei sie sich unwohl fühlen könnte.

»Ja«, antwortete Alabama leise, aber zumindest hatte sie geantwortet.

Abe fand einen Parkplatz in der Innenstadt und sie betraten das kleine trendige Café am Wasser. Er bat um einen Tisch auf der Terrasse, in der Hoffnung, dass sie sich besser entspannen könnte, wenn sie nicht in einem Raum eingesperrt wären. Er überließ ihr sogar den Platz an der Wand.

Alabama bemerkte, wie sehr Christopher sich darum bemühte, dass sie sich wohlfühlte, als er ihr den Platz an der Wand anbot. Sie erinnerte sich an ihr Gespräch, als er sie zum ersten Mal zum Kaffee eingeladen hatte und selbst mit dem Rücken zur Wand sitzen musste, damit er den Raum überblicken konnte.

Sie schüttelte den Kopf und nahm stattdessen den

anderen Platz ein. Er würde es nicht zugeben, aber sie konnte die Erleichterung in seinen Augen sehen. Christopher wollte nicht auf dem anderen Platz sitzen, aber er hätte es getan, wenn sie es gewollt hätte.

Sie bestellten Getränke und Sandwiches und schwiegen ein paar Minuten lang. Schließlich, nachdem ihre Getränke serviert waren, unterbrach Abe die Stille.

»Ich weiß, dass ich mich bereits entschuldigt habe, aber ich hoffe, du gestattest mir, dass ich es noch einmal tue. Es tut mir leid. Jesus, es tut mir so leid.«

Als Alabama nichts sagte, sondern ihn nur mit traurigen Augen ansah, fuhr er fort: »Ich habe nicht viel zu meiner Verteidigung vorzubringen. Ich hatte nicht viel geschlafen, als ich davon gehört habe, was dir vorgeworfen wurde, und musste sofort an meinen Vater, das Arschloch, denken. Wenn ich nur für eine halbe Sekunde nachgedacht hätte, hätte ich gewusst, dass du unschuldig sein musstest. Aber ich habe nicht nachgedacht. Ich bin zum Polizeirevier gerast und habe dir diese Scheiße an den Kopf geworfen. Ich habe es nicht geglaubt.«

Bei ihrem ungläubigen Blick fluchte er. »Das habe ich wirklich nicht, Süße, ich schwöre es bei Gott. Ich war verwirrt und verletzt und habe es an dir ausgelassen.«

Als er aufhörte zu reden und sie nur ansah, wusste Alabama, dass sie an der Reihe war zu erzählen, was ihr widerfahren war. Sie schaute auf die Tischplatte, anstatt ihn anzusehen, während sie sprach. »Ich dachte, du wärst gekommen, um mir zu helfen. Ich hatte solche Angst. Ich hatte darum gebeten, dass sie dich anrufen, und ich war so erleichtert, als du zur Tür hereinkamst. Dann hast du gesagt ... was du gesagt hast ... und ich konnte es nicht fassen. Ich habe es nicht verstanden.«

Abe machte ein würgendes Geräusch, aber sie sah nicht auf. »Jede Nacht in dieser Gefängniszelle hatte ich Todesangst. Einige der anderen Insassen sagten ... Dinge ... zu mir. Ich wusste nicht, ob ich jemals lebend wieder da herauskommen würde. Ich konnte nicht essen. Ich habe nicht länger als zwanzig Minuten am Stück geschlafen. Alles, woran ich denken konnte, warst du. Alles, was ich sehen konnte, war dein Gesicht. Alles, was ich hören konnte, waren deine Worte, als du in diesen Verhörraum kamst.«

Alabama riskierte einen Blick zu dem Mann, der sie so tief verletzt hatte. Er sah gequält aus. Sie wollte alles herausbringen und fuhr schnell fort: »Ich habe nicht geduscht, als ich dort war, weil ich Angst hatte, mich auszuziehen. Als Bob, mein Vermieter, mich anschrie und mich als Kriminelle bezeichnete, wusste ich nicht, was ich tun sollte. Ich konnte nur ein paar Sachen packen und abhauen. Du hast mir wehgetan, Christopher. Nein, du hast mich zutiefst verletzt und zugrunde gerichtet.«

Alabama machte schnell weiter, bevor Christopher etwas sagen konnte. »Ich war bereit zu verschwinden. Ich wollte von hier weg, weg von dem Schmerz, den du mir zugefügt hast.« Sie hielt inne, sah dann auf und starrte Christopher an. Sie war erstaunt zu sehen, dass er Tränen in den Augen hatte. »Aber dann hat Caroline mir eine einfache Frage gestellt und ich wusste, dass ich dich wiedersehen musste. Ich musste dir noch eine Chance geben.«

Abe stieß den Atem aus, den er angehalten hatte, während sie sprach. Er hatte noch nie solche Schmerzen empfunden wie in den letzten Minuten, während Alabama erzählte, was sie durchgemacht hatte ... was er sie hatte durchmachen lassen. Er wurde angeschossen, mit dem Messer attackiert, geschlagen und ausgehungert, aber nichts hatte so sehr wehgetan wie ihre Worte.

»Was hat sie dich gefragt, Süße?«, erkundigte Abe sich leise und fürchtete sich vor ihrer Antwort, wollte sie aber trotzdem hören.

»Sie hat mich gefragt, wie ich mich fühlen würde, wenn du auf eine Mission gehen und niemals zurückkommen würdest.«

Die Luft zwischen ihnen knisterte. Sie unterbrachen ihren Augenkontakt nicht, als der Kellner ihre Bestellung brachte und die Teller auf den Tisch stellte.

Abe wartete darauf, dass sie weitersprach.

»In dem Moment wusste ich, dass ich dich immer

noch liebe. Du hast mir wehgetan, aber mein Gott, ich liebe dich, Christopher.«

Abe schob seinen Stuhl zurück und machte einen Schritt in Alabamas Richtung. Er kniete sich auf den Boden und legte seine Hände leicht auf ihre Knie. Alabama war schockiert. Sie hatte nicht erwartet, dass er wirklich auf den Knien rutschen würde. Sie konnte die Hitze seiner Hände spüren, die durch ihre Jeans strömte, und sie saugte sie ein, als wäre sie eine Pflanze, die seit Monaten keine Sonne bekommen hatte.

»Ich verdiene dich nicht, Alabama. Gott weiß, dass ich dich nicht verdiene, aber ich liebe dich auch. Ich möchte nicht, dass du gehst. Ich möchte dich umwerben.« Als sie halb lachte und halb schniefte, grinste er nur, wurde dann aber wieder ernst. »Ich weiß, es klingt albern, aber ich will dein Vertrauen zurückgewinnen. Ich möchte dir zeigen, wie wichtig du für mich bist. Ich weiß, dass SEALs nicht gerade berühmt dafür sind, wenn es um dauerhafte Beziehungen geht, aber ich werde alles in meiner Macht Stehende tun, um sicherzugehen, dass du weißt, du stehst in meinem Leben an erster Stelle. Ja, ich muss möglicherweise ohne lange Vorankündigung abreisen, um auf eine Mission zu gehen, aber wenn es hart auf hart kommt, stehst du an erster Stelle. Ich werde meinen Kommandanten bitten, mich von der Missionsliste zu streichen, oder unentschuldigt fernbleiben, wenn ich keine andere Wahl habe. Du bedeutest mir alles, Süße. Ich werde den Rest meines Lebens darum kämpfen, dein Vertrauen zurückzugewinnen.«

»Ich habe noch niemals für jemanden an erster Stelle gestanden«, war Alabamas schüchterne Antwort.

Damit hatte Abe nicht gerechnet. Er wusste nicht, was er erwartete hatte, aber das war es nicht. Er nahm ihre Hand und küsste sie. Er wollte nichts sehnlicher, als sie in seine Arme zu schließen und zu küssen, aber er wusste, dass er sie noch nicht zurückgewonnen hatte. »Du bist für mich die wichtigste Person in meinem Leben, Alabama.«

Sie lächelten sich an und Abe stand langsam vom Boden auf. Er hielt Alabamas Hand und kehrte zu seinem Platz zurück. Sie aßen zu Mittag und beide waren erleichtert, dass die Spannung zwischen ihnen etwas nachgelassen hatte.

Nach dem Mittagessen brachte Abe sie zum Strand, wie er es versprochen hatte. Sie gingen durch den Sand und lachten über die Möwen, die ständig nach Nahrung Ausschau hielten.

Während der Rückfahrt zu Carolines und Wolfs Haus schwiegen sie. Abe wollte nach Alabamas Hand greifen, wusste aber, dass es zu früh dafür war. Die Distanz zwischen ihnen hätte komisch sein können aufgrund des Wissens, dass sie sich bereits geliebt hatten, aber Abe war froh über alles, was sie ihm gab.

Jetzt, wo Abe wusste, dass Alabama ihn immer noch liebte, war ihm klar, dass er noch eine Chance hatte. Er würde es so langsam angehen lassen, wie sie es brauchte. Er wollte nur ihr Vertrauen gewinnen. Liebe war eine Sache, aber Vertrauen war es, was eine feste Beziehung ausmacht.

Er fuhr zu Wolfs Haus und stellte den Motor ab. Abe wandte sich an Alabama. »Danke, Süße. Ich verdiene dich nicht. Ich weiß, das habe ich dir schon ein paarmal gesagt, aber ich werde es immer wieder sagen. Ich werde dir nie wieder einen Grund geben, mir zu misstrauen. Wenn du mich brauchst, bin ich da. Egal was passiert ist. Es ist mir egal, ob mir jemand erzählt, dass du einen Menschen getötet hast. Ich werde nie wieder an dir zweifeln und dir immer die Möglichkeit geben, mir alles zu erklären, egal in welcher Situation. Ich werde dich nie wieder verlassen. Ich weiß, dass du mir jetzt nicht vertraust, aber du wirst es tun. Das schwöre ich.«

Alabama schenkte ihm ein trauriges Lächeln. »Ich hoffe es, Christopher. Ich brauche dich. Ich brauche dein Vertrauen. Ich glaube nicht, dass ich den Rest meines Lebens ohne dich überstehen kann.«

»Komm schon, Süße. Lass uns reingehen. Ich bin mir sicher, du bist müde.«

Sie gingen zur Veranda und standen vor der Tür. »Ich fühle mich wie bei der ersten Verabredung«, versuchte Alabama zu scherzen.

»In gewisser Weise ist es das auch.« Abe beugte sich zu ihr und küsste sie leicht auf die Lippen. Dann bewegte er sich zu ihrer Nase, dann zu ihrer Stirn, bevor er einen Schritt zurück machte.

Alabama konnte es kaum aushalten. Sie sah zu dem Mann auf, den sie mit jeder Faser ihres Körpers liebte, und machte einen Schritt auf ihn zu. Er legte sofort die Arme um sie und drückte sie fest an sich. Alabama kuschelte sich an seinen Körper und schlang ihre Arme um seine Taille. Für ein paar Minuten standen sie so da und wollten sich einfach nicht loslassen.

Schließlich richtete Alabama sich auf und zog sich zurück. »Sehen wir uns bald?«

Abe strich mit seinen Fingern über ihre Wange. »Natürlich, Süße.«

»Fahr nach Hause, Christopher. Du musst nicht in deinem Wagen schlafen. Mir geht es gut. Wir werden uns morgen weiter unterhalten, okay?«

Er lächelte. Sie war so süß. »Ja, das werden wir.« Er ignorierte ihre Bitte. Er würde vor Matthews Haus in seinem Wagen schlafen, bis sie für immer in seine Arme zurückkommen würde. Er hatte versprochen, dass sie an erster Stelle stand und dass er sie beschützte, und das würde er verdammt noch mal auch tun.

Alabama schüttelte nur den Kopf. Sie griff nach

dem Türknauf und drehte ihn. Mit einem letzten Blick zurück zu ihm verschwand sie im Haus.

Abe atmete erleichtert auf. Er hatte solche Angst gehabt, dass sie ihm nicht vergeben würde, dass sie ihn nicht mehr lieben würde. Er war dankbar, dass Alabama so nachsichtig war. Er war sich nicht sicher, ob es ihm genauso ginge, wenn er in ihrer Haut stecken würde, aber er würde sich wohl kaum darüber beschweren.

Er drehte sich um und ging zurück zu seinem Wagen, um sich auf die Nachtwache vorzubereiten. Er musste einen Plan ausarbeiten, wie er sie »umwerben« wollte. Er konnte es kaum erwarten.

KAPITEL EINUNDZWANZIG

Die nächsten Wochen vergingen wie im Flug. Christopher hatte zu seinem Wort gestanden und Alabama umworben. Er hatte sie mindestens zweimal in der Woche besucht und Zeit mit ihr und Caroline und Matthew verbracht. Sie hatten sich auch fast jedes Wochenende gesehen. Er hatte sie sogar dazu ermutigt, wieder Zeit mit seiner Mutter und seinen Schwestern zu verbringen. Der Samstag, an dem sie alle zusammen einkaufen waren, war einer der schönsten Tage, die Alabama je erlebt hatte.

Seine Familie war wirklich albern. Sie waren alle entsetzt darüber gewesen, was mit ihr passiert war. Sie wusste es zu schätzen, dass sie Christopher für das, was er getan hatte, nicht in Schutz nahmen. Tatsächlich schimpften sie alle auf ihn. Alicia hatte sogar ihr

Telefon herausgeholt, um ihn anzurufen und ihm zu sagen, was für ein Arsch er war.

Zum Glück konnte Alabama sie beruhigen. Während des Mittagessens sprachen sie über alles, was vorgefallen war. Es wurde immer noch geflucht, aber es flossen auch Tränen. Alabama war nicht bewusst gewesen, wie sehr sie es gebraucht hatte, über alles mit jemandem zu reden, der nicht direkt involviert war.

Die drei Powers-Damen hatten mit ihr Mitleid und unterstützten sie. Nachdem sich der erste Schock gelegt hatte, unterstützten sie aber auch Christopher. Sie erzählten Alabama Geschichten über Christopher, als er noch klein war. Alabama bekam eine bessere Vorstellung davon, wie er sich zu dem Mann entwickelt hatte, der er heute war, und wie sehr ihn die Handlungen seines Vaters beeinflusst hatten.

Christopher kam am selben Abend bei ihr vorbei und sie führten ein weiteres langes Gespräch. Alabama erzählte ihm, wie seine Familie reagiert hatte. Nachdem er kurz zusammengezuckt war, sagte er nur: »Ich bin froh, dass du mit ihnen reden konntest, Süße.«

Alabama hatte gerade wieder angefangen zu arbeiten. Sie war nicht zu den Wolfes zurückgekehrt und ihre Freunde konnten das gut verstehen. Greg und Stacey hatten sie besucht, um sich zu entschuldigen und sie zu bitten zurückzukommen, aber Alabama wusste, dass sie dazu nicht in der Lage sein würde. Sie hatten sie im Stich gelassen. Sie hatten

Adelaide und Joni geglaubt, ohne die Geschichte zu hinterfragen.

Christophers Kommandant hatte ihr eine Referenz geschrieben und seine Kontakte spielen lassen, um ihr einen Job in einem der Bürogebäude der Stadt zu verschaffen. Es gab dort mehrere Firmen. Das Beste an dem Job war, dass sie nicht mehr abends arbeiten musste. Obwohl sie es vorgezogen hatte zu putzen, wenn niemand da war, stellte sich heraus, dass sie niemand wirklich ansprach, während sie ihre Arbeit erledigte.

Es war ihr peinlich gewesen, es Christopher zu erzählen, schließlich war sie nur eine Putzfrau, aber als er davon erfuhr, war er begeistert gewesen. Er sagte zu ihr, dass es keine Schande wäre, was sie beruflich machte. Sie war trotzdem noch ein bisschen verlegen, schließlich hatte er einen so bedeutenden Job und sie nicht. Sie wechselte das Thema, wenn er versuchte, erneut mit ihr darüber zu sprechen.

Alabamas Leben beruhigte sich langsam wieder. Zum ersten Mal hatte sie gute Freunde und es gefiel ihr, Zeit mit Christopher und seinen Teamkollegen zu verbringen. Sie war an einem Punkt angelangt, an dem sie bereit dazu war, mit ihm dorthin zurückzukehren, wo sie bereits gewesen waren. Sie hatte aber keine Ahnung, wie sie mit ihm dorthin gelangen sollte. Es war nicht so, als könnte sie einfach sagen: »Hey, ich bin bereit, wieder mit dir zu schlafen.«

Abe wartete vor Wolfs Haus. Er hatte wirklich hart daran gearbeitet, Alabamas Vertrauen zurückzugewinnen. Er schien Fortschritte zu machen, aber er wollte es nicht überstürzen.

Alabama öffnete die Tür und ihm stockte der Atem. Verdammt, sie sah so wunderschön aus. Was sie trug, war nicht besonders sexy. Er wusste, dass es ihr wahrscheinlich sogar peinlich wäre, wenn er ihr sagen würde, wie heiß sie tatsächlich aussah.

Sie trug Shorts, die ihr bis zu den Knien reichten, und eines ihrer üblichen T-Shirts mit V-Ausschnitt. Es war rosa. Dazu ein Paar Flip-Flops mit einer riesigen rosa Blume darauf. Ihre Zehennägel hatte sie ebenfalls hellrosa lackiert. Offensichtlich gefiel ihr die Farbe und sie hatte sich bei ihrer Einkaufstour mit seinen Schwestern und seiner Mutter einige neue Accessoires zugelegt.

»Hey, Süße, du siehst wunderschön aus.«

Wie auf Stichwort wurde sie rot.

Alabama entgegnete nichts, hielt ihm aber die Tür auf, damit er ins Haus treten konnte. Abe hatte sie noch nie zuvor so detailliert über ihre Gefühle reden hören wie bei ihrem Mittagessen, als sie ihm erklärt hatte, was seine Handlungen in ihr ausgelöst hatten. Sie würde immer Schwierigkeiten haben, in der Öffentlichkeit oder in einer größeren Menschenmenge zu sprechen, aber Abe merkte, dass sie im Umgang mit anderen immer selbstsicherer wurde, wenn er in der Nähe war.

Abe beugte sich vor und küsste sie auf die Wange. Er folgte ihr ins Haus und schloss die Tür hinter sich.

»Wo sind Wolf und Caroline?« Abe wusste, dass sie nicht da waren. Wolf hatte es ihm bei der Arbeit bereits gesagt.

»Sie sind etwas essen gegangen und wollten danach ins Kino.«

Abe legte ihr seine Hand auf den Rücken und lenkte sie in Richtung Küche. »Also sind wir heute Abend allein, oder?«

Alabama wurde wieder rot. Jesus, das musste aufhören. Es war ja nicht so, als hätte er gerade angekündigt, sie aufs Sofa zu werfen und die ganze Nacht mit ihr zu schlafen ... nicht dass sie sich darüber beschwert hätte. Sie hatten bereits jeden Zentimeter ihrer Körper erkundet und gekostet. Es sollte nichts Peinliches daran sein, darüber nachzudenken, mit ihm zu schlafen. Alabama nickte nur und gab ihm damit zu verstehen, dass sie die meiste Zeit des Abends allein sein würden.

Als Abe die Küche betrat, sah er einen Topf Wasser auf dem Herd. Er lachte. »Was kochst du denn heute Abend für mich?« Es war ein immer wiederkehrender Witz zwischen den beiden. Sie würde nie eine Gourmet-Köchin werden, aber sie konnte ein einfaches Nudelgericht zubereiten.

»Nur Spaghetti.«

»Oh, Süße, es sind nicht *nur* Spaghetti. Ich liebe deine Spaghetti.«

Alabama verdrehte die Augen. Er lachte und legte seine Arme um ihre Taille, während sie die Nudeln umrührte.

»Weißt du nicht, dass es mir egal ist, was du zu essen machst? Ich bin einfach glücklich, Zeit mit dir zu verbringen. Alles, was du zubereitest, esse ich mit einem Lächeln im Gesicht.«

Alabama lächelte ihn an. Sie wusste, dass sie nicht die beste Köchin der Welt war, aber es hatte bis jetzt stets gereicht, um nicht zu verhungern.

Sie unterhielten sich, während die Soße auf dem Herd köchelte, und schnitten Gemüse für den Salat. Er goss die Nudeln ab, als sie fertig waren, während Alabama das Dressing aus dem Kühlschrank holte. Sie taten sich auf und stellten ihre Teller auf den kleinen Tisch in der Küche. In angenehmer Stille genossen sie die einfache, aber köstliche Mahlzeit.

Nachdem sie das Geschirr in die Spülmaschine geräumt hatten, setzten sie sich aufs Sofa. Alabama wollte, dass Christopher mit ihr nach unten in ihr kleines Gästezimmer kam, aber sie hatte keine Ahnung, wie sie es ihm beibringen sollte, also schwieg sie.

Abe schaltete einen Film ein und sie sahen ungefähr eine Stunde lang fern. Gerade als Bruce Willis wieder etwas in die Luft jagen wollte, klingelte es an der Haustür. Alabama sah Christopher überrascht an.

Als er bemerkte, dass Alabama niemanden erwartete, sagte Abe zu ihr: »Bleib sitzen, Süße. Ich werde nachsehen, wer es ist.«

Abe öffnete die Haustür und sah zwei Polizisten dort stehen. Sie waren leicht übergewichtig und hatten die Hände an ihre Gürtel gelegt, bereit, sich zu verteidigen. Abe hatte nicht gehört, dass Alabama ihm gefolgt war, bemerkte aber, wie sie tief Luft holte, als sie hinter ihm auftauchte.

»Oh mein Gott«, stieß sie leise aus, »geht es um Matthew und Caroline? Geht es ihnen gut?«

Abe dachte dasselbe, aber der Polizist mit den braunen Haaren beruhigte sie schnell.

»Nein, nein, es geht nicht um sie. Sind Sie Alabama Ford Smith?« Er sah Alabama misstrauisch an.

Abe legte seine Hand um Alabamas Taille, zog sie an seine Seite und schob sie teilweise hinter sich, als sie vorsichtig sagte: »Ja.«

»Sie müssen mit uns kommen, Ma'am. Wir müssen Ihnen auf dem Revier ein paar Fragen stellen.«

Abe spürte, wie Alabama stocksteif wurde. Er konnte fühlen, wie sich ihr ganzer Körper anspannte. Oh, verdammt nein. »Worum geht es?«, fragte er nicht sehr sanft.

»Es wurde ein Einbruch in einem Bürogebäude Main Street Ecke Third Avenue gemeldet. Wir haben

Informationen, dass Miss Smith dort arbeitet und in der Vergangenheit bereits wegen Diebstahls festgenommen wurde. Wir müssen ihr nur ein paar Fragen stellen.«

»Nein, verdammt noch mal.« Die Antwort kam schnell und bedrohlich.

Alabama sah Christopher erschrocken an. Ihr Atem beschleunigte sich und ihr Herz raste. Oh mein Gott, es passierte schon wieder …

»Ich glaube, Sie wissen nicht, wovon Sie da reden. Wenn Sie die Berichte aufmerksam gelesen hätten, wüssten Sie, dass sie fälschlicherweise beschuldigt wurde. Außerdem sollten Sie wissen, dass sie einen der besten Anwälte hat, den diese Stadt je gesehen hat.«

»Sir, wir wollen ihr nur ein paar Fragen stellen.« Der kleinere der beiden Polizisten war sichtlich irritiert.

»Sie hat damit nichts zu tun.«

»Sie wissen doch gar nicht, was …«

Abe unterbrach den Mann. »Nein, denn was immer Sie ihr vorwerfen, Sie liegen falsch. Sie hat es nicht getan. Sie hat nichts gestohlen.«

Alabama schaute Christopher weiter ins Gesicht. Sie konnte die Polizisten nicht ansehen. Sie zitterte jetzt schon. Der Anblick der Uniformen würde die schlimmen Erinnerungen zurückbringen. Als sie hörte, wie Christopher sie verteidigte – sie hatte keine Ahnung wovor –, fühlte sie sich, als würde er eine warme Decke zu ihrem Schutz um sie legen. Christopher verteidigte sie. Er war in ihrem Namen stinkwütend. Das war es, was sie vor all den Wochen erwartet hatte. *Das* war der Mann, in den sie sich verliebt hatte.

»Sie wollen ihr Fragen stellen? In Ordnung, dann werden wir morgen früh zusammen mit ihrem Anwalt aufs Revier kommen. Und wenn Sie keinen handfesten Grund für eine Befragung haben, dann werden Sie sich wünschen, uns niemals belästigt zu haben.«

»Wir können nicht einfach ...«

Abe ließ sie nicht einen einzigen Satz zu Ende bringen. »Sie können und Sie werden. Oder steht sie unter Arrest?« Bei ihrer verneinenden Reaktion fuhr er fort: »Dann sehen wir uns morgen früh auf dem Revier.«

Abe schlug den Polizisten die Tür vor der Nase zu und zog Alabama fest an sich. Er konnte fühlen, wie sie zitterte. Es machte ihn wütend. Wie konnten sie es wagen, hierherzukommen und sie so zu verängstigen? Wie konnten sie es wagen, einfach anzunehmen, dass sie irgendetwas mit dem Einbruch zu tun hätte? Abe war sauer, aber er versuchte, ruhig zu bleiben. Er musste für Alabama ruhig bleiben.

Die Wärme von Christophers Körper fühlte sich so gut an. Er hatte seine Arme um sie gelegt. Mit dem einen Arm um ihre Taille zog er ihren Körper an sich und der andere ruhte auf ihrem Rücken. Er legte seine Hand auf ihren Hinterkopf und drückte sie an seine

Brust. Ohne sich zu bewegen, murmelte sie: »Darfst du so etwas tun?«

»Auf jeden Fall. Und ich habe es getan. Sie haben keine Beweise. Sie hatten keinen Grund, so spät am Abend hierherzukommen, außer dich zu verängstigen. Arschlöcher.«

Sie standen noch ein paar Minuten da, bevor Abe etwas durch zusammengebissene Zähne sagte. Er hatte sich immer noch nicht beruhigt. »Ich muss Wolf und den Rest des Teams anrufen, Süße. Ich muss ihnen erzählen, was passiert ist. Sie werden dafür sorgen, dass uns morgen auf dem Polizeirevier ein Anwalt zur Verfügung steht.«

»Du hast ihnen nicht erlaubt, mich mitzunehmen.«

»Was, Süße? Ich habe dich nicht gehört.« Abe beugte sich nach unten, bis sein Ohr vor ihrem Mund war.

»Du hast ihnen nicht erlaubt, mich mitzunehmen«, wiederholte Alabama.

Abe nahm die Hand, die er auf ihren Kopf gelegt hatte, und schob sie unter ihr Kinn. Er hob ihren Kopf, bis sie ihm in die Augen sah. »Ich habe dir versprochen, dass ich nie wieder an dir zweifeln werde. Ich liebe dich. Ich werde dich mit meinem Leben beschützen, wenn es sein muss. Du wirst nie wieder allein mit so einer Situation fertigwerden müssen.«

Alabama stockte der Atem. Er hatte es ihr tatsächlich versprochen, aber bis jetzt hatte sie es nicht geglaubt. Sie nickte nur. Sie stellte sich auf die Zehenspitzen, um ihre Lippen zärtlich auf seine zu legen.

Bei der ersten zaghaften Berührung ihrer Lippen ergriff Abe wieder Besitz von ihr. Der Kuss war nicht süß, er war nicht sanft. Er war eine Eroberung. Abe forderte seine Frau zurück. Sie war die Seine, und er würde sie nicht wieder gehen lassen.

Alabama ließ Christopher die Führung übernehmen. Sie würde ihm folgen, egal wohin er sie bringen wollte. Sie gehörte ihm.

Alabama kuschelte sich an Christophers Seite. Es war eine lange Nacht gewesen. Christopher hatte Alabama den ganzen Abend nicht mehr losgelassen. Er hatte sie fest an seiner Seite gehalten, sie berührt, beruhigt und liebkost. Nach dem intensiven Kuss, den er ihr gegeben hatte, hatte er Matthew angerufen. Er war mit Caroline sofort nach Hause gekommen und sie hatten eine Art Kommandoposten auf ihrem Esstisch eingerichtet.

Schon bald war das Haus mit Testosteron erfüllt. Das gesamte Team hatte sich eingefunden. Es war das erstaunlichste Aufgebot an Unterstützung, das Alabama jemals in ihrem Leben gesehen hatte. Persönlich hielt sie es für etwas übertrieben, insbesondere weil sie den ganzen Tag mit Matthew und Caroline verbracht hatte und nicht eine Minute allein gewesen war. Sie hatte also ein ziemlich wasserdichtes Alibi, was sie den Männern aber natürlich nicht unter die Nase reiben würde, die gerade über die nächsten Schritte diskutierten.

Christopher hatte ihren Anwalt angerufen und er hatte zugestimmt, sich am nächsten Morgen mit ihr auf dem Polizeirevier zu treffen. Er wollte am Telefon mit ihr besprechen, was passiert war, bevor sie sich trafen, damit er einen Überblick über die Situation hatte.

Alle Männer des Teams hatten ihr ihre Unterstützung zugesagt, bevor sie aufgebrochen waren. Als Hunter sie fest umarmt und ihr versichert hatte, dass er Gewehr bei Fuß stünde, falls sie Abe jemals verlassen wollte, war sie in Tränen ausgebrochen.

Beim Anblick ihrer Tränen war Abe fast aus der Haut gefahren. Erst als er bemerkte, dass es Tränen der Rührung waren, weil sie alle so unterstützten, hatte er sich wieder beruhigt.

Jetzt lagen sie auf ihrem Bett im Gästezimmer im Keller. Er trug Jeans und ein Hemd mit Knöpfen und sie hatte sein T-Shirt angezogen, in dem sie die letzten Wochen geschlafen hatte. Er verlor kein Wort darüber, sondern lächelte nur besitzergreifend, als er es sah. Christopher lag auf dem Rücken, hatte seinen Arm um sie gelegt und sie lag auf ihrer Seite. Ihr Kopf ruhte auf seiner Brust und eines ihrer Beine hatte sie über ihn gelegt. Sie war ganz dicht bei ihm und sie fühlte sich wohl.

»Ich liebe dich.«

Christopher schlang seinen Arm fester um sie. Alabama konnte fühlen, wie er seinen Bizeps anspannte. Es war das erste Mal seit dem Tag ihrer Verhaftung, dass sie es ihm direkt sagte.

»Süße«, entgegnete er mit brechender Stimme, »ich habe dich nicht verdient. Du bist viel zu gut für mich, aber ich kann dich nicht gehen lassen. Und das werde ich nicht.«

»Das musst du auch nicht, Christopher. Ich gehöre dir, solange du mich willst.«

Er rollte sich zu ihr, bis sie auf dem Rücken lag und ihm in die Augen schaute. Sie sahen sich intensiv an. »Ich werde dich immer wollen. Du gehörst mir.«

Sein Kopf senkte sich und zum zweiten Mal in dieser Nacht küsste er sie mit all der Leidenschaft und Dominanz, die er in den letzten Wochen zurückgehalten hatte.

Alabama ließ ihre Hände zu seinem Kopf wandern und vergrub die Finger in seinem Haar, während sie sich tief und leidenschaftlich küssten. Schließlich zog er sich zurück, gerade weit genug, um ihr in die Augen zu schauen.

»Mach dir keine Sorgen wegen morgen, Süße. Vertrau mir. Ich werde mich darum kümmern.«

Alabama konnte nicht glauben, dass er aufgehört

hatte. Sie war bereit, wieder mit ihm zu schlafen. »Ich weiß ... und jetzt halt die Klappe und küss mich.«

Sie liebte das Lächeln, das sich über sein Gesicht zog.

»Was immer du willst. Was immer du willst.«

*

Freuen Sie sich auf das nächste Buch der Reihe *Schutz für Fiona*, demnächst erhältlich!

EPILOG

Caroline und Alabama saßen auf der Couch und versuchten, sich auf den Film zu konzentrieren, der lief. Keine von ihnen war sehr gut darin. Schließlich schaltete Caroline den Fernseher aus.

»Wann sollten sie wieder landen?« Alabama konnte es kaum mehr erwarten, Christopher wiederzusehen.

Das Team war auf eine Mission nach Mexiko geschickt worden. Sie konnten ihnen nicht sagen, wohin genau sie mussten oder was sie dort taten, aber sowohl Caroline als auch Alabama wussten, dass es gefährlich war.

Mit jeder Mission wurde es für Alabama einfacher, aber sie wusste, dass es nie zur Gewohnheit werden würde. Jedes Mal wenn Christopher das Haus verließ, sei es für eine Mission oder für einen einfachen Einkaufsbummel, machte sie sich Sorgen.

Christopher hatte sie standhaft unterstützt. An dem Abend, an dem sie wieder zusammengekommen waren, hatte er sich um das »Missverständnis« gekümmert. Die Polizisten hatten sich am Ende sogar dafür entschuldigt, sie an diesem Abend belästigt zu haben. Alabama wusste, dass Christopher dahintersteckte, aber er hatte es nicht zugegeben.

Nach langem Betteln und Drängen hatte Alabama ihren Job als Putzfrau gekündigt und beschlossen, wieder zur Schule zu gehen. Sie war sich nicht sicher, was genau sie studieren wollte, doch für den Moment belegte sie alle möglichen Kurse für Allgemeinbildung. Sie hatte später noch Zeit, sich zu entscheiden. Sie hatte eigentlich nicht mit der Arbeit aufhören wollen, aber Christopher hatte sie nach einer langen Nacht im Bett davon überzeugt, dass sie sich auf ihre Ausbildung konzentrieren sollte.

Sie hatte ihre Freundschaft mit seinen Teamkollegen weiter vertieft und sie machten sich fast genauso viele Sorgen um sie wie um Christopher.

Caroline sah, wie Alabama auf und ab ging. Caroline vermisste Matthew genauso wie Alabama Christopher, aber sie waren schon länger zusammen, sodass sie mehr Erfahrung damit hatte, darauf zu warten, dass er von einer Mission zurückkehrte.

»Sie werden nach Hause kommen, sobald sie können, Alabama.«

»Ich weiß, ich vermisse ihn nur so sehr.«

Schließlich, nach einer weiteren Stunde, hörten die Frauen einen Wagen in der Einfahrt. Sie liefen zur Haustür und hinaus in den Vorgarten.

Alabama hatte nur Augen für Christopher. Er stieg aus dem Wagen und zog sie in eine feste, besitzergreifende Umarmung. Wie immer brach sie in Tränen aus.

»Jesus, Süße. Es geht mir gut. Wolf geht es gut. Allen geht es gut.«

»Ich weiß«, sagte Alabama unter Tränen. »Ich bin einfach nur froh, dass du zu Hause bist. Ich habe dich so sehr vermisst.«

Christopher hob sie hoch und trug sie zur Tür. Jedes Mal wenn sie von einer Mission nach Hause kamen, lud Matthew sie ein, in dem Gästezimmer im Keller zu bleiben. Sie stimmten in der Regel zu, weil die Fahrt bis zu ihrem Heim einfach zu lange gedauert hätte.

»Ich habe dich auch vermisst, Süße.«

Alabama atmete Christophers Geruch ein, als er sie ins Haus trug. Sie machte sich nicht die Mühe, sich nach Caroline und Matthew umzusehen. Sie wusste, dass sie dasselbe taten wie sie.

Als Christopher sie die Kellertreppe hinuntertrug, erkundigte sie sich schnell noch nach den anderen, wissentlich, dass sie in den nächsten Stunden keine Gelegenheit mehr dazu haben würde.

»Geht es allen gut?«

Abe gefiel es, wie sehr sie sich um seine Teamkollegen sorgte. Sie waren wie Brüder für ihn und es zeigte ihm, wie einfühlsam Alabama war. »Ja, es geht allen gut. Wir haben die Mädchen rausgeholt. Alles wird gut werden.«

»Mädchen?«

»Nun, Frauen. Ich sollte nicht darüber reden, aber kurz gesagt, vor ein paar Tagen wurde eine Frau entführt. Wir wurden geschickt, um sie zu befreien. Es war ein Leichtes, sie zu finden, aber es war noch eine andere Frau da ... sie wurde schon seit ein paar Monaten dort festgehalten. Cookie ist mit Benny und Dude in Texas geblieben, um ihr zu helfen, sich zu akklimatisieren.«

»Mein Gott, ich liebe dich, Christopher. Du weißt das, oder?«

»Das tue ich, Süße. Ich liebe dich auch.«

»Ich bin stolz auf das, was du tust. Diese Frauen haben so viel Glück, dass du und dein Team da wart.«

»Solche Missionen bestätigen uns in unserer Arbeit. Auch wenn es schwierig war, es ist immer ein gutes Gefühl, Menschen retten zu können.« Abe hörte auf zu reden. Alabama wollte offensichtlich nichts weiter von seiner Mission hören. Sie knöpfte sein Hemd auf und küsste jeden Zentimeter seines Oberkörpers. Er grinste vor sich hin. Er ließ sie ihren Spaß haben, denn er wusste, dass er schon bald an der Reihe sein würde.

Er würde später Kontakt mit Cookie aufnehmen und sich nach der Frau erkundigen ... viel später.

*

Hol dir Buch 3, Schutz für Fiona , JETZT!

BÜCHER VON SUSAN STOKER

SEALs of Protection
Schutz für Caroline (Buch Eins)
Schutz für Alabama (Buch Zwei)
Schutz für Fiona (Buch Drei)
Die Hochzeit von Caroline (Buch Vier) **(erhältlich ab Mitte März 2020)**

Die Delta Force Heroes:
Die Rettung von Rayne (Buch Eins)
Die Rettung von Emily (Buch Zwei)
Die Rettung von Harley (Buch Drei)
Die Hochzeit von Emily (Buch Vier)
Die Rettung von Kassie (Buch Fünf)

Die Rettung von Bryn (Buch Sechs)
Die Rettung von Casey (Buch Sieben) **(erhältlich ab Ende April 2020)**

Und auch die folgenden Bücher von Susan Stoker werden in Kürze auf Deutsch erhältlich sein:

Aus der Reihe »Die Delta Force Heroes«:
Die Rettung von Casey (Buch Sieben) (April 2020)
Die Rettung von Wendy (Buch Acht) (Juni 2020)
Die Rettung von Mary (Buch Neun) (Sept 2020)
Die Rettung von Macie (Buch Elf) (Okt 2020)

Aus der Reihe »SEALs of Protection«:
Protecting Summer (Buch 5)
Protecting Cheyenne (Buch 6)
Protecting Jessyka (Buch 7)
Protecting Julie (Buch 8)
Protecting Melody (Buch 9)
Protecting the Future (Buch 10)
Protecting Kiera (Buch 11)

Protecting Alabama's Kids (Buch 12)
Protecting Dakota (Buch 13)
The Boardwalk (Buch 14)

BIOGRAFIE

Susan Stoker ist die New York Times, USA Today und Wall Street Journal Bestsellerautorin der Buchreihen »Badge of Honor: Texas Heroes«, »SEAL of Protection«, »Die Delta Force Heroes« und einigen mehr. Stoker ist mit einem pensionierten Unteroffizier der US-Armee verheiratet und hat in ihrem Leben schon überall in den Vereinigten Staaten gelebt – von Missouri über Kalifornien bis hin zu Colorado. Zurzeit nennt sie die Region unter dem großen Himmel von Tennessee ihr Zuhause. Sie glaubt ganz und gar an Happy Ends und hat großen Spaß daran, Geschichten zu schreiben, in denen Romantik zu Liebe wird.

Besuchen Sie Susan im Netz!
www.stokeraces.com

facebook.com/authorsusanstoker
twitter.com/Susan_Stoker
bookbub.com/authors/susan-stoker
instagram.com/authorsusanstoker
Email: Susan@StokerAces.com

www.ingramcontent.com/pod-product-compliance
Lightning Source LLC
LaVergne TN
LVHW021652060526
838200LV00050B/2317